集英社文庫

こたつの人

自讃ユーモア短篇集 一

佐藤愛子

集英社版

目次

こたつの人——自讃ユーモア短篇集一

オニ教頭の春

1

福本教頭は白鳳《はくほう》高校のオニ教頭と呼ばれていた。白鳳高校はこの地方では名門校の一つに数えられている私立高校だが、それは一流大学への進学率がよいというようなことではなく、創立五十八年という歴史とその峻厳《しゅんげん》な校風によって知られていたのである。

例えば男生徒丸刈り、女生徒は三ツ編みおさげといった校則をはじめ、校外での男女学生の交際の禁止、教師、上級生に対する礼儀の厳格さ、スカート丈は膝下《ひざした》七センチを守るべしなどという細かな取りきめによって、野暮天高校と蔭口を叩《たた》かれながらも、この地方の人々から一目おかれていたのだ。その峻厳な校風は今は亡き前校長が創立当時に作り上げたものであったが、それが今もってかたくなに守られているのは、前校長の心服者であった福本オニ教頭の努力によるものであると人々は噂《うわさ》していた。

しかし三年前、現在の戸川校長が就任してからというもの、白鳳高校の伝統は少しずつゆらぎはじめた。戸川校長はすべてにおいて「合理的」ということに価値を置く学校経営者で（福本オニ教頭は戸川校長のことをそういっている。あの人は教育者ではない、経営者です、と）校内にこの地方随一の大プールを作って水泳を振興せんとし、図書館を二階建てにし、校長室と宿直室にクーラーを入れ、PTAと仲よくし、職員の親睦会《しんぼくかい》などもしばしば開いて末端の声を聞き、「学びよい、楽しい学校」作りに向って発足したのである。

女生徒のスカート丈は、戸川校長が着任して以来、目に見えて短くなってきた。十日に一度の服装検査では、担任の教師が物指しを持って、いちいちスカート丈を計るきまりになっていたのだ。それを厳格に行なわぬ担任が増えてきたのである。

この頃、福本教頭は酒を飲むことが多くなった。前から酒は嫌いではないが、酒量は限定していた。それが最近ではいささか量を過ごすことが多く、酔うと黒田節を歌いかつ舞うのも教頭らしい酔い方であったのだが、次第に黒田節は出なくなり、その代りに戸川校長への憤懣《ふんまん》や日本国の前途への慨歎がくどくどとくり返されるようになってきた。

「これでいいのか！　君！　いいのか！　これで！」

この言葉が始まると相手は逃げ支度にかかる。ここで何か反対意見のようなことを口にすれば、忽《たちま》ち「バカモーン」とどなられ、首を締められるのだ。かつては喜んで教頭の酒の相手をしていた教師たちは次第に近づかなくなって、今では物理教師の金山教師ひとりになってしまった。金山教師は無類の酒好きだが、四十そこそこで六人の子供を抱えていては、好きな酒も存分に飲めない。そこで金山教師はいつか、オニ教頭の股肱《ここう》の臣となることによって、酒を堪能《たんのう》したのである。

それは夏休みに入って間もない、月のいい夜のことだった。教頭と金山教師は金山教師の妻の妹が経営しているツルという小料理屋の小座敷で酒を飲んでいた。その夜の教頭はいつもと違い、戸川校長の悪口もいわねば日本の前途を憂いもしない。ただ黙々と盃を重ねるだけだ。何か心配ごとでもあるのかと、訊《たず》ねた金山教師をじっと見たオニ教頭は、突然すっくと立ち上がって縁側に立った。

「ああ、鬱勃《うつぼつ》たり。我が老年――」

福本教頭はそう叫んだのだ。久しぶりで黒田節が始まるのかと、急いで拍手の用意をしかけた金山教師は、その鼠《ねずみ》を思わせる丸い小さな目を見開いて呆気《あっけ》にとられた。すると福本教頭のランランと光る大きな目が、突如虎のように燃え、教頭は吐き出すように叫んだ。

「金山君――わしが女のやわ肌に触れざること、何年になると思うか……」

いい忘れたが、福本オニ教頭は八年前に妻を失い、一人の息子と二人の娘を男手ひとつで育ててきた。

「はア……」

金山教師は当惑して口ごもった。

「いえ、それはかねがね、わたくしなども心からご同情……いや、敬服というか、不思議というか……いったい実情はどんなふうにしておられるかと……」

小心者の金山教師はいうこともシドロモドロである。満面に朱を注いだ教頭の表情には、結婚生活十二年の間に六人の子供を作り、目下七人目が生れようとしている金山教師への非難が籠《こ》められているように思えたからである。

そのとき以来今日まで、金山教師は福本教頭のためにあれこれと心を砕いてきた。要するに教頭は女のやわ肌に触れたくなったのだ。金山教師はそれを深く理解した。教頭が峻厳なる校風を打ち立ててきたことと、女のやわ肌に触れなかったこととの間には、あるいは密接な関係があったのかもしれない、と考えたりした。しかし学校は今や、教頭の意に反する方向に急速に進みつつある。金山教師は気の毒な教頭のために一肌ぬがねばならぬ義務を感じた。金山教師の義妹はツルのほかに隣町のそのまた隣の町でトップというバーも経営している。夏休みの間に何度か、金山教師は教頭を伴ってトップへ行った。金山教師は酒場の女たちに接近させることによって、そんなオニ教頭の鬱勃たる気持をなだめたいと考えたのだ。

「どの女もそれぞれに結構だな」

バートップの薄暗いボックスで、教頭は老眼鏡をかけて横に来た女を眺めた。トップには女の子が全部で四人いる。カスミという女は器量は悪いがいつも笑っている人のよい女で、律子は多少痩《や》せているが目の大きな美人である。アケミは肥ることばかり気にしながら肥っている猥談《わいだん》の好きな女の子で、小夜子《さよこ》は大酒飲みである。

金山教師は教頭の前の席で、わざとアケミの背に腕を廻してみせた。金山教師はその貧弱な経験を基礎に、教頭に「バーにおける女の対し方」を教示しているのだ。教頭も急いで両腕をひろげた。というのは教頭の右と左に一人ずつ女がいたからで、大男の教頭が一生懸命に女を抱えこんだそのさまはあたかも溺《おぼ》れる女を小脇に、岸辺へ向う水夫のように見えたのである。そうして教頭は次の指示を伺うように金山教師を見た。金山教師は空いている方の手で抱き寄せたアケミのフトモモのへんをそれとなく撫《な》でながらいった。

「君、パンティはいとるか？　何もはいとらんのとちがうかな」

いいながら指を腿《もも》のつけ根の方へ上げていく。

「もともとパンティというものは十六世紀のころ、イタリアにはじまった。踊り子が踊るときとか、女中が窓を拭《ふ》くときなんかに着用したものだ。貴婦人たるものはパンティをはかんことによって、その身分のほどを実証したんだ」

金山教師はいつのまにそんな知識を仕入れたのか、それがマコトかウソか、教頭はただただ感心して金山教師の指先を見守るばかりである。

「君はどうやら貴婦人組らしいな。ビルの窓拭きは出来んね」

「やーだ、出来るよ。ちゃーんとはいてるもん……」

「はいとる？　ウソつけ。ここにあるべき線がないぞ」

「知らないん？　あたしは純毛のをつけてるん」

皆はわッと笑った。

「純毛か。こりゃいい……」

金山教師がそういってのけぞって笑うのを見てから、教頭は「わッはッはッはア」と天井に向って哄笑《こうしょう》を上げた。教頭は純毛の意味がよくわからぬままに笑ったのである。若い女たちが笑いさざめくさまは、春風にそよぐ花々のようだ。楽しい、実に楽しい……教頭の笑いにはそのような感懐がこめられていたのである。

2

トップでの数時間を、教頭は哄笑のうちに過ごした。帰宅したとき、上衣を脱ごうとして教頭は両腕の上膊《じょうはく》に痛みを感じた。教頭はあまり一生懸命に両側の女を抱えすぎたのだ。夏休みのうちに数回、教頭と金山教師はトップへ行った。しかしその都度、教頭は哄笑をくり返して帰ってくるだけだった。

「結構、結構。どの女もそれぞれに結構だ」

教頭は金山教師から、どの女に関心があるかと聞かれるたびにそう答えた。それは教頭のいつわりのない心境だった。どれもこれも若い。器量がよくても悪くても若い。若いということは、それだけで十分、結構なことなのだ。

しかしいくら結構結構とくり返しても、事は一向に発展しなかった。教頭の方が結構でも、女たちの方で結構ではなかったのだ。女たちは教頭のことをかげで「おじいちゃん」と呼んでいた。

そうして夏は過ぎ、秋も過ぎた。十二月に入ると白鳳高校では町の中央を流れるY川で恒例の寒中水泳が行なわれる。教頭は赤フンドシに白ハチマキをし、水府流《すいふ》泳法で遠泳の先頭を切って一級コースを泳ぎ切った。教頭が赤フンドシから川水を垂らしながら岸へ上がってくるのを見て、見学の女学生の中から黄色い声があがった。

「カッコいい!」

白鳳のかの校風は危殆《きたい》に瀕《ひん》していた。数か月前までの教頭なら、その声に向って大声一喝《たいせいいっかつ》した筈だった。しかし教頭は今、何もいわなかった。

「カッコいい! か……」

教頭は胸の中で呟《つぶや》いた。

「本当にそう見えるのかな?」

期末テストがすむと、男子生徒に長髪を認めろという要求が校長によって容《い》れられ、毛髪を伸ばし始めた学生たちが、ウニのように毛をおっ立てて登校してきた。禁じられていた校外での男女交際も次第に大っぴらとなり、クスリ指に金の指輪をはめている男生徒が現れた。理由を聞けば同級生の女生徒と婚約したのだという。

年が明けて金山教師が年賀の挨拶《あいさつ》に教頭を訪れたとき、教頭は座敷の真中に紙をひろげ、書初めの真最中だった。

「鬱勃たり　我が老年」

かつての年のどの書初めよりも勢よく、その文字は紙からはみ出さんばかりに跳ねている。

「はーん、なるほど」

金山教師は恐縮したように目を伏せた。ヤケクソのように跳ね上がったその文字は、タダ酒ばかり飲んで一向に役に立たぬ金山教師への憤懣がこめられているように思えたからだった。

ある日、金山教師は耳よりのことを聞いた。金山教師にはこの町の市立病院のインターン生をしている俊次という甥《おい》がいる。その俊次が遊びに来てのつれづれ話に、俊次の下宿先の女主人の噂が出た。大山しずというその女主人は、この町がまだY市に合併されない頃の町長の未亡人である。十年ほど前に元町長は心臓の発作で急死したが、その後彼女はひとり身を通して一人息子を育ててきた。その息子は三年前に東京の大学を出て東京で就職し、去年の秋に東京で結婚した。

「それがね、叔父《おじ》さん、おどろいちゃいけないよ。オニ教頭が彼女の初恋の男なんだってさ」

「な、な、なんだって、は、初恋？」

思わずどもった金山教師の胸のうちはヒステリーのオールドミスを娘に持った母親が縁談

を持ちこまれたときの心境に似ていた。

「ぼくも話を聞いて、呆《あき》れちまったんだよ。オニ教頭は九州の人だろ。大山さんの奥さんも同郷なんだ。教頭は中学の頃から大秀才だったらしいな」

「そ、それでどうしたんだ。その初恋の方は?」

「勿論《もちろん》、奥さんの片想いに終ったんだ。福本さんはその頃からカタい一方で、女の子なんかいくらさわいでも見向きもなさいませんでしたわ、っていってたよ」

「ふーむ」

金山教師は腕組みをして唸《うな》った。

「こいつはイケるぞ。……いや、たしかにイケる」

金山教師は二人を結婚させることを考えついたのである。なぜ今まで教頭に再婚をすすめることを考えつかなかったのか、我ながら不思議だった。

次の夜、金山教師は教頭とツルで会った。金山教師は、喜ばしさを隠しきれぬニコニコ顔で、教頭の顔を見るなりきり出した。

「教頭は大山立五郎の未亡人をご存知ですかな」

「大山未亡人か。知っとるよ。カビの生えた大豆のような女だ」

「大豆?」

「ああ、チビでコロコロしてて、古びとる」

その返事は一瞬、金山教師の意気込みをくじいた。しかし教師はすぐに気をとり直して、教頭に再婚する気はないかと訊ねた。金山教師は大山未亡人の話をした。

「四十八か。ばあさんだな」

話を聞き終ると教頭はズバリといった。自分がトップで〝じいさん〟と呼ばれているとはつゆ知らない。

「しかし、ばあさんといっても、まだ五十にはなっていませんし、教頭と丁度、似合いの年格好で……」

いいかける金山教師を教頭は冷淡に遮った。

「再婚するのなら、八年前にしておるよ」

教頭はいった。

「今更、何を好んで家庭を波立たせることがある。わしは女房なんぞ面倒くさいものはいらんよ」

要するに教頭は〝浮気〟がしたいのだ。金山教師は漸《ようや》く理解した。

「鬱勃たり我が老年」とは、要するに「若い女とやりてえ！」ということなのだ。オニ教頭はいった。

「あのトップのな。毛のズロースをはいておるという女、あれはなかなかいい子だな」

「毛のズロース？……ああ、あの純毛……」

金山教師はさすがにおかしさをこらえていった。

「教頭はあの〝純毛〟がお気に入りましたか」

すると、教頭はその問に言葉をもって答えず、例の哄笑を天井に向って吹き上げたのであった。

3

それから間もなく、教頭は金山教師に励まされて、一人でトップへ出かけて行った。教頭が一人でトップへ行くのははじめてである。みぞれまじりの雨が降る二月はじめの、おそろしく寒い夜だった。こういう夜はきっと客も来ません。チャンスですぞ、と金山教師は放課後、廊下の片隅で教頭に囁《ささや》いたのだった。

「教頭、絶対テレちゃいけませんよ。こういうときは至極当り前の顔をしていることが肝腎《かんじん》です。それに教頭、全学連批判の話題などは女の前ではなさらん方がよいと思います」

「君は来んのか」

教頭は心細げに金山教師を見た。

「まあそういわんと、一緒に来てくれよ」

「それはいけません。わたくしがおりますと教頭はいかにも教頭風になってしまわれる。教頭は教頭ではない平々凡々たる一介の男、女に何と思われようとかまうこたねえ、という図図しさ、鉄面皮でもって押して行く男にならなくちゃいけません」

金山教師はそういって教頭を力づけ、それから〝純毛〟をくどく手順を教示した。

「いいですか、教頭。緊張してはいけませんぞ。自然に、軽く、……これがモットーです。

がつがつせず、あせらずはやらず、猛《たけ》らず。……帰る頃にふと、こういうんです。『腹がへったな。すしでも食わんか』……」

「なるほどね。しかしほかの女がついてきたら困るな」

「そのときは気前よく女たちにもふるまってやるんです。それくらいの浪費は必要経費とみなしていただきませんと……」

「わかった。それからどうする」

「タクシーで家まで送ります。この場合、順々に女を送って、アケミは最後まで残すようにするんです」

「ずいぶんとタクシー代がかかるな」

「タクシーが着くと一緒に下りる。ああいう女はたいてい路地の家か何かに住んでいますから、家の前まで送ろう、というんですよ。そして家の前まで来たらこういいます。のどが乾いたな、お茶でも飲みたいな」

「なるほど」

「じゃあ家へ上がって飲んでいらっしゃい、と女の方からいい出せば、まず七分の成功率と思っていいでしょう」

「いわぬときはどうする」

「そのときはこういいます。小便がしたい。便所を貸してくれんか、と」

「君はそんなことをどこで覚えた」

「覚えたんじゃありませんよ。教頭のために小説を読んで研究したんですよ」

「便所を借りてそれからどうする」

「それからは教頭のウデですよ」

「そうかもしらんが、教えてくれ。部屋へ入ってから、その、何といってその……挨拶するんだ」

「挨拶？　女中のお目見得じゃないんですよ、とにかく教頭……あとは臨機応変にやって下さい」

福本教頭はトップのドアーを押した。一歩入るか入らぬうちに黄色い声があちこちから矢のように飛んできて、女たちが教頭をとり囲んだ。トップはこの頃、隙《ひま》なのだった。空ッ風の吹く季節になると、毎年、店は隙になる。女たちはお膳にむらがる欠食児童のように先を争って教頭のまわりに集まった。目ざす純毛は教頭の右隣に坐った。教頭は渡されたおしぼりで顔を拭き、煙草《タバコ》に火をつけてもらい、ハイボールを注文するとやおら理由もなく天井に向って例の哄笑をぶっ放した。

「ふウさんの笑い声っていいんネ。世の中こわいものなしって気持になるもん」

といつか純毛がいったことを思い出したからである。

「君らはギンナンのホルモン漬というのを知っとるか」

開口一番、教頭はいった。それは金山教師が今夜のために用意してくれた話である。

「ギンナンのホルモン漬？　ギンナンを何に漬けるん？」

「つまりだな、はたち前の処女の分泌液に浸したものだ。一夜漬にして翌朝、ブドウ酒と共に食う。明治の元老、西園寺《さいおんじ》公望《きんもち》が愛用した強壮剤だ」

「へえ、でも、処女の分泌液ってどうやって集めるん？」

「集めるんじゃない。分泌液の製造室へ預けるんだ」

「製造室？　やーだ、そうゆうん！」

純毛はけたたましい声をあげて笑いころげた。純毛はこの類《たぐい》の話が大好きである。

「ふうさんって案外、話せるんねえ」

と純毛は俄然《がぜん》、身をのり出した。

「そのギンナン、どんな味がするんかねえ」

「ブドウ酒で飲むっていうからねえ」

「番茶じゃいけないんかい、ふうさん」

とまじめな顔で質問する女もいる。

「それではリンの玉というのを知っとるかね」

教頭は次の話を持ち出した。

「ある日、玄宗《げんそう》皇帝が楊貴妃《ようきひ》を喜ばせようとして天に祈った。すると妙《たえ》なる楽の音《ね》とともに薫風に乗って天より玉が降って来た。銀色の、鳩の卵大の玉だ。手に載せるとチリンリンリンと微妙な音がして、手のひらがこそばゆくなる。早速、それを楊貴妃の中に入れていとなんだところ、楊貴妃のむつがり給《たま》うこと限りなしというわけだ」

女たちは口々に何やら叫んでは笑いこけた。そのさまを教頭はまたしても風にゆらぐ花園のようだと思う。

「ふウさんてよく知ってるんね……」

と純毛は感歎して教頭を見つめた。

「面白いのはそれを取り出すときでな。女をうつむけて尻をこうポンと叩いてやると、チリリンリンリンリンと転げ出てくるというんだ。パチンコの玉が出ないときの要領だな」

花園はまた揺れた。教頭は汗ばんだ。純毛は教頭にぴったりと身を寄せて、教頭の腕を抱えこみに来たからだ。

「ねえ、もっとそんな話してェ……」

純毛の鼻の頭は光っている。

「ねえ、ねえ」

と純毛は教頭をゆすった。

教頭は困った。金山教師はその二つしか教えてくれなかったのだ。教頭は思いきって純毛の手を握って囁いた。

「一緒に帰ろう。そのときにもっと面白い話をしてあげよう」

「ホント！」

純毛はいった。

「わア、うれしい！」

店がカンバンになると教頭と純毛はすし屋へ行った。それから教頭はタクシーを拾って純毛の家まで送った。教頭はホテルへ純毛を誘い込む勇気はなかった。それに金山教師が教えてくれたことは、女の家へ上がりこむ方法だけだった。

純毛は機嫌が悪くなっていた。教頭が少しも〝面白い話〟をしないからだった。教頭は懸命に智恵をしぼった。そうしていった。

「マリリン・モンローという女性は、下着を全く着けなかった。勿論、ズロースもだよ」

「ヤーダ、ズロースだって、パンティじゃない」

しかし、純毛は少し機嫌を直して、

「で、そいで?」

と後を促した。

「それからって……つまり……便所へ入ったときは手っとり早くてよかろうな」

純毛はプンプンしていった。

「当り前じゃない、何いってるん」

純毛は車を止めた。教頭は急いで下りた。みぞれは雪に変りかけている。ロマンチックな夜だ。金山教師のいった通り、純毛の家は路地の奥にあった。

「のどが乾いたな」

教頭はいったが純毛は答えずに大股《おおまた》でどんどん歩いて行く。教頭は追いすがるように歩調を合わせながらいった。

「実はその、小便がしたいんだ。便所を貸してもらえんだろうか?」

「おシッコ? そんならそこに電柱があるじゃない」

と純毛はニベもない。

「すまんがね、そのう、小便だけじゃないんだよ。腹工合がどうもおかしい……」

「どうしようもないね。じゃ、来てよ」

家は路地のつき当りから二軒手前の、今にも倒れそうな棟割の長屋だった。その格子戸を開けて、純毛はいった。

「こっちへ来て。暗いから気をつけて。人が寝てるから踏まないで」

格子戸を入ったところは土間だ。土間を上がるなり、もう人が寝ていた。いったい何人いるのか見当もつかない。狭い部屋に縦横に寝ている。子供らしい寝姿も二、三ある。

「えッ、寝てる? 人が……」

「いてえな、気をつけろってば」

しわがれた老婆の声が怒った。教頭がどこかを踏んづけたのだ。

破れた窓から雪が降りこんでくるのを眺めながら教頭は便所の中にしゃがんでぼんやりしていた。便所の電灯はつかなかった。風が出てきたらしい。ズボンをずらした尻に、舞いこんだ雪が当った。いくらしゃがんでいても何も出てこないことははじめからわかっている。

しかし律義に教頭はズボンをずらしていた。

「紙なんか入ってないよオ」

純毛の声が聞えた。

「持っている――」

教頭は答え、そうして用もない紙をポケットから出して、もむ音をたててみせた。

4

この町の春は西の山から吹き下りてきて町を土埃《つちぼこり》でかすませてしまう名物の空ッ風からはじまる。その空ッ風の中で、福本教頭は相変らず鬱勃としていた。毎年、空ッ風の季節に強行される全校生徒職員による徒歩競走が、今年は取り止めになったのだ。職員会議の大激論の末、僅《わず》かに決行意見二名で敗退した教頭は、その夜、唯一の同志金山教師とツルの座敷で痛飲した。この頃、教頭はトップへ行かなくなった。純毛は二十一歳で二人の子供の母であり、同い年の夫と共に健気《けなげ》にも中風の老父と、老母、甥、姪《めい》などを養っていることがわかったからである。

「教頭、私は先日、甥を訪ねて行って大山未亡人に会いましたが、あの婦人は実に奥ゆかしい情味のある人のようですなあ」

金山教師は教頭の盃に酒を注《つ》ぎながらいった。

「いろいろ話をしまして、教頭の噂なども出たんですが、いや、頬《ほお》のこのへんをぽーっと染めた初々しさは、当今の若い女などにはゼニを出しても見せてもらえん風情《ふぜい》でした」

「いくら頬を染めてもあの黒い顔じゃハッキリせんだろう」

教頭はニベもなくいい放った。

「しかし教頭はそうおっしゃるが、私はあの婦人はなかなか女らしくて、よろしいと感じました。しっとりとしていて出しゃばらず、素直で礼儀正しく、やさしくて芯が強く……」

「そうかね。もしそうだとしたら、器量の悪いのだけが欠点というわけか」

「そんな教頭……ひどいな、本気ですか」

金山教師は両手を上げて教頭をたしなめ、やおら声をひそめた。

「教頭、未亡人はいまだに教頭のことを思っていますぞ」

金山教師は顔を教頭に寄せた。

「彼女は待っております。教頭のお声がかかるのを、じっと黙って……しかし胸をときめかせて待っておりますぞ」

「何を待っとるんだね。君はまた何か余計なことをいったんじゃないのか。わしは再婚なぞする意志はないよ」

「わかっております。わかっております。未亡人の方だって、あながち再婚のみを望んでいるわけじゃありません」

「では何を待っているというんだね」

「ですから教頭……」

金山教師は謀議をこらす侍のように下から教頭の目を見つめた。

「朝靄《あさもや》温泉に妹の知りあいがホテルを作りました。そこへひとつ教頭……いかがです。お出かけになっては……」

「大山未亡人と行けというのか」

「大山未亡人は十年間の孤閨《こけい》をかこっております。先日もこんなことをいいました。息子も結婚して親の責任は果したから、これからはもう少し人生を楽しみたいと思っておりますが、いけませんでしょうか、と……」

「四十八にもなってか。呆れた女だな」

教頭は吐き出すようにいった。

しかしそんな会話をかわした数日後、金山教師は散歩の途中に立ち寄ったという教頭の訪問を受けた。学校はすでに春休みに入っている。教頭は縁側で金山教師と碁を打ちながら、突然、「先日の話だがね」と切り出したのだった。

「わしもその、ひとつ、何だ。気晴らしに出かけて見ようかと思ってね」

「えッ、あ、あの大山夫人とですか」

すると教頭は直接その問には答えず、碁盤から目を上げて小さな庭の方を見ながら、

「朝靄の桜にはまだ間があろうなあ」

といったのだった。

ことは慌しく運ばれた。朝靄温泉はこの町からバスと汽車を乗り継いで三時間ほどで行ける。教頭は金山教師を交えて大山夫人とツルで会った。元町長夫人であった彼女とは会合などで顔見知りの間柄である。夫人の一人息子は白鳳高校の卒業生で、その頃から先生の教育

への情熱には心から敬服しておりました、と未亡人はいった。

その席で教頭は、天井を仰いで哄笑するようなことはあまりしなかった。その代りのように未亡人の方が絶えずホホホホと笑っていた。その後、二人は金山教師ヌキでツルで飲んだ。三度目に会ったのもツルだった。教頭はツルとトップ以外にそういう場所を知らないのだ。四度目に会った夜は、漸く空ッ風のおさまった町の夜空にカサをかぶった月が出ていた。二人が川ぞいの道を歩いていたとき、教頭は突然未亡人の手をとった。そして教頭はそのカサカサした小さな手を力いっぱい握った。

5

ついに福本教頭は女性と共にホテルの一室にいた。全く、教頭にしても金山教師にしても、それは「ついに」という感慨をもって語られるべき事態にちがいなかった。

福本教頭の前には紫色の大きな布団が敷いてあった。それは二組ではなく一組である。向うに鏡台があり、鏡台掛けはめくられて、布団の一部が映っている。

「……それから、あの、新田《しんでん》の京屋のおばあさん、ご存知ですか。ほら、ひどい嫁イビリをするので、駐在さんがよくお説教に行ってましたでしょう。あのおばあさんも九十八まで生きて、国から褒美を貰《もら》って間もなく死んだそうですわ」

「ほう。死んだんですか、あのばあさん。しかし、今まで生きてれば、とっくに百を越してるな」

「それから川本村の入口に豆腐屋がありましたでしょう。覚えていらっしゃいますか。あの豆腐屋のおじいさん、火事で焼け死んでしまったんですって……」

「そいつはかわいそうになあ。あの甚吉という男は親孝行な男でねえ……」

さっきから教頭と大山未亡人との会話は、故郷の思い出や噂話から進展していきもせず、また終りそうにもなかった。教頭はあせっていた。豆腐屋の甚吉なんぞどうだっていいのだ。時計はもう十一時近い。しかし話がとぎれそうになると、未亡人がいった。

「戦争中はどうしておられましたの？ 先生は……」

教頭はまた肝腎のことが中心から遠ざかっていくのを感じる。多分、二人は風呂から出たときにすぐに寝床に直行すべきだったのだ。それを教頭はつい、縁側の椅子《いす》に坐ってお茶を一杯飲んでしまった。一杯のお茶を飲み終らぬうちに、白鳳高校の変化についての話題が出てしまった。それがいけなかった。校風の話に教頭は興奮し、戸川校長批判をやっているうちに話題は全学連批判に至ってしまった。そしてそれから話は現代の若者、それぞれの息子と娘の話になり、戦争中の苦労話が始まろうとしているのだ。

「戦争中、先生はトンボのてり焼きを召し上がったことございます？」

「いや、トンボは食わんですが、雨蛙は食いましたな。サツマイモのクキのおひたし、あれは存外イケました」

「ほんとになつかしゅうございますわ」

未亡人はしみじみといった。

「こんなお話を出来る方も、だんだん少なくなっていきますものね」

未亡人はいった。

「ほんとにあたくしうれしゅうございますわ」

「さて」

教頭はいった。

「もう一度、風呂へ入るかな」

未亡人は待っていたように教頭に顔を向けた。教頭は思いきって一緒に風呂へ入ろうと誘った。すると彼女は極めて当り前のようについて来た。それが教頭を少し驚かせた。それなら最初のときから誘うんだった、と思った。何もトンボのてり焼きや豆腐屋の甚吉の話などに時間をかけることはなかったのだ。

未亡人は教頭の肌が若い人のように湯を弾《はじ》くといって感心した。それで教頭は未亡人は痩せて見えるが、脱ぐと案外、肥っているんですね、といった。それは教頭のお世辞だった。大山未亡人の乳房は、空気が抜けはじめた風船のようにやわらかそうに垂れていて、教頭に死んだ母を思い出させた。

二人は前後して風呂を出た。今度は教頭はまっしぐらに布団に入った。風呂に入ったので番茶が一杯、飲みたかった。それから十年来欠かしたことのない就寝前の体操を忘れたことを思い出した。しかし教頭は思い止まった。ここで体操をしては、またことはふり出しにもどってしまいそうだ。

教頭はいった。

「さて……おいでなさい……」

未亡人は素直に「ハイ」と返事をし、教頭の傍に入りながら、電気スタンドを消した。未亡人はいい匂いをさせていた。もしかしたらあらためて香水をふりかけたのかもしれない。と、そのとき、どこかで柱が割れるような鋭い音がした。

「何でしょう」

未亡人はいった。

「何だかへんな音が……」

教頭が昔読んだ本に、初めての夜、いざというときに女が「あ、鼠――」という場面があった。処女の羞恥《しゅうち》が彼女にそれをいわせたという場面である。

「へんな音……」

教頭はその小説を思い出した。そして急にたかぶってくるものを感じた。大山未亡人の初初しさ（と教頭は感じた）が、教頭をもろもろの雑念から解き放ったのだ。教頭は、我を忘れた。「火事」というような声が聞えたが、教頭の耳を素通りした。

「何もない、何でもないよ」

教頭はいいながら未亡人のきつく縛った腰紐《こしひも》をほどき、浴衣《ゆかた》を脱がせた。だがそのとき室内電話のベルがけたたましく鳴って、

「火事です！」

女の声がそう叫んで電話は切れた。

教頭ははね起きてドアーを開けた。ここの廊下はまだ静かだったが、階上でガラスを割る音やものの倒れる音、怒号や悲鳴が起っていた。階段の方から煙が流れてきていた。ここは三階だ。火事はどこから燃えているのかよくわからなかった。

教頭は夢中でサルマタをはいた。教頭は素裸だったから、とにかく身支度をしなくてはならない。

「落ちついて、落ちついて……早く……」

教頭は叱咤《しった》するように叫び、サルマタの上に毛糸のハラマキをした。ハラマキの中に手当り次第にそのへんのものを押し込んだ。

「あッ、あたしの、あたしの……」

大山未亡人は叫んだ。教頭は未亡人のメリヤスの七分下ばきを、自分のモモヒキとまちがえてはいたからだ。しかしそれをぬいでいる暇はなかった。

「鍵はどこだ、非常口が開かない」

という声が聞えてきた。廊下を人々が右往左往している。非常口のあたりはもう煙で見えなかった。教頭は必死でシーツをよじって結び合わせた。シーツだけでは足りないので、大山未亡人の帯もつないだ。教頭はその命綱を床の間の竹柱にしばりつけると、窓から垂らした。

くらい空で春だというのにいつのまにか降り出した牡丹雪《ぼたんゆき》が降っていた。窓の下の中庭にはウソのように人影はなかった。薄白く積った雪が火事の明りを受けて赤く光っていた。大山未亡人の七分ズロースにハラマキ姿の教頭は、その上から背広の上着を着て夢中で窓に上がった。

「先生！」

大山未亡人は叫んだ。

「あたしを置いていくとですか、先生！」

未亡人は思わず故郷の言葉で叫んでいた。教頭に七分ズロースを取られた未亡人は、教頭のモモヒキをはき、丹前に細帯をまきつけながら更に叫んだ。

「男は女《おなご》を守るもんじゃなかとですか……あんた、そいでも九州男児ね……」

「すまん、福本勲《いさお》一生の願いだ。先に行かせてもらう」

「ばってん、先生のごと太か人の先に下りれば綱の切れてしまうじゃなかですか……あたしゃどげんなります！」

教頭も思わず九州弁になっていった。

「ばってん、教頭がこげんとこへ、オナゴとおったことがわかれば……白鳳のオニ教頭はどげんなる……」

教頭は窓縁に立ち、

「すまん！」

一言、叫んで垂らしたシーツを握るや身をひるがえした。

教頭が窓の外に出た途端、廊下の方で大声がした。

「皆さーん、火事は消えました。慌てないで下さい。火は消えました……」

「先生！」

未亡人は窓に駆け寄った。

「先生、消えたげなけん、火事は消えたげな、消えたげな、もう下りんでもよかばい……」

しかし教頭はもう二階近くまで下りていた。未亡人の声に教頭はシーツの綱に縋《すが》ったまま、顔を仰向けた。

「そんな格好してみっともなかけん。早う上ってこんですか……」

しかし教頭はじっとしていた。教頭には上っていく力はもうなかった。中庭はいつのまにか人だかりがしていて、その人たちは固唾《かたず》をのんで教頭を見上げている。未亡人は必死で叱咤した。

「何ばしとるですか。人の見とりますばい。早う上ってこんですか」

教頭は動かない。

「白鳳の教頭先生が、女の下ばきばはいて……どげんすっとですか。元気ば出して……先生、先生……」

それから未亡人は驚愕《きようがく》して叫んだ。

「あっ、新聞記者の、写真撮りよるですよ！」

未亡人が叫ぶと同時に、フラッシュが光った。フラッシュの光の中に、教頭はミノムシのように黒くぶら下がっていた。
雪がその教頭のまわりをゆるやかに舞っていた。

かなしきヘルプ

山田真吾は髪を染めた。

真吾が髪を染めて帰ってくると、妻のサダヨは、

「まあ！　若返って……すばらしいわ……」

しみじみと夫を見上げていった。

「男っぷりが三割がた上りました」

　真吾は鏡を見た。黒いドングリ型の顔。眉《まゆ》太く、唇厚く、髪くろぐろと盛り上り男性的風《ふう》貌《ぼう》といえぬことはない。しかしホストクラブの仄暗《ほのぐら》さの中では男性的風貌よりも、どちらかというと女性的風貌の方が引き立つのだ。クラブ千住《せんじゅ》のナンバーワンをもう二年近くつづけている伊庭《いば》純《じゅん》は、女のような細面のやさしい顔にくっきりとえどったような赤い唇をした、よくしゃべる二十七歳の若者である。伊庭純は真吾より丁度十二歳年下だ。年下だが、真吾は純の機嫌をとらねばならぬ。クラブへ出勤してくる純を見ると、誰よりも先に、

「お早うございます」

　と声をかける。ときにはネクタイをほめることもある。あまりネクタイばかりつづいてもわざとらしいので、靴下の色とか、カフスボタンにしたりする。純の指名客が重なったときなど、純が一方のテーブルに出ている間にヘルプとしてもう一方のテーブルの客のとりもちをさせてもらわねばならないからだ。

「真さん、ヘルプ頼むよ」

　純にそういわれるのを真吾はいつも待っている。純がたのみの綱だ。それがなかったら、真吾は入口近くの控えの席に、一晩中でも影法師のように坐っていなければならない。真吾の影法師は大きいので目立つ。客が立てこむにつれてまわりの影法師は一人減り二人減りして、やがて真吾だけがとり残される場合もある。そんなとき、小心者の真吾は人一倍大きな我が身が恨めしく恥かしくてたまらないが、その真吾の姿は他人《ひと》の目にはへんに堂々と無感動に見えたのである。

真吾がクラブ千住のホストになってから二年と二か月になる。ホストになる前、真吾は化粧品のセールスマンをしていたが、その前はミシンのセールスマンで、さらにその前は美容学校の前で屋台のおでん屋をやっていた。真吾は人が好きだ。男も女も老人も子供も、すべての人間が好きである。セールスマンという職業が一見、彼に向いているようでいて結果がよくなかったのは、結局、彼のその人間好きのためだったのかもしれない。彼は人にサービスすることにあまりに気を入れすぎて、自分が儲《もう》けることを忘れてしまうのである。

真吾は妻のサダヨにすすめられて髪を染めた。三十九歳の彼は、クラブ千住では一番の年かさである。同時に彼はクラブ千住で一番売れないホストだ。ここへ入って二年二か月の間にまだ一度も指名客がついたことがない。

「あなたのよさなど、あの人たちにはわかりゃしませんのです」

とサダヨはまじめな顔でいった。あの人たちというのはホストクラブの女客のことである。サダヨはまじめな女で夫を愛している。和裁の腕が立ち、子供がないので近所の仕立物を引き受けて家計を助けている。いや、助けているというより、サダヨの収入が真吾夫婦の生活の九割をまかなっているのだ。

「髪をお染めなさいまし」

とサダヨはいった。

「斎藤別当実盛《さいとうべっとうさねもり》の例もあります。人間、意気をもって当たれば必ずや人を動かします」

サダヨはこの世に何人といない良妻だと真吾は思っている。サダヨと結婚以来、真吾は職業を十一変え、そのどれもうまくいかなくてやめた。だがそのたびにサダヨはこういって彼を励ました。

「あなたがいけないんじゃありません。世の中のほうがいけないんです」

降りつづいた七月の雨がやっと上った夜、クラブ千住は久しぶりに活気が溢《あふ》れた。

伊庭純には宵の口からの指名客が二人来て、広いホールの東と西に、あたかも畝傍山《うねびやま》を相争う香具山《かぐやま》と耳成山《みみなしやま》のごとくに対峙《たいじ》し、目に見えぬ火花を散らしている。

「香具山は　畝傍ををしと　耳成と　相争ひき　神代《かみよ》より　かくなるらし　いにしへもしかなれこそ……」

真吾は売れないホストのうす暗い席で、そう呟《つぶや》いた。だがまわりのホストたちは、誰も万葉の歌など知りはしない。ここにもしサダヨがいたら、すぐにこう返事をしてくれるものを。

「香具山と　耳成山とあひし時　立ちて見に来《こ》し　印南国原《いなみくにはら》」

真吾は控えの席から東のコーナーを見た。そこに陣取る耳成山は、テラテラ光る金色のツーピースを着て、ベッコウのメガネをかけ、絵本の世界の象の法王のように悠然と椅子《いす》に埋もれている。彼女は近郊K市からわざわざやってくる不動産会社の女社長で、もう五十になっているという説と、いや、まだ四十代だろうという説と、もしかしたら六十になっているかもしれないという三説にとりまかれている。

片や西のテーブルに楚々《そそ》と坐《いま》す香具山は、外国へ出張中の有名商社員の妻で、三十を二つ三つ過ぎた年頃に見える。いつもおとなしい型の洋服を着て、うつむき加減にジンフィーズを口に運ぶ。本当はこんな場所へは来たくないのだが、やむにやまれぬ情熱に運ばれてついつい来てしまうのだとでもいうような風情《ふぜい》が、そのうつむき加減の姿勢から上目づかいに純を見るときの目差しに溢れている。

「オレは痩《や》せた女は嫌いなんだ」

と純はいつか小にくらしいような口調でいっていたが、香具山は洋服を着こなすには痩せすぎ、なで肩すぎ、腰も何となくたよりなげで、やや胴長である。彼女はデパートのネクタイ売場を歩いているときに純に声をかけられ、このクラブへ誘われてから、ずるずるとやってくるようになったのだ。

純は今日は純白の背広に黄色いネクタイをしめて、少女歌劇の男役のようにヒラヒラとテーブルからテーブルをまわり、客を抱き、踊り、微笑し、語りかけ、男の目から見るとゾッとするようなキザっぽさで目にモノいわせてじっと見つめる。実は真吾はその目つきをひそかに練習し、サダヨを稽古台《けいこだい》としてやってみたことがある。そのときサダヨはいった。

「その目はインネンつける人の目つきですわ。およしなさいませ」

それからサダヨはこうもいった。

「あなたは自然にしていらっしゃるのが一番ご立派よ。その立派さはわかる人にはきっとわかります……」

真吾と伊庭純は殆《ほとん》ど同じ頃にこのクラブへ入ったが、かといって深い友情で結ばれているわけではない。しかし純は指名客が重なると、必ず真吾にヘルプを廻してくれる。ホストの中にはヘルプに出て、その客を取ってしまう者がいるが、真吾にはその心配が全くないからである。

「山田さん、伊庭さんがヘルプを頼みますって」

今日も真吾は純からヘルプを廻された。

「女社長ですよ、十八番のテーブル」

女社長というのは耳成山のことである。純は今、香具山のテーブルでにこやかにおしぼりをひろげて渡しているところだ。耳成は一足ちがいで香具山に先んじられたのである。

「いらっしゃいまし」

真吾は耳成のそばに直立して、いんぎんに一礼した。

「やっと雨が上ったので、今夜あたりと楽しみにしておりました」

とニッコリする。それは純がよくいう台詞《せりふ》だ。このニッコリも純のニッコリを真似《まね》たつもりだ。だが耳成はジロリと真吾を見ていった。

「楽しみに？　誰が？　あんたが？」

真吾は慌てていった。

「いえ、伊庭が、です。勿論《もちろん》、伊庭です。伊庭です」

すると耳成はそれには答えず、突然、呻《うめ》くようにいった。

「また来てるのね！　あの人！」

耳成のベッコウ縁のメガネは、定位置よりやや上り気味なのを真吾は見た。耳成のメガネはなぜか、興奮すると次第に上へ上へとせり上るのだ。

「社長の今日のお召物、すてきです」

真吾はいった。何とか相手の気持を香具山から逸《そ》らせて、純が来るまで間を持たせねばならない。真吾はいった。

「堂々たる貫禄！　とてもそのへんの女性には真似が出来ません。社長ならではのお色です。さっきも純がいっていました。今日の社長は輝いてるって……」

金色の法王はまんざらでもなさそうに鼻から太い息を吐いた。

「洋服屋もあなたと同じことをいったわ」

「そうでしょうとも。誰だって思いは同じです。こういう金ピカを着こなせるのは、世界広しといえどもエリザベス女王か、社長くらいなものじゃありませんか」

「エリザベス女王とは大げさね」

と法王のメガネは少し下りかけた。

「あんた、何か飲んだら？」

「はあ、ではビールをいただきます」

「そんなものじゃなくて、もっと上等を飲みなさいよ。ナポレオン、どう？」

「はア、ありがとうございます。ではブランデーを」

「何かおいしいものを注文してよ。ジャンジャン持ってこさせて」

それから耳成山は突然、鋭い声でいった。

「あの人、いつも同じ洋服着てるのね！」

真吾はびっくりした。やっと鳴動がおさまったと思ったら、いきなり山が噴火した感じだ。

耳成は吐き出すようにいった。

「あの人よ、あのお瘦せさんよ。さっきから見てたら、ビールしか飲んでないじゃないの。可哀そうに、ジュンはおなか空いてるわ。早く呼んで食べさせてあげたいわ。ねえ、そう思わない？」

「はあ、ごもっともです」

「いったいあの人はいつまでいる気なのよ。え？　ジュンを自分のものだと思いこんでいるみたいね。ビールしかとらないでさ……ここはケチが来るところじゃないのよ。ねえ、そう思わない？」

「はあ……」

真吾は困ってしまった。

「社長、社長の好きな港町ブルースです。踊っていただけますか」

「ねえ、ジュンはどういう気なの？　どうしてあんなにベタベタして機嫌とる必要があるのよ、え？　答えてちょうだい。あたしよりあのお瘦せさんの方がそんなに大事なお客なのかどうか」

いったん下りかけたメガネはまた上りはじめた。向こうのテーブルでは今、純が香具山の背に手を回してフロアの方へ踊りに出て行くところだ。

「社長、カラアゲがまいりました。社長のお好きなカラアゲが……」

「うるさいわね、あんた！」

耳成社長は一喝した。

「この店ではチークダンスは禁じられてるんじゃないの、あの踊り方は何です、あれは！ちょっと、マネェジャアを呼んでちょうだい」

「しかし社長、そんなことをなさると、純が、マネェジャアから叱《しか》られることになります。純だって何も好きでやってるわけじゃないんです。お客さまのご要望で、無下にお断わりすることも出来ぬ場合もありまして……」

「客の要望ですって！　ビール一本で何時間もねばって、そんな要望する権利がどこにあるの！」

「すみません。ごもっともなご意見です、しかし……」

真吾はハンケチで汗を拭《ふ》いた。

「社長、踊っていただけますか、社長のお好きな……」

「港町ブルースはもう終ったわよ」

「はッ、すみません。では、ワルツをひとつ……社長とワルツを踊れたら、ぼく、本当に光栄ですが」

「ダメよッ！　光栄だなんていって、わたしの気を逸らそうとしたって、そのテはくわないわよッ！」

さすがは女社長、狂乱の中にあっても見ぬくところは見ぬいているのであった。

ようやく純は耳成のテーブルにやって来た。代って真吾は香具山の方へ廻る。香具山は真吾を見て、少し悲しそうに微笑した。香具山の夫は東南アジアの出張先で、オランダ人の女とねんごろになっているということである。香具山の純日本風の細い目は、もの悲しげに、訴えるように、かきくどくように踊る男女の影法師を越えて、照明の中にさんらんと輝く耳成の金ドレスのあたりをさまようのである。

「あたし、今日はゆっくりしていられないの」

彼女は困ったようにいった。彼女は来るといつもこの台詞をいう。そういいながら、結局、ラストまでいる。

「でも、伊庭さんは今日はお忙しいのね」

彼女は真吾を見た。

「でも、もう一度くらい、来てもらえるわね」

「勿論、まいりますとも」

真吾は力をこめていった。

「伊庭だってずっとここにいたいんです。辛い思いであっちへ行っているんですから……間もなく来ます」

香具山は耳成と違ってもの静かな声を出す。うっかりしていると音楽に消されて聞こえないくらいだ。真吾は香具山に寄り添った。純がいつもよくする格好だ。香具山の細い首筋が目の前にうなだれている。

「あのう」

と香具山はいった。

「え？」

と真吾は細い首筋を見つめる。

「あのう」

と香具山はまたいった。

「何ですか、遠慮なくおっしゃって下さい」

香具山は消えそうな声でいった。

「伊庭さんとあの方、どんなご関係？」

「あの方って？　どの方です」

「あの方……あの金色のドレスの方……」

香具山は真吾をじっと見つめた。

「どんなって……つまり客とホストですよ」

「客とホスト……ではこのクラブだけのおつきあい？」

「勿論、そうですよ。クラブ以外にどんなつきあいがありますか」

「どんなって……」

香具山はいいよどみ、

「でも、伊庭さんは、あの方にくっつきすぎてるわ。あたしとのときはあんな風にピッタリくっつかないわ。いつも、三センチほど間があいてるわ」

「三センチ！　うーん、細かいですねえ」

仕方なく真吾は唸《うな》った。

「あの二人はくっつきすぎてるわ。あんまり強くくっついているので、ほら、あの方の腕の肉が押されてもり上ってしまってるじゃないの」

「あれはつまりですね、そのう、あの方の肉づきがよすぎるのでして、例えば奥さまのようにすんなりなさった方の場合は、ほら、こんな風にくっついても、あんなにならないわけですよ。あれは肉のせいであって、くっつき方の強さのためではないとぼくは考えますが」

「でも……」

香具山はまた淋しい細い声を出した。

「でも……あたし……気になるの、ねえ、あの二人はただの間柄じゃないんでしょう？」

香具山の細い目は急に蛇のように燃えた。

「ねえ、山田さん、あなた知ってるんでしょう？　おっしゃってよ。おっしゃって……ねえ……」

香具山は真吾にすり寄り、膝《ひざ》に手をかけてゆすぶった。

「正直にいいますが、ぼくは何も知らないのです。本当に知らないのです」

「知らないって、そんなこと……」

香具山の親指と人さし指が真吾の腿《もも》の肉をはさんでねじった。次第に力をこめながら、

「知らないなんてこと、ウソだわ。あなたは伊庭さんのヘルプじゃないの。伊庭さんの代役じゃないの」

「タ、タッ！　タッ！」

真吾は呻きをこらえ、

「知、知らないといったら、ほんとに……タ、タッ……タッ……」

あの女はすぐに抓《つね》るんだ、といつか純がいっていた。しかし女に抓られるってのはいいもんだぜ……と。

だが真吾はいいもんどころではない。純は〝いいもん〟程度に抓られているが、真吾は真剣に抓られる。そこがナンバーワンとヘルプ専門との違いなのだ。

真吾は奥歯を嚙《か》みしめ、じっと耐えた。耐えているとある侘《わび》しさが、嚙みしめた歯の間から滲《にじ》み出てきた。サダヨにはすまぬが、真吾は香具山に人知れぬ想いを寄せていたのだ。香具山のもの悲しげな微笑、訴えるような目差し、やや長い胴、たよりなげな腰、ぺたんこの胸は、いつとはなしに、真吾の中でいたわってやらねばならぬような、守ってやりたいような、慰め励ましたいような、気がかりでならぬ感情を育てていたのだ。

「ごらんになったってわかるじゃありませんか」

真吾はやっといった。

「あの人は六十歳だという噂《うわさ》もあるくらいなんです。そんな人にあの伊庭がなんで……」

真吾の腿を抓っていた指は少しずつゆるんでいった。

「奥さんという人があるものを、どうして伊庭が……」

真吾はいった。

「奥さん、察してやって下さいよ。伊庭だって辛いんです。本当ですよ。耐えに耐えてるんです」

香具山はしばらく黙った。腿の指は力を失い、その手はだらりと垂れた。それから彼女は優しくいった。

「ごめんなさい。痛かった?」

「いえ、痛くなんかありません。よかったらもっと、どうぞ、やって下さい……」

香具山は静かに顔を上げて東のコーナーに目を向けた。その視線を受けて東のコーナーから、金色の耳成山がきっとこっちを見た。二人の視線は人々の頭を越えてハッシと切り結ばれた。

「あたし、負けませんわよ」

視線を切り結んだまま、香具山は低い声で決然とそう呟いた。

八月に入るとクラブ千住では暇な日がつづいた。ナンバーワンの純でさえも指名客が減っていき、従って真吾のヘルプの仕事もなくなっていった。客たちは山や海へ行ってしまうのだ。真吾はサダヨのすすめで弁当を持ってクラブへ通うことにした。

「外食はお高くつきます。それに栄養も片寄ります」

専属バンドが演奏する港町ブルースを聞きながら、真吾は控室で肉のツクダ煮と煮豆の弁当を食べた。このクラブでは土曜日は全員がタキシードを着る規則になっているが、真吾は毎日タキシードを着ている。

「あなたはハト胸だからタキシードを着ると立派よ」

とサダヨはいった。

ある日、タキシードを着てツクダ煮弁当を食べている真吾のそばで、ふと純がいった。

「真さん、この商売、面白いかい？」

「面白いですね。化粧品のセールスマンより面白いし、おでん屋よりも面白い。おでん屋は雨が降ると休まなくちゃなりませんが、これは雨でも雪でもやれる」

「そうか、面白いか、そうかなあ……」

純はいった。

「ぼくはちっとも面白かないんだがね」

純のその抑揚の中には、こんなに売れているオレが面白くないといっているのに、売れないお前が面白いというのはウソだろう、といわんばかりの嘲笑がある。

「しかしぼくは面白い。面白く愉快に暮そう！　これがぼくのモットーだから」

「なるほどねえ」

純はさも感心したようにいった。

「いいモットーだな。面白く、愉快に、か。愉快にヘルプを……愉快に抓られましょうか……いいなあ、真さんは……」

それから、純は向こうの方へ歩いて行きながら、真吾の食道に煮豆が詰るようなことをいった。

「オレはあのお痩せさんを、本格的にお慰め申さなくちゃならねえことになったよ」

「行くのか？　きめたのかい？」

鏡の前から声がかかった。

「ああ、きめた。人助けさ」

「彼女、しつこいぞ」

「わかってる。だから逃げてた。しかし、もう仕方ねえんだ」

純は投げやりにいった。

「もう半年も来てるんだ。オレも男だ。これ以上、知らんプリは出来ねえよ」

真吾は弁当箱をしまった。それから洗面所へ立って歯を磨いた。鏡に顔が映っている。その生れながらの底光りのする黒さが、今はへんに色褪《いろあ》せて白茶けて見えた。それは嫉妬《しっと》のためではなく、彼女を侮辱した純への怒りのためだ。

純の声が聞こえてきた。

「彼女はもう三年も一人なんだ。三年の間に亭主は二回帰って来ただけだってさ」

ボーイが入って来て、純を呼んだ。

「ご指名です。いつもの方……」

「痩せた方？　肥った方？」

「痩せた方です」

「噂をすればか」

純は鏡を覗《のぞ》き、前髪を人さし指でちょっと撫《な》でて、控室を出て行った。真吾は誘われるようにその後を追った。閑散としたホールに彼女がぽつねんと坐っている。バンドが気のない調子で古くさいタンゴをやっていた。純がにこやかに何かいいながら、香具山の顔を覗き込んでいる。要するに純は退屈しているのだ。客がないので彼女と深入りする気になった。香具山は今日は新調のオレンジ色のスーツを着ている。化粧も濃い。いつものあの胴長の、肩のあたりのたよりなげな感じは今日は薄れている。彼女は今日は燃え立っているのだ。きっと純が電話をかけて呼んだのだ。彼女はその電話を聞き、決心して出てきたのだ。

そのとき、入口のそばの壁際に立っていた真吾の前を一陣の赤い突風が通り過ぎた。

耳成山である。今日は金色ではなく、燃えるような赤だ。ボーイが椅子を引く隙《ひま》もなく、荒々しく坐ったのは、今日もはや香具山に一歩を先んじられた口惜《くや》しさが怒りとなったためなのであろう。

「真さん、ヘルプ」

とボーイがやって来た。真吾は耳成の方へ行こうとすると、ちがうよ、あっちだよ、という。純は香具山のテーブルを立ち、はやにこやかに耳成の横に坐って、どうやらその燃える赤服を褒めているらしい。真吾はあるもの悲しい感慨を胸に秘めて香具山の席へ行った。香具山は今日は別人のようににこやかだ。自信に溢れ、もううつむいてはいない。香具山は純と約束をとりかわしたのだ。今夜、クラブが終ってからどこかへ行く。だから香具山は余裕を持って純を耳成の方へ行かせたのだ。

真吾はさっきの怒りはどこへやら、満面笑み崩れている耳成をふと気の毒に思った。——男が浮気の下心を抱いて女房のそばで日曜日の午後を過している。女房は夫がいつになくそばにいてくれることが嬉しくて、今日は恨みごとをいうまいと心に誓い、この幸福な半日を十分に楽しいものにしようと心を尽している——耳成のニコニコ顔はいわばそういったニコニコ顔だ。それを思うと真吾はしみじみと耳成がいとしくなる。女というものがいとしくなる。

そのとき真吾は香具山がクックックッと笑い声を立てるのを聞いた。見ると香具山は今まで真吾が見たこともなかったような大仰な身ぶりで、両手で口もとを蔽《おお》って笑いながらいった。

「まあ、あの方ったら……どうしてあんなメガネを……」

今日の耳成は宝石らしきものをチカチカとちりばめた、赤い太い縁のメガネをかけている。

「ああいう方はなるべく目立たないように目立たないようにと心がけるおしゃれをするべき

なんじゃないの」

　香具山は尚《なお》も笑いつづけた。

「あのヘアスタイル！　どこかで見たことがあると思ったら、五条の橋の牛若丸……」

　真吾はもの悲しい気持で香具山を見た。今日のもの悲しさはいつものもの悲しさとは違う。香具山が彼女の肌の匂いのようであった、あのもの悲しさを失ってしまったことに対するもの悲しさだ。彼女は今日はもう、

「あたし、ゆっくりしていられないの」

　とはいわない。

「子供はおばあちゃんのところへ預けてきたの」

と、香具山は唐突にいい、そうして真吾をじっと見て、わけもなく、しかしどうしても笑わずにはいられないというように笑った。

　ラスト近くになって大雨が降ってきた、とボーイがいった。真吾は純に頼まれてハイヤーを呼ぶようにボーイに命じた。香具山はひとりでそのハイヤーに乗って五十メートルほど走らせ、貸ガレージのある暗い横丁で純を拾って立ち去るのだろう。

「雨なの、まあ、そんなに大雨？」

　香具山と踊っていた真吾は耳成が純と踊りながら、わざと香具山に聞こえるように高い声でそういうのを聞いた。

「じゃあ、車でお送りするわ。今度、買い替えたのよ。日本に、二台しかないっていうのに

「……」

香具山は真吾の肩のかげでまたクスクス笑った。勝利者のクスクス笑いだ。耳成のメガネがキラキラと光った。真吾は慌ててターンをして反対側へと離れていった。香具山の身体は水底のワカメのようにゆらゆらして、だらけたようなブルースにつれて真吾の身体にまつわりつくようである。

「ああ、あたし、酔ったわ」

と香具山は一本のビールを半分も飲んでいないのに、そんなことをいった。

一刻の後、しのつく雨の中を真吾は、耳成のそばに引き寄せられ、上半身を不自然に曲げさせられたまま、日本に二台しかないという車で闇《やみ》の中を運ばれていた。レースのカーテンを引いた車の中はゆったりと広く、クーラーが利いている。

「ねえ、よオ、真さん」

と耳成はかすれた声でいった。

「どこがいい？　ねえ、どこへ行こう？　いっそ熱海《あたみ》まで行ってしまおうか？　ねえ、それとも、裏磐梯《うらばんだい》まで飛ばす？」

そうして耳成は突然、ヤケクソの大声で叫んだ。

「ああ、気持のいい雨だねえ！　爽快《そうかい》、爽快！……」

耳成は車を呼び寄せている間に、香具山と姿を消してしまった純のことは口にしなかった。あの耳成が何もいわないということは、どれほど耳成の傷が大きかったかを物語るものだろう。

「真さん、行こ！」

耳成は純が既にいないと知ったとき、有無をいわさぬ調子でいった。それはまさに〃女社長の命令〃の強力さを持っていた。真吾はいわれるままに車に乗った。そのとき真吾の考えたことは、怒りに燃える耳成の憤怒《ふんぬ》の嵐をこの一身に引き受けて、とにかく嵐の過ぎるのを待てばよい、ということだったのだ。しかし、憤怒の嵐はやってこなかった。その代りに彼女は「爽快！　爽快！」と叫んだ。そうして真吾は好むと好まざるとにかかわらず、この燃える赤服を着た焔《ほのお》の女王と共に一夜を過さねばならぬことになりつつある自分の運命に気がついた。

「あなたのこと、人はお人よしっていうけど、あたしはそう思いません。あなたは優しい人なのよ。優しすぎるのよ」

サダヨはいつかそういったことがある。彼は今、その優しさのために耳成の後について熱海ホテルのロビーを横切りつつあった。大雨は関東地方を去り、漆黒《しっこく》の夜の中に歓楽の地の灯《ともしび》が、気持のよい夜風の中に瞬《またた》いている。

「ああ、爽快ねえ！　ロマンチックねえ！」

耳成山は特等室のテラスに出てそういった。

「ねえ、ラジオをつけてちょうだい。音楽を聞きたいわ」

それから耳成山はテラスへ出て来た真吾の手を取っていった。

「タンゴだわ。踊りましょう。ねえ、ここで、あたしハダシで踊りたい。〝歴史は夜作られる〟のジーン・アーサーみたいに……」

女社長はやはりいうことが古い。真吾は耳成山が靴を脱ぐのを眺めた。何とも幅の広い足だ。黒ずんだ坐りダコが出来ている。彼は今、殆ど呆然《ぼうぜん》たる心境だった。彼はいわれるままにハダシの女社長とタンゴを踊りはじめた。

「すばらしいわ、夢のようだわ！」

女社長は目をつぶって囁《ささや》いた。

「ねえ、このまま、あたしをベッドまで抱いていって……」

一瞬、真吾は途方に暮れた。このまま抱いていけといったって、そうは簡単にいかない。ベッドルームまで運ぶには、もう一人、助っ人が要る。真吾は体軀《たいく》の割には非力で、大掃除の畳なども一人で持ちかねるのだ。

「ねえ、抱いてって……」

真吾の苦衷をも知らず女社長は囁いた。

真吾は決心した。義を見てせざるは勇なきなりということがある。そうして女社長の背中に左腕を深く回した。その腕に向って女社長は身体の力を抜いた。

「うっ！」

真吾は思わず唸った。何たる重さ。想像を絶した体重だ。腕は折れんばかり、いや、それよりも体勢崩れて今にも膝が地につきそうだ。真吾はヘッピリ腰で必死で踏ん張り、首を反らして天空を睨《にら》んだ。そのまましばし、角力《すもう》の取口分解写真のごとく動きを停止し、一呼吸入れて、「やっ！」と体勢を立て直した。体勢を立て直したといっても、耳成山を抱きかかえたわけではない。ヘッピリ腰が砕けそうになっていたのを、やっと膝を伸ばしたのだ。

耳成山の目はキラキラメガネの下でうっとり閉ざされている。彼女はいった。

「連れてって、早く」

仕方なく真吾はそのままの形で一歩踏み出した。そのままの形とは、いうならばタンゴのバリエーションの、腕の中に女を倒した形である。つまり真吾は抱きかかえることは断念して、引きずるという手段を用いることにしたのだ。真吾の非力を察したのか（あるいは我が身の重さを反省したのか）耳成山は真吾の腕の中に斜めに身を倒したまま、足を交互に動かして、つまりそれとなく歩くことによって、真吾を助けながらテラスからベッドルームへと目をつぶって運ばれていったのである。

「脱がせて」

ベッドに投げ出されるように倒れたあと、耳成は相変らず目を閉じたままいった。

「いつものようにして……早く……」

いつものように、とはどういうことか。真吾はとまどった。耳成は今、真吾を純だと思うことによって、胸の傷手《いたで》に耐えようとしているのだ。

真吾は耳成の洋服を脱がせはじめた。何とも重い、太い胴だ。魚河岸《うおがし》の大マグロだ。こういう場合、ピンク映画などでは女を抱擁しているその片手でチャックをずらしていくものではないか。しかしこの太い身体でそういう具合にはいかぬ。真吾は耳成をうつ伏せにしてチャックを引っぱったが、チャックがスリップに引っかかって、上りも下りもしなくなってしまった。

「うふン……」

と耳成は鼻を鳴らした。

「早くったら……何してんのよォ」

やっとチャックが下った。洋服を下へ引き下げたが、今度は下腹のところでつかえた。それを無理に引き下ろすと、どこかが破れた気配である。破れを調べようとすると、

「いいのよ、いいのよったら、早くゥ」

と耳成は真吾にかじりつき、いきなり脚をかけて引き倒す。あっという間に真吾は耳成の下敷きになってネクタイとワイシャツをはぎ取られた。

それから後はさながらレスリングのタイトルマッチだった。耳成は有無をいわさず真吾を取りひしぎ、上になり下になりして攻め寄せる。耳成の太い咽喉《のど》はのけぞって、「ああ、ジュン、ジュン」と叫び声を上げたかと思うと、いきなり真吾は尻をパシッと叩《たた》かれ、

「しっかりしてよ、さあ、真さん!」

と叱咤《しった》される。

殆ど一睡もせぬうちに熱海の夜は白々と明けてきた。さすがの耳成も、闘牛の後の牡牛《おうし》のごとくに疲れて、真吾の胸に頬《ほお》を寄せて囁いた。

「愛してるっていって、ジュン」

真吾はもう口を利く元気もない。叩かれた尻が開け放った窓から流れ込む朝風にヒリヒリしている。そのほか、掻《か》きむしられたところもあるし、嚙まれたところもある。耳成はまたいった。

「愛してるっていって、ジュン」

「愛しています」

仕方なく真吾はいった。この耳成に純はいったい何度つき合ったのだろう。純はやっぱり偉い、と真吾は思う。ナンバーワンになるだけある。ヘルプは所詮《しょせん》、ヘルプの実力しかないのだ。

「もう浮気しないっていって、ジュン」

女社長はいった。女社長は今、夢と現《うつつ》の間で陶然と恋のあと味を味わっている。

「約束して、ジュン。ミカコひとりっていって……」

女社長がミカコという名前であることを真吾ははじめて知った。今頃、香具山と純とはどこでどんな朝を迎えたのだろう？　真吾の胸は疲労ともの悲しさでどんよりしている。このもの悲しさは香具山と純の朝を想うからばかりではない。これは三十九歳のヘルプのもの悲しさなのだ。

「約束します。浮気はしません」

真吾は不器用にいった。すると女社長はもう半ば眠りながらつづけた。

「いって……ミカコひとりって、いって」

憮然《ぶぜん》として真吾はいった。

「ミカコひとり」

それから真吾は女社長が眠りに落ちるのを見定めていった。

「しかしぼくはジュンじゃない」

真吾は家へ帰ってきた。耳成山の車は真吾の住んでいる町を通っている私鉄の始発駅までしか真吾を送ってくれなかった。真吾はそこから電車に乗り、五十分近くかかって家へ着いた。丁度午後三時を廻ったところで、サダヨは台所に立って白玉を作っていた。サダヨは真吾を見て、

「昨夜《ゆうべ》は……」

といいかけたが、それ以上いおうとはしなかった。

「疲れたよ」

真吾はいった。その一言には万斛《ばんこく》の涙がこもっている。卓袱台《ちゃぶだい》の向こうに呆然と真吾は坐った。サダヨは麦茶を持って来た。そうしていつものようにいった。

「ごくろうさまでございました」

忙しいダンディ

1

女事務員の野島光代の観察によると、岡村邦彦は小鼻のつけ根にある鼠色《ねずみいろ》のイボをひそかに気に病んでいるということである。岡村邦彦は日に何度か鏡を見るが、そのたびにそのイボに視線を止めぬ時はない。

こいつがなあ――。

という表情がその目の中にある、と光代はいう。そのイボさえなければ、一点非の打ちどころのないダンディとして通用すると彼は思っている。彼は上背のある引き緊《しま》った身体つきで、四十歳を一つ二つ出たところだがまだ下腹は出ていない。色は浅黒く頬《ほお》が引き緊り、濃いベッコウ縁のメガネをかけ、低くも高くもない丁度頃合の気持のいいバリトンで歯切よくしゃべるが、その闊達《かったつ》な話術は人を快適な気分に誘《いざな》うのである。彼はもと声優で西部劇のアパッチ討伐隊長役が当り役だったこともある。

岡村は朝、会社に出てくると、その快いバリトンで、

「やあ、諸君！　お早う」

という。しかし諸君といったところで、この会社には三人の社員しかいない。

二十八歳の独身事務員である野島光代と、営業担当の井口和夫と経理担当の関根という老人とである。岡村はこの社の専務で、社長は中野というもと小学校教頭である。彼は岡村が少年時代の家庭教師だったというが、この会社――宣伝広告関係の映画プロダクション――を作ることを岡村が考えついたとき、なぜ中野を社長にしようと思い立ったのか、その理由は中野にもわからぬのである。あるいは岡村自身もなぜと問われると明瞭《めいりよう》には答えられないのかもしれない。岡村とはそういう人間なのだ。ふとした思いつきで重大なことをスラリと決める。

この会社は社名をプロダクションポリプテという。

「ボリプテとはどういう意味で？」

と聞く人がいると、岡村はいった。

「ラ　トウヌウコールデル　エ　ボーテ　ルクス　カルム　エ　ボリプテ……」

そうして岡村はいった。

「かしこには秩序と美と奢侈《しゃし》と逸楽と……ご存知ですか、ボードレールの旅へのいざないの中の一節です。ジイドはこの詩句は芸術の五大要素を現しているといっています」

岡村は急に詩人にでもなったように、気取って静かに微笑する。

「ボリプテ——逸楽という意味です」

中野社長はこのボリプテをなかなか覚えられなくて困っていた。ボリプテをプリボテといってしまう。

「年頭に当り我がプロダクションプリボテにおきましては……」

と挨拶《あいさつ》をした。挨拶といっても聞くのは三人の社員である。馴《な》れているから別段、笑いも驚きもしない。

「困りますなあ、社長、ボリプテですよ、よく覚えて下さいよ」

と岡村だけが苦い顔をした。中野社長は訓辞が好きだが、社長としての役目を果すのは訓辞をするときだけといってもいい過ぎではない。朝は社員より早く来て、そのへんにカラ拭《ぶ》きをかける。岡村の贅沢《ぜいたく》好きのためにこの会社は内容の貧困さに似ず、六本木の高級マンションの一部屋を借りている。机に花を絶やしたことなく、机も電話も灰皿もピカピカに光っているのは、ひとえに中野社長の力なのである。社長が特に力を入れてカラ拭きするのは社長と専務のデスクで、それは一流会社の社長室に置いても恥かしくないような厚ガラスを置いた両袖《りょうそで》つきである。その上にみごとなカットグラスの大灰皿が据えてある。岡村はものを考えるとき（といってもたいてい、次の手形を落す金をどうしようかということだが）そのデスクのまわりをアメリカ人のように歩いて黙考し、歩きながらその大灰皿にまだ長い吸殻を惜しげもなく押しこんだりするのである。

プロダクションポリプテの経営は、この春頃から末期的症状を呈していた。

「末期的症状ですな。これはまさに末期的症状というべきでしょうな」

と中野社長は老眼鏡の上から、その丸い赤い目をふくろうのように見張って社員に向っていった。

「岡村くんはいったい、どういうつもりなんですかなあ、彼の真意はわたしにはさっぱりわからん」

「さっぱりわからんのは専務ばかりじゃないです」

女事務員の野島光代が語気鋭くいった。彼女は吸血鬼が血を吸うことによって生きるごとくに、岡村専務と中野社長の悪口をいうことによって生きてきたといってもよい。カマキリのように瘦《や》せて目が大きく、この会社に入ってからつっけんどんにものをいう癖がついてしまった。

「私にいわさせていただきますと、社長の真意だってさっぱりわかりません。とにかく社長は社長なんでしょう。え？　社長なんでしょ？　この事実を何とお考えですか？」

この数か月、プロダクションポリプテの事務所にはこのような語気鋭い言葉や歎息や虚脱したような沈黙がかわるがわる訪れ、三人の社員はヤケになったり、不安に沈んだり、いい合いをしたり、また励まし合ったりしながら、手不足のために仕事に追われ、営業部が金繰りに走ったり、経理部が前回の出演料未払いのために動かぬ俳優集めに駈け廻ったりせねばならなかったのである。

会社創立以来一年にして既に末期的症状を呈したまま、会社は夏を迎えようとしていた。しかし岡村専務は元気のいい足どりでエレベーターを出てくると、颯爽《さっそう》とドアを開けて、

「やあ、諸君！　お早う！」

とその気持のいいバリトンを響かせる。その岡村のいつも変らぬ潑剌《はつらつ》たる声が三人の社員に勇気と信頼を抱《いだ》かせた日々はもう遠く過ぎてしまった。岡村の元気に比べて三人の社員は滅入りこんで、ただボソボソと口の中で、

「お早うござ……」

というだけだ。この頃では社員たちは、岡村が元気な声を出せば出すほど、元気を失うという状態になっているのだ。しかし岡村は肘《ひじ》つき回転椅子《いす》にどっかと腰をおろし、

「さて、今日は！」

としゃれた手つきで煙草《タバコ》を咥《くわ》える。そして岡村は関根老人のさし出した帳簿を渋い顔をして一覧するがその渋い顔にも彼一流の伊達《だて》ぶりがあるのである。彼は朗らかな声でいった。

「よし、わかった！」

その一言を合図のように電話のベルが鳴り出す。

「ぼくは留守！」

受話器を取った光代に向って潑剌と岡村は叫ぶ。

「専務は出張で出かけておりますが……社長ならおりますけど……はア、はア、ハイ、わかりました。そう申し伝えます」

光代は受話器を置き、ニヤリと笑っていった。

「西光印刷からですけど、社長がいるといったんですが、社長じゃ用が足りないからって……」

光代はクスクス笑い、机を並べる井口に向ってもう一度くり返した。

「社長じゃ用が足りないから、またかけるって……ク、ク、ク……」

野島光代はそういう時、人一倍長々と笑う女なのである。

2

夜になると岡村邦彦は青山に向って車を走らせた。行く先は青山のクラブサリーである。クラブサリーはもと会員制の高級クラブだったが、この頃では一見《いちげん》の客も入れる。クラブの経営が困難になったためである。だが一見客を入れるようになってもあまり客は来ない。当初の贅沢な目論見《もくろみ》の名残りである濃緑のカーペットを敷き詰めた一隅に、純白のグランドピアノが置いてある。岡村はそのピアノに向って長い指を反らせてショパンのノクターンなどを弾くのである。またマダムの鮎子《あゆこ》と共に、〃夕空晴れて〃を英語で唱和したりもする。

「岡村さんの声って、なんてすばらしいんでしょう。すごいセクスアピール！」

鮎子は外国人のように大仰に胸に手を当てた。彼女は岡村に傾斜している心を隠そうとしない。岡村のことを、〃若さま〃と呼んだり〃坊やちゃん〃と呼んだり、〃専務〃と呼んだりする。岡村の父は六年前に死んだが、生前はある財閥の番頭をしていた。鮎子は岡村をその財閥の一族だと思いこんでいるのだ。それに岡村もまた、その鮎子の誤解をあえて正そうとはしていないのである。

鮎子は三十六歳のひとり者で小肥りで背が低い。顎《あご》から胸にかけての白い豊満な線が自慢で、それをきわ立たせるために好んで衿《えり》ぐりの広い濃い色の服を着ている。岡村はどちらかというと肥った女は好きではない。スポーティな感じの、潑剌と若い小麦色の娘が好きなのだ。しかし女の方から好いてくれる限りは、肥っていてもコロコロしていても決して悪い気持ではない。相手が自分を好いてくれているということに対して、彼は相手のために尽したいという気持になるのである。

クラブサリーはこのところ、客が減る一方であるにも拘《かかわ》らず、鮎子は陽気だった。サリーの客が減ったのは、あまりに酒が高すぎるという説もあるし、女の子のいいのを置かないからだという説もある。サリーには鮎子の姪《めい》だという、あまり愛嬌《あいきょう》のよくない女の子が一人いるだけで、あとはボーイとバーテンが一人ずつついる。鮎子には客を引き寄せるのは自分の魅力だけで十分だという思いこみがある。しかし鮎子はもう三十六歳だ。三十六歳のその自信が災いしているのだという者もいるが、それは鮎子をくどいてふられた某作家の言葉だともいう。

岡村は肥った女は嫌いな方だが、しかし鮎子が漂わせているハクライ風の雰囲気が少しばかり気に入っていた。鮎子の濃厚な嗜好《しこう》や白い肌や大仰なゼスチュア、ゆさゆさと右左に尻をゆすって歩く歩き方を見るだけで岡村は何となく楽しく、酒を飲んだときのようないい気持になってくる。まして鮎子の心は岡村に傾斜しているのだ。男というものには、惚《ほ》れた女のそばにいるよりも、惚れてくれている女のそばにいることの方が幸福な時というものがある。岡村はこの頃、夜になるとそうした心境でクラブサリーへ足が向いてしまうのだった。

この頃、岡村は心から晴れ晴れしたことがない。毎日、必らず工面せねばならぬ金があり、落さねばならぬ手形の期日は、まるで梅雨前線のように彼の前方を塞《ふさ》いでいるのだ。そんな状況に陥ってもう何か月になるだろうか。何か月か前のある日、彼は明日に迫った手形を落すために苦肉の策として七万円のボリプテの手形を作り、昔馴染みのバーへ行った。そのバーには一万二千円ほどの借金があり、マダムはバスの中であろうと客の前であろうと彼の顔さえみれば大声で借金を催促するといった女である。彼はそのマダムに七万円の手形を見せて現金に変えてくれないかと頼んだ。勿論《もちろん》、借金の一万二千円はそこから天引きしてもらう。マダムはコゲついた勘定を取りたい一心でその申し出を承知した。そこで彼は五万八千円をマダムから受け取り、翌日の急場をしのいだが、今度はマダムに渡したその七万円の手形を五日後に落さねばならなくなった。そこで彼は今度は十万円の手形を作り、それを支払いの溜《たま》っている映画監督のところへ持っていって、同様のやり口で二万円の支払いをして八万円の現金を貰《もら》ってきた。七万円のバーの方の手形を落し、一万円は自分の小遣いにする。すると今度は監督に渡した十万円の手形の始末をしなければならなくなった。そこで彼は十三万円の手形を作って金貸しのところへ走る、ということをこの数か月くり返してきて、金額は次第に嵩《かさ》み、そのくり返しのおかげで小遣いには不自由はしないが、とどのつまりほうり投げたボールを受け止めるために西に東に駆けめぐらねばならぬという慌ただしくも悲痛な状況に追い込まれたのであった。

彼の妻は三か月前に子供を連れて実家へ帰ってしまった。妻から離婚訴訟が起され、裁判所へ供託金を三十万近く積まなければならない。彼の母も妹も、今では彼を見ると露骨に警戒的な目つきをするようになった。

「もう、あなたには欺《だま》されませんよ」

と母は何の挨拶よりも先にいう。

「兄さん、いい加減に正業についたら……」

と妹はいう。しかしよく考えてみれば、岡村のポリプテは立派な正業なのであって、岡村はノラクラと遊び呆《ほう》けている怠け者ではないのだ。彼は毎日毎夜、睡眠時間も十分に取らずに会社の金繰りに狂奔している。

「いったいあの子は何をしているのかねえ。一生懸命に働いていることは働いているわけなんだけれども……」

と母はつい気が弱まり、もう絶対に出すまいと決心した心がゆるんで、岡村のいうままに株券を渡してしまったりするのである。

岡村がクラブサリーへ行ったとき、ボーイとバーテンはカウンターで退屈そうにダイスをやっていた。

「やあ、諸君、ごきげんよう！」

岡村は緑色のカーペットの上に、ピカピカに磨いたコードバンの靴を一歩踏み出して朗らかな声でいった。

「ぼくの小鳩ちゃんは？」

「マダムですか、頭痛がするといって部屋で寝てるんです」

バーテンはダイスの手を休めもせずにいう。バーテンはかねてから岡村をうさん臭い奴だと思っているふうがある。しかし岡村はそんなバーテンの思惑にはとり合わず、ピアノの前に坐って軽くモーツアルトのソナタを弾いた。ボーイが鮎子に電話をかけた。鮎子はこのクラブのあるマンションの五階に住んでいるのである。鮎子が臙脂《えんじ》の絹の服を着て現れたとき、岡村はピアノを弾きながら声を慄《ふる》わせて「慕情」を歌っていた。

「ボンソワール　マダム　コマンタレ　ブー」

岡村は鮎子を見ると歌うのをやめ、ピアノだけは弾きつづけながら、陽気にいった。

「頭痛がするって、どうしたの？　珍しいじゃない。君がそんなしょげた顔をしてるのは

鮎子はボーイの運んできたブランデーを持って、岡村のそばに腰を下ろし、

「……」

「あたし、今、死にたくなってたの」

「死にたくなってた！　それは穏やかじゃないね。死ぬのは一人？　二人？」

「一緒に死んでくれる人がいたら、三人でも四人でも、そりゃ、賑《にぎ》やかな方がいいわ。でも、あたしなんかと一緒に死のうなんてもの好きはもういないわね。時限爆弾でも仕掛けて無理心中でもしない限りは……」

岡村はピアノをやめ、ブランデーを受け取りながらやさしく微笑した。

「どうしたの？　何を絶望してるの？　絶望は君には似合わないよ、小鳩ちゃん」

「あたし、どうしても明後日《あさって》までに四十万のお金がいるの」

鮎子は思いきったようにいった。

「今、宝石を売ろうかなって考えてたの。とりあえずキャッツアイとサファイアで……両方で百万ほどするんだけど、売るとするとどれくらいになるかしら？」

「売っちまうの？　勿体《もったい》ないなあ……」

岡村はいかにもノンキそうにいった。

「なぜそんなにお金がいるの？」

「なぜですって……まあ、この坊やちゃん！」

鮎子は大仰に呆《あき》れた。

「専務のようなボンボンにはわからないのよ。とにかく明後日までに四十万ないと、この店も手放さなくちゃならなくなるのよ」

「じゃ、ぼくが借りてあげようか」

岡村は無造作にいった。

「売るなんて勿体ないじゃないの」

「そりゃあ勿体ないわ。でも指輪を担保に取ってくれる人なんかいないでしょう」

「そんなことないだろう。ぼくが借りてあげようか？」

「本当？ 本当かしら……お願い出来て？ まあ、専務、嬉しいわ……」

鮎子は両腕をひろげ、岡村に抱きついた。鮎子のマシュマロのようにやわらかな三十六歳の肉体が、ふわりと岡村を包んだとき、岡村はこういうときにいつも彼を襲い引きずり込むある抗し切れぬ力が、またしても彼を引っぱりはじめたのを感じた。岡村は鮎子のために四十万の金を作らねばならぬ。何のためなのか？　何が彼にその約束をさせたのかわからぬままに、彼は約束してしまったのである。心当りなど今、急にはない。しかし彼は作らねばならぬ。

殆《ほとん》ど同時に彼は明日の三時までに作らねばならぬ彼自身の金のことを思い出した。岡村は気が滅入りながら鮎子のオゴリだというナポレオンで鮎子と乾杯した。

――お前はなぜこんな所で乾杯しているのか！……カウンターの向うでバーテンの細面の白い顔がそういっているように見えた。

全くその通り……岡村はバーテンに向って心の中でそういいながら、気取ってグラスを上げた。それからピアノに向い、激しい調子でショパンのスケルツォを弾きはじめ、すぐにやめた。彼はスケルツォはそこまでしか弾けなかったのである。

3

翌朝早く、岡村は風呂敷に包んだ宝石箱を抱えて城山質店へ急いだ。城山質店は岡村が育った品川の家の(そこには今、母と妹夫婦が住んでいる)すぐ近くにある質屋で、彼とは高校時代からの馴染みの親爺《おやじ》が七十八になってまだ店に出ている。親爺は岡村を見ると顔をしかめていった。

「おや、暫《しばら》くいらっしゃらないので、これはいいあんばいだと思っておりましたが……」

いいかけるその鼻先へ岡村は宝石箱を開いた。

「これで六十万いるんだ。何とかしてくれないか」

親爺は指輪を一つ一つ手に取って眺め、引き出しから拡大鏡を取り出して片方の目にはめた。

「どうだい、六十万なら軽いだろう?」

「ムリだね」

急にぞんざいないい方になって親爺はいった。

「せいぜい四十ってところだな」

それから親爺は拡大鏡を取り外して岡村を眺め、

「あんた、まさか、妹さんのを無断で持ち出してきたわけじゃないだろうね」

「冗談じゃないよ。失敬なことをいうな」

岡村は真顔で抗議した。

「さる女性に頼まれたんだよ。ぼくの金じゃない、その女性が必要なんだ」

「うーん」

親爺はジロジロ岡村を見て、

「四十にしときな。でないと出すときに辛いよ」

「大丈夫だったら、わかんねえ人だな。ぼくんじゃないったら……その持主が出すんだ。女にとって宝石は命の次に大事だっていうだろう。絶対、受け出すよ」

「じゃ、中とって五十といくか」

親爺はいった。

「どうせ十くらい、あんた、ピンハネるんだろ?」

岡村は五十万の金を内ポケットに入れて元気よく質屋を出た。初夏の午前十時の閑静な住宅街は絵本のような平和な日射しに溢《あふ》れている。少年の頃、神童といわれ、その誇りを頭《こうべ》にいただいて歩調正しく学校の往き帰りをした坂道には、左右から枝をさし出した桜の大木が、あの頃と同じようにひっそりと涼やかな木蔭を作っている。岡村は口笛を吹きながらその坂道を下りていった。下りたところに公衆電話がある。彼はそこから鮎子に電話をかけた。

「小鳩ちゃんかい？　出来たよ、四十」

彼は軽快にいった。

「届けようか？　それとも昼飯にでも出て来ない？」

鮎子の寝呆《ねぼ》け声が、急に目覚めたように高く力が入った。

「もう？　もう出来たの？　まあ！」

鮎子は叫んだ。

「夢のつづきかしら？　アイタッ！　やっぱりホントね！　まあ、ありがとう！　専務！

あたし、嬉しいわ」

岡村は鷹揚《おうよう》に笑った。

「十二時半にホテルノミヤマのロビーへ来ない？　あすこのサロインステーキはちょっとい
けるんだ」

「うれしいわ。あたしにご馳走《ちそう》させてちょうだい」

鮎子は弾んだ声を出した。

「あたし、最高におしゃれして行くわ」

岡村は電話ボックスを出て、さっきのつづきの口笛を吹いた。他人《ひと》の金とわかっていても、
内ポケットに五十万の金があるということは彼を浮き立たせる。彼はふと、床屋へ行こうと
思った。鮎子とどうなりたいという欲望が頭を擡《もた》げたわけではないが、彼に傾斜している鮎
子の前に期待を裏切らぬ姿で登場したいと思うのだ。彼は行きつけの床屋へ行くために途中

でタクシーを下りた。横断歩道を向う側へ渡ったところのビルの地下にその床屋はある。岡村は初夏の風にコードバンの靴を光らせて、踊るような大股《おおまた》で横断歩道を渡っていった。と、そのとき、向うから渡って来る一群の群集の先頭を切って、一人の女が足早に近づいてくるのが目についた。うす紫の単衣《ひとえ》に黒い帯を締め、髪を赤く染めてふくらませている。どこかで見たような女だ。近づくにつれ、年格好がはっきりしてきた。くぼんだ目のまわりのうす黒い小皺《こじわ》。睨《にら》むようにこちらを見た、やや斜視の丸い鋭い、鷹《たか》のような目。

「あ——」

二人の口から同時に声が出た。岡村は思い出した。そうして一瞬ためらった。

退くか？　進むか？

そのとき女が叫んだ。

「岡村さん、あらまあ……」

忘れもせぬあのかすれ声だ。仕方なく岡村はいった。

「やあ、どうも……」

全くどうも、というより挨拶のしようがない。女は柿内という五十二歳の女金貸しで、去年の暮、岡村は晦日《みそか》を控え、苦肉の策として彼女にいい寄ったのだった。かねてから女金貸しは岡村をにくからず思ってることを岡村は知っていた。十二月二十六日の正午のことである。岡村は必死の思いで彼女を鏡部屋のある高級つれこみホテルへ連れて行った。とにもかくにもその日の午後三時までに十二万の金を作って銀行に入れぬと、手形は不渡りとなって会社は倒産してしまうのだった。彼はあせっていた。女は金は貸してあげるが、何もそないに慌てんでもええでしょう、といった。柿内の欲望の貪婪《どんらん》さについてはかねてから定評がある。

「そないにバタバタしなさんな。せわしない人やねえ、ゆっくり、ゆっくり」

と女金貸しはいち早くのしかかろうとする岡村を叱《しか》りつけた。

「ゆっくり、ゆっくりよ。ええこと？　早いのんはわたし、キライよ」

しかし銀行は三時までだ。三時までにはどうしても相手方の千住の銀行まで手形を買いもどしに駈けつけなければならないのだ。

「いンや、まだ、まだ」

柿内はベッドの上に大の字になって、天井の鏡を睨みながらいった。

「まだよ、まだ、まだ」

岡村は気が気ではない。まわりの鏡は、鬼のような（と岡村には思えた）女金貸しをあからさまに映し出し、却《かえ》って岡村の気分を沮喪《そそう》させる。金貸しは岡村の一物を手に取って眺め、

「なんや、しょもないなあ」

と舌打ちせんばかり。その一言に岡村は忽《たちま》ちゲンナリして、それと同時に三時という時間が頭の中でネオンのように明滅した。彼は奮起しようとした。思わず、神よ、と心に叫んだ。岡村邦彦、いまだかつて女に遅れを取ったことなどなかった。しかしここ一番というところでこのザマだ。岡村はあせった。そのあせりの中には金の心配と同時にダンディ岡村邦彦の

面目を落した腹立たしさもある。女金貸しは岡村のやわらかな一物を握りしめ、悲憤の声を上げた。

「しっかりしなはれ、しっかり……どないしはった、岡村はん」

その言葉、その声はますます岡村を沮喪させる。時間は刻々と過ぎる、岡村はついに恥を忍んで絶叫した。

「一言いってくれれば立つんです。一言、ハッキリいってくれれば……」

女金貸しは急に興奮をあらわにした。

「何を？ 何をいうの？ 早ういいなさい。いうたげる、いうたげる！」

「三時までに、きっと十二万貸してやると」

「なんやて？」

女金貸しは拍子ヌケしたような声を出した。

「二時にはここを出るといって下さい。そうしたら立つんです」

岡村は必死でいった。

「わかってくれますか。そんな瀬戸際でもぼくは……あなたのそばに……こうしていたくて……」

「いらんこといわんでよろし。あんたの気持はわかってま」

女金貸しはいった。そうしてベッドのそばの電話を取って秘書を呼び出し、千住のK銀行へポリプテの使いの者として十二万の金を届けることを命じた。その電話を聞きながら、岡村は部屋の冷蔵庫にそなえつけてある赤マムシのアンプルを割っては飲み割っては飲み、そうして受話器を置いた女金貸しの上に、訓練中のシェパードのように飛びかかり、十二万円分の猛攻撃に移ったのだった。

しかしそれは岡村にとっては、思い出すだけでもゾッとするような、耐え難い思い出である。ダンディ岡村ともあろうものが、

「なんや、しょもないなあ」

といわれ、

「しっかりしなはれ、しっかり」

といわれ、

「一言いってくれれば立つんです！」

などとみっともないことを絶叫してしまったのだ。岡村はそれっきり、女金貸しから逃げた。勿論、十二万円を返す意志はない。十二万円にも代え難い傷を、ダンディ岡村は受けたのだ。その後、何回かの電話に、岡村は居留守を使った。

「専務は東南アジアへ出張中で」

野島光代はそういっては、さも軽蔑《けいべつ》するように岡村を見たものである。

「なつかしいですねえ。いかがです、そのへんでお茶でも……」

岡村はプラタナスの街路樹の下で、愛想よく女金貸しに向っていっていた。

「二週間ほど前にやっと東南アジアから帰って来ましてね。電話しようと思ってたところな

んです」

「うまいことをいうて……」

柿内は鷹の目で岡村を見つめて無遠慮にいった。

「あんたは情けない人やなあ……」

女からそんな目で見られるということは、岡村には我慢の出来ないことだった。そんな目を見ると、その軽蔑に光る目を何とかして変えてやりたいと思わずにはいられない。岡村は内ポケットのズシリとした金の重みを思った。これは他人の金だ。他人の金だが今、持っているのは岡村だ。誰の金であろうと、五十万の金を持っているということを、彼を辱かしめたこの女に見せてやりたい。彼は柿内を誘って近くの喫茶店に入った。喫茶店へ入ると岡村は、内ポケットから手帳を出すのにわざと間違えたふりをして、金の入った袋をとり出した。封筒の入口から一万円札が覗《のぞ》いている。

「あら、岡村さん、えらい景気ですのんね」

目を光らせる柿内に、岡村はさりげなくいった。

「いや、おかげさまで、ここんところ……」

悠然と金の袋をポケットに入れようとしたとき、柿内の無表情な声がいった。

「ほんなら、いつぞやの十二万、そこから返してもらいまひょか」

そうして岡村は、あっという間に十二万の金をその封筒からヌキ取られてしまったのである。

4

プロダクションポリプテには電話が二本ある。その二本の電話が殆ど終日鳴るようになったのは、六月の終り近くからである。電話が鳴るのは仕事が増えてきているからではなくて、借金の催促や手形の期日が来たことの銀行からの警告などのためである。借金の催促の中には仕事関係のものの外に車の月賦、バー、レストラン、料亭からのものなど、際限なくある。

「やあ、諸君、お早う！」

と朗らかに入って来る岡村は、入って来たと思うと、

「諸君、あとを頼む。じゃあ……」

と声だけは朗らかに出て行かなければならない。岡村が水増しして膨らませては振り出した手形は、金額が増大するにつれて、アメーバーの分裂生殖のように二枚、三枚と分割されて数を増し、手形交換所へ廻る一歩手前の手形が東京都内のあちこちの銀行にちらばっているのである。

鮎子には何とか四十万の金を渡したものの、はや、宝石を質屋から受け出さねばならぬ時期が迫っていた。

「城山質店さんから、三回、電話がありました」

野島光代はまるで復讐《ふくしゅう》でも遂げつつあるかのように岡村を待ちかまえていった。

「前田さんがさっきまで待っていました。この前の前の前の分だけでいいから、ギャラを何

とかしてもらえないかって……」

〝前の前の前の〟というとき、光代はへんに力をこめて声を高める。光代はまるで、借金取りが引きもきらずに襲ってくることを痛快がっているようにさえ見える。

六月の長雨がやっと終った頃から、岡村はポリプテの窓の向う、ガソリンスタンドを隔てたマージャン屋の四階に終日いて、そこから窓越しに手旗の合図をかわしては、折を見て事務所へ顔を出すという有さまになった。

「末期的症状ですな。今度こそまさに本格的な末期的症状です」

そういう中野社長の言葉を、光代は金切声で訂正した。

「末期的症状なんてもんじゃありませんよ。これこそ末期そのものです!」

借金に追われつつも、いや追われれば追われるほど、仕事は取らなければならぬ。井口和夫は光代に叱咤《しった》されて、ミツワエージェンシーの米倉という男のところへ日参していたが、逆に米倉が岡村の代りに払ったバーの勘定の催促をされる始末である。

「ありゃ接待なんだろ、君——」

米倉は持ち前のキンキラ声で執拗《しつよう》にいった。

「そっちで接待しといてさ。客に勘定払わせるなんて、聞いたことがないよ。ポリプテにはもうツケはしないってマダムは頑張るだろう。岡村君は金を持っていないだろう。みっともないからオレが払ったけどさ。あとでよく調べると、勘定の中にはその前に岡村くんが飲んだ分までつけ込んであるんだよ。ひどいじゃないか」

「はあ、どうも、申しわけありません」

若い井口はそういう以外に、何といえばいいのかわからない。

「岡村くんにいってくれよ。仕事の話はそれからだ」

つまり仕事を貰うにはその勘定を払わないと貰えぬということなのだ。仕方なく井口は自分の貯金を下ろして半額だけ支払った。そして米倉から五秒スポットの安いテレビコマーシャルの仕事を貰った。

日ましに日射しが強くなる中を、岡村は毎日、日に数軒にわたる手形を落すために駈けずり廻っていた。彼はマージャン屋の女の子に既に数千円の借金が出来ていた。マージャン屋の女の子にハンドバッグを買ってやると約束して金を借りたのだ。その中にはそば屋やすし屋やコーヒーの立替分もふくまれている。岡村はマージャン屋を出てボリプテにもどった。ドアの鍵をかけ、外へ出るときは慎重に鍵穴から外の気配を窺《うかが》ってすべり出る。壁に背をすって、横に歩き、曲り角ではさっと曲る。そんなとき岡村はつい、アメリカテレビ映画の探偵を気取ってしまっているのである。

ある朝、井口はロッカーの中にしまってあったカメラがないことに気がついた。カメラはニコンでボリプテ最後の財産である。井口は慌てて岡村のマンションに電話をかけた。

「専務、カメラと望遠レンズをやられました！」

井口は興奮して叫んだ。

「昨日の三時頃までは確かにあったんです。カメラマンの長田くんが撮影に使ったあと、返しに来たのでぼくが受け取ってたしかにロッカーにしまいました。それは野島くんも見ています。それなのに……」

「もういい。それより警察に電話をしたかい？」

岡村はいかにもやり手らしい落ちつき払った声を出した。

「いえ、警察はまだ……」

「いや、届けておきなさい。今日はぼくは忙しいんだ。そんなことにかかわり合ってはいられない……」

「わかりました。しかし、今日の午後の撮影はどうしますか」

「どこかで借りたらいい。長田くんの兄貴がたしか、持っている筈だよ」

その日、岡村は鮎子の宝石について、鮎子に相談に行かなければならなかった。城山質店の親爺は今日明日中に金を持って来ないと処分をしてしまうといってきているのだ。それに岡村は六本木のシャブシャブ屋の会計係の女の子とも会わねばならなかった。会計係の女の子は彼のために、一年前からのボリプテの勘定を相当ごま化してきたのだ。それが最近になって表面化しかけてきた。そのことについて彼は女の子と会って対策を講じなければならないのである。そのほか、彼がしなければならないことは次々にあった。彼は二か月前に会社の車を運転していて追突された。追突されたとき彼の頭に閃《ひら》めいたことは、これで少し金が入るかもしれないという期待だった。追突したのはいかにも金持のノラ娘らしい女子学生だったからだ。しかし彼は結局、その女子学生とホテルへ行く仲となり、却って金は持ち出しになった。（相手が金持の娘とわかれば、尚《なお》のこと、彼は金に不自由のない様子を見せたくなるのである）彼はその娘とある秘密パーティへ行く約束をした。彼は本当はそんなパーティがどこにあるのかよく知らなかったのだが、娘があまり関心を持つのでつい知っているようなことをいってしまった。しかも彼はそういうパーティに着て行くドレスを、女のために買ってやる約束をしてしまったのだった。

しかし何よりもまず、今日もまた、落さねばならぬ手形が二つある。岡村はその金をどうして工面するかを考えた。彼には公私共にいったいいくらの借金があるのか、もう見当もつかなかった。岡村は超人的な細工で、毎日毎日、息つぐ間もなく手裏剣のように飛んでくる手形を落してまわったが、そのたびに借金は少しずつ増えていくのである。

夜、岡村は疲れ果て、しかし微笑は絶やさず鮎子のクラブへ出かけて行った。あの四十万円以来、鮎子は下へも置かぬもてなしようをする。勘定も払ったことがない。クラブはさびれていく一方だが、鮎子はあまり気にかけていない。姪も来たり来なかったりで、ボーイはやめた。しかし鮎子は今、岡村に没入しきっているのでそんなこと一切が気にならないのである。二人は誰もいないフロアで、静かにブルースを踊った。岡村は学生時代、アマチュアソシアルダンス大会で優勝したことがある。岡村のやわらかなリードの中で、鮎子は次第に融けていく。鮎子は目を閉じ岡村の胸に顔を埋め、熱い息を洩《も》らし、それから突如、しゃくり上げる。鮎子は感極まるとしゃくり上げる癖があるのだ。岡村は鮎子のゲンマイパンのようなやわらかな身体を抱きしめ、甘ずっぱい匂いを放っているうなじのへんを唇で撫《な》でながらいう。

「可愛い小鳩チャン、愛しているよ」

得意のバリトンだ。愛に溢れて低く、沈んでものがなしく響く。そのバリトンは鮎子をアイスクリームのように融かしてしまう。鮎子は、

「ふわーッ」

と大きな吐息を吐き、その吐息で身体じゅうの空気を吐き尽してしまったように、岡村の腕の中に崩れてしまうのだ。間髪を入れず岡村は鮎子をすくい上げる。もし岡村がすくい上げなければ、鮎子はぬれ雑巾のように足もとにつくばってしまうだろう。女を抱えて運ぶのは岡村の独壇場だ。昔テニスで鍛えた腕がモノをいう。そのとき岡村は自分がジャン・マレーにでもなったような気分になる。出来ればフランス語で愛を囁《ささや》きたいところだ。しかし岡村にいえることは、

「ジュテーム、ジュテーム」

しかないのを残念に思う。

岡村は鮎子を緑色のカーテンの奥の小部屋へ運ぶ。遅くなったときにバーテンが泊るように、折りたたみ式の簡易ベッドが置いてある。

岡村は鮎子をそこへ寝かせ、ドレスのファスナーを静かに引き下ろし、あらわれた部分に唇をつけた。

「ふわーッ」

と鮎子は今度は大きく息を吸いこむと、ぬれ雑巾のようになっていた身体に忽ち力が漲《みなぎ》って、突然、人が変ったように叫び出すのだ。

「早くったら、早く、よオ、よオ、よオ、早くウ……」

これがはじまると岡村は幻滅する。「まだよ、まだ、まだ」「いンや、まだ、まだ」も困るが、石油ストーブをひっくり返したときのようなのも困る。岡村は女好きだが、本当はどんな女でもいいという方ではないのだ。彼は何よりも気分を尊ぶ。彼がかもし出す雰囲気に、そっくり融けこんでくれる女が好きだ。しかし彼は大急ぎでズボンをぬぎワイシャツをかなぐり捨てる。まるで仇討《あだう》ちの助ッ人に向うようだと我ながら思う。気に入った女というものはなかなかいないものだ。なかなかいないが、それでも彼は女が好きだ。女に気に入られることが好きだ。

小一時間の後、岡村は白いグランドピアノの前でショパンを弾いていた。岡村は鮎子の宝石が流れそうになっているということを、何といって切り出そうかと考える。数日前、岡村がそのことをいい出したとき、鮎子は甘えた声でこういった。

「おまかせするわ。何もかも……」

要するに鮎子にはそれを受け出すための金は作れぬということなのだ。作れぬから宝石は流してもよいというのか？　おまかせするというのはそういう意味にとってよいのか？

鮎子が身づくろいをしてピアノのそばにやって来た。さっきとは別人の優雅さだ。岡村の後に立ってやさしく両肩に手を置いた。

「どうする？　宝石——」

ピアノを弾きながら岡村はさりげなくいった。

「明日——その、明日が期限で……流れそうなんだよ」

鮎子はかすかに眉《まゆ》をひそめた。

「流れる？　それ、どういうこと？　流れるなんておかしいじゃないの。あれは売ったんじゃないのよ。売るのは勿体ないってあなたがいったんじゃなかった？」

「だから、売らなかったんだ」

「そのときは売らなかったけど、売ったと同じ結果になるわけじゃないの。あなたはウソをつくのね」

鮎子は岡村の両肩に置いていた手に、いきなり力をこめてつかみ上げた。

「あなたはあたしを欺したのね、ひどい人、ひどい人……」

「ちょっと待ってほしいな。欺したなんてひどいよ。あの金はあなたの必要で作った金でしょう」

「イヤ！　イヤ！　そんないいわけ聞かない！」

鮎子は岡村の頭の中に手をつっこんで、かきまわした。

「だって君はこの前いったよ。ぼくにまかせるって……まかせるってことはつまり……」

「お金を作ってちょうだいってことよ！　そんなことがわかんないの！」

鮎子は岡村の頭をかきむしった。

5

岡村は母のところへ行った。母に会うのは半年ぶりだ。去年の暮、年を越しかねて母に泣きついて金を借りたことがある。そのとき岡村はもう二度と母に迷惑はかけないという一札を入れ、クスリ指を切って血判まで押している。

岡村が入って行くと、母は浴衣地《ゆかたじ》で作ったホームドレスを着て、涼しそうな顔で妹と座敷で水羊羹《みずようかん》を食べていた。

「あら、いらっしゃい」

岡村を見上げて妹がいった。

「また何かせしめようと思ってやって来たの？」

妹がいるのはまずい。母だけなら何とかなると思ってやって来たのだが、しかし岡村は妹のイヤミなど気にもとめぬ顔で陽気にいった。

「暑いねえ、どうです、みなさん、元気？」

「おかげさまで元気よ。兄さんが現れない限りこの家は平和だし……」

「水ようかん、食べるかい」

母がいった。

「それとも白桃でもむこうか」

「いいよ、それを貰う」

食べたくもない水羊羹を食べながら岡村は考えた。全く妹がいるのはまずい。何とか妹を追っ払う方法はないものだろうか。そのときふと、彼は表に新しい車が置いてあったことを思い出した。

「車、買ったの?」

「そうよ。中古。でも、新車に見えるでしょ。半年くらいしか使ってないのよ」

と妹は得意そうに岡村を見た。

「いくらで買ったの?」

「ふふーン」

と妹は思わせぶりに笑った。

「そんなこと聞いてどうするの?」

「どうするってことないよ。中古はときどきつかまされるからな。気をつけないと……」

妹はちょっと心配そうな顔になった。妹は心配そうな顔になると、少し可愛げが出てくる。

「ハンドル、どれくらい遊ぶ?」

岡村はいった。

「ハンドルをまわすだろ。そのとき十センチくらい廻ってもタイヤは動かぬのが普通だ。ところが二十センチほど廻っても動かぬのがある。これは用心した方がいい」

妹は黙って岡村を見つめた。

「買って半年くらいっていうけど、事故車じゃないんだろうね」

「そんなんじゃないわ。兄さんだって見たでしょう。外側、まるで新車みたいにきれいよ」

「洗ったかい？　どんなにきれいでも、洗うと板金《バンキン》が波うっているのが出てくるんだ。それはまあ、十中九まで修理した車だね」

　岡村は妹を見た。

「見てやろうか？」

「兄さん、わかるの？」

　妹は不安そうについて来た。岡村は鍵を受け取って車に乗った。ドアを二、三度開け閉めしてみてちょっと首を傾けた。

「どうなの？　兄さん」

「ドアの閉りがねえ、ちょっと気になる」

　岡村はギアを入れた。快調にエンジンがかかり、車はすべるように走り出した。家の前の道を真直《まっすぐ》に走り、Uターンして妹の前を通り過ぎ、そのまま右へ曲る。真直に走らせて城山質店の前で止めた。

「やあ、親爺さん、いる？」

　岡村は威勢よく表から声をかけた。

「ちょっと見てくれよ。車だよ。買って三か月しか経っていない」

　城山の親爺は表へ出てきて車を見た。

「どっからかっ払ってきなさったね。岡村さん」

岡村はそんな言葉にはとり合わず、

「どう、これと宝石と入れ替えてよ」

岡村は渋い顔をしている親爺の手の中に、車の鍵を押しこんだ。

「いいだろ? 頼むよ。五日でいい。五日したら取りにくるよ」

「待ってくれ。まだ貸すとも何ともいってないよ」

「そんなこといわないでさ。親爺さん。今までにぼくがいっぺんでも親爺さんに損をさせたことがあったかい? え? どう? 何のかのといっても最後は親爺さんは損してないじゃないか……」

岡村の弁舌がはじまった。妹以外はどんな人間でも、用心しながら巻き込まれてしまう雄弁だ。浅黒い岡村の顔は紅潮し、男性的になった。声はますます響よく、つやを増して、恰《あたか》も有能弁護士のように覇気と確信に溢れて相手を眩惑《げんわく》する。

岡村は城山の親爺をついに説得した。五日後を約し、車と引き換えに宝石箱を持って、彼は桜の葉蔭を急ぎ足に坂を下っていった。そこからタクシーを拾ってボリプテの前で下りた。急ぎ足に中へ入ろうとすると、中から出て来た男に声をかけられた。

「岡村さん、岡村邦彦さんですね」

岡村が相手を見ると、相手はつづけていった。

「カメラのことについてお聞きしたいことがあります。ちょっと署まで来ていただけませんか」

「カメラ？　ああ、盗難のカメラですね」

「会社から届けがありましたので調べたところ、質屋に入っていました」

岡村は黙って刑事を見た。刑事は岡村を見返し、急に言葉つきを変えていった。

「あんたも変っとるねえ。自分で質へ入れといて警察に届けさせるなんて、それほど日本警察はアホだと思うとったんかい？」

翌日は暑い日だった。クーラーの故障が直らぬままに、熱気に蒸されるような心地がして岡村は目が覚めた。早起きの岡村には似ず、もう昼近い。目覚めるなりその日の手形のことがまず頭にくる。岡村がポリプテに出社すると事務所の中では関根老人が汗を拭き拭き電話で話していた。

「あっ、専務！　社長、専務が今、見えました」

関根老人は電話に向ってそういうと、岡村にいった。

「千八百円ほど、お持ちじゃないですか。社長が出先で困っとられるんです。この電話です。さっきからもう四回もかかっておるんです」

関根老人は興奮していった。彼は興奮すると目頭に目ヤニが出てくる。

「社長は藤屋でミツワの米倉さんと打ち合せ中なんですが、三十分ほど前に話は終ったんです。話は終ったが金がないので、帰るに帰れん。店を出られんというわけでして……それがサンドイッチとビールを召し上ったのが千八百円とかで……至急、私と井口、野島の三人で持ち金を合せたんですが、その、お恥かしい次第ですが三人合せても七百三十円にしかならんのでして……」

岡村はズボンのポケットを探った。百円玉を一つずつつまみ出した。四つ出すともうない。

再び電話が鳴った。

「はい、社長……それが今、専務と相談中なんですが……四百円……ハア、四百円です。え？　え？　ハア……しかし……ハア……しかし……ハア、何とかしてみます……」

電話を切って関根老人はいった。

「ええと、伊藤ミヨ子の家はどこだったですかな」

伊藤ミヨ子というのは、四か月前にやめた女事務員である。

「社長がおっしゃるに伊藤くんに電話して借りたらどうかと……」

「何ですって、伊藤さんに……」

光代が机の向うからどなった。

「伊藤さんはたった二か月ここにいただけの人よ。お嫁に行った人よ。そこへ社長のサンドイッチ代を借りに行くっていうの⁉……ああ末期だわ！　末期そのものだわ！」

関根老人はいっそう興奮していい返した。

「わたしに怒ってもしようがない。社長の意見ですよ社長の……」

また電話が鳴った。誰も電話を見たまま出ない。電話は鳴りつづける。岡村はポリプテを出た。七月下旬の暑さが街を蔽《おお》っていた。太陽は真上にある。車が走り、人が歩いている。いつもと変らぬ街の風景を、岡村は呆然《ぼうぜん》と眺めた。向うのビルの前に人だかりがしている。

「人類、今、月に立つ」と大きな字を書いた紙がビルの壁に垂れている。アポロ十一号が月に到着して、二人のアメリカ人が今、月の上を歩いているのだ。

「人類の宇宙支配の第一歩です」

どこかのテレビがそう叫んでいるのが耳に入った。

「世界中の目がいま、この二人を見つめています」

岡村はせかせかと歩いて行った。彼はとにかく今日の手形を落さねばならない。ああ、手形、手形、手形。彼の朝は手形にはじまり、夜は手形の中に消えていく。手形が彼を動かし、彼の毎日を作る。彼は決心した。柿内金貸しのところへ行こう。そして柿内をいつかのホテルへ連れて行こう。

岡村は歩きながらタバコを咥え、ライターをパチンと鳴らして点火した。柿内とホテルへ行くことは、最も気の進まぬことの一つだった。しかし彼は行かねばならない。彼のポケットには柿内のところまで行くバスの回数券があるだけだ。彼は歩きながら吸ったばかりの煙草をポイと捨てた。その煙草は最後の一本である。煙草はまだ長い。しかしながらその軽く横にふった彼の軽やかな手つきは、決していつもながらのダンディぶりを失ってはいなかったのである。

ぼた餅のあと

1

この島に〝旅の人〟がやって来ると、旅の人たちは必ず公平の店に来て酒を飲みながら聞いた。

「このへんに後家さんはおらんかな」

すると公平は面倒くさそうに、

「おらん、おらん」

と答えた。

この島には旅館が一軒ある。公平の家でも頼まれれば二階に旅の人を泊める。しかし旅の男たちは〝後家さん〟の家を探しては、

「すまんが一晩、泊めてもらえんかな」

と訪ねて行くのである。この島では普通の家でも旅の人を気軽に泊める風習がある。後家さんのところで厄介になれば、宿賃は旅館で泊る三分の一ですむ。三分の一はまだ高い、オレはアンパン二つで泊ったという洋服の行商人もいる。〝旅の人〟というのは、行商や島の木を切りに来る男や、植木を探しに来る植木屋などである。公平はその男たちを若い頃から苦々しく思っていた。勿論《もちろん》、旅の男たちだけではなく、彼らを気安く泊める後家さんも苦々しい。

公平の家はこの島では一番の金持だということになっていた。米、酒、味噌《みそ》、醬油《しょうゆ》、菓子、チリ紙、石鹼《せっけん》、薬品、衣料。およそ生活に必要なものはすべて公平の店で商っている。公平の店〝さど屋〟はこの島でたった一軒の店屋である。それらの雑貨を秩序もなく並べた広い暗い店の裏側に、一膳飯や酒を供する店も営んでいる。

妻のヤスは働き者だった。しかし掃除や洗濯や縫物は嫌いで、専ら店に出て客の相手をし、売れ残りのコロッケを無理やりに売りつけたり、漁師から貰《もら》った魚を手早く料理して、フラ

イを作って一コ三十円、百円ならば四コ、というようなことを考えたりするのがうまかった。ヤスはこの島の主婦の中でただ一人の高等女学校卒業生だった。近所の中学生などが英語や数学の問題を聞きに来る。ときどき中学生はいった。

「おばさん、この間の答、間違《まちご》うとったで」

「間違うてたア？　昔習《なろ》うたことやさかい、もう忘れてしもうたんや、アハハハ」

とヤスは大きな口を天井に向けて笑った。そんなとき、ヤスの上歯は怖ろしいまでにむき出しになった。

公平は島を離れてM市の商業学校の寄宿舎にいた頃、学校を出たら大阪方面へ出て都会女と結婚し、一生、島には帰らずに都会暮しをしようと考えていた。しかし戦争が始まり、やがて公平も戦地へ駆り出されて南方の島々を転戦した後、漸《ようや》く復員して帰ってくると、大阪の空襲で家を焼かれたヤスが母親と一緒に公平の家へ逃げてきていて、いつの間にやら二人は結婚することになってしまった。ヤスは公平の一つ年上のイトコで、ヤスの母は公平の父の妹である。

ヤスと結婚すると公平はいつの間にやら大阪へ出ることを断念していた。父が死んで公平は代々の家業であるよろず屋を継ぐことになってしまった。去年の春、公平は結婚二十周年記念にヤスにねだられて腕時計を買ってやった。彼はヤスに催促されてその記念品を買ったのだが、二十周年というのはヤスの勘定違いで、本当は今年の春が二十周年に当ることがわかった。それでヤスはマガイヒスイの指輪を買ってくれと彼に迫り、彼は去年買った腕時計のことをいい立ててそれを拒んだが、結局、ヤスのいい分が勝った。結婚以来、公平がヤスに買ってやったものといえば、その腕時計がはじめてだったのだ。丁度、春休みで大阪の大学から帰省していた息子の強一も、高校生の娘もヤスの味方をしたからだった。

ヤスは喜び勇んで朝の五時に起き、六時の蒸気汽船でマガイヒスイの指輪の下見にM市へ出かけて行った。風の強い、波の荒い三月の末のことである。ヤスが出かけて行って間もなく、一人の小男が公平の店先に立った。

「ちょっとお尋ね申しますが、佐渡公平さんのお宅はこちらさんで?」

海からの風が吹き上げてくる乾いた道に立ち止って、小男はサイダーの空瓶《からびん》の入った箱を物置きに運んでいる公平に声をかけた。

「佐渡はわしやが?」

公平がいうと、小男はお人よしらしいニコニコ顔でいった。

「これはこれは、お初にお目にかかります。私はT島の守屋という者で、水上《すいじょう》ホテルの番頭でございます。よろしゅうお見知りおきを……」

そういってから小男は急に声をひそめ、キョロキョロとあたりを見廻した。

「ちょっと、内密のお話がありましてな」

小男はサイダーの木箱を運ぶ公平について、物置きの中まで入って来た。公平が物置きの奥にサイダーの木箱を下ろすと同時に、小男は声をひそめて囁《ささや》いた。

「加賀見新子さんというご婦人から頼まれましてな」

思わず公平が彼を見るとその視線を下から掬《すく》い止めるように見上げ、

「ご存知で?」

と低くいってニコリとした。

「知っとります」

公平が答えると小男はいっそう声をひそめていった。

「加賀見さんの使いで、参りましたんや。うちのホテルで待っとるさかい、会いに来てほしいというとられるんですわ」

公平のポカンとした顔に向って、小男はまたニコリとした。

「会いに来てほしいというとられるんですわ」

男はくり返し、馴《な》れ馴れしく顔を近づけて声をひそめた。

「ぺっぴんはんですなあ、デザイナーでっか?」

「加賀見さんはお宅に泊ってはるんですか」

「へえ、昨日の夕方の飛行機でお着きになりまして、ふらっと遊びに来たんやといわはりまして、そいから、こちらさんのこと、お聞きになりまして、私に行《い》てきてくれと……」

男はあたりを見まわした。

「もしや、ご迷惑になったらいかんから、奥さんのいてはらん所でいうてくれと……」

ふいに海風と太陽に焼けた公平の顔に赧味《あかみ》が射した。

「そんないい方されると、加賀見さんとわしとが、何ぞであるように聞えますがな。加賀見さんとは幼友達だす」

公平はそういってから改めて、

「ほな、行きます」

と返答した。

「来てくれはりまっか。T島の水上ホテルだすけど、いつ、来てくれます？」

公平は独り言のようにいった。ヤスは多分、三時の蒸気で帰ってくるだろう。

「この後の蒸気は三時やな」

「ほな、三時の蒸気でご一緒に？」

男はまた、馴れ馴れしくニコリとし、

「別嬪《べっぴん》はんですなあ、え？」

といった。公平はそれには答えずに物置きを出た。

「店で酒でも飲んでくれなはれ」

と公平はいった。

公平は守屋と連れ立って三時の蒸気に乗った。船着場で公平はヤスとすれ違った。ヤスは船からの渡し板を踏んで来て、公平を見つけて大声を上げた。

「アレ、おとうちゃん、どこ行くのオ？」

公平は冠婚葬祭の時しか着ないよそいきの背広を着てネクタイを締めているからだった。

「T島までちょっと行てくる」

「T島へ？　へえ、なんやてまた急に？」

「へ、へ、へ、私、戦友でして。ガム島で一つ飯盒《はんごう》の飯食うた仲で、守屋と申します。へエ」

と守屋は脇からいってペコリとお辞儀をした。

「へえ、ガム島で？　おとうちゃん、ガム島へも行てたん？」

ヤスはいかにも人のよさそうな顔を公平に向けた。公平はグアム島などへ行っていたことはない。公平は守屋に問われて兵隊の時はトラック島のへんを転戦したといっただけだ。それを勝手にグアム島などといっている。

「戦友会でして。戦友会」

守屋はいった。

「ちょっと旦那《だんな》さんをお借りします。戦友が寄って待ってまっさかい」

公平は守屋に押されて船に乗った。

「行っておいで。おとうちゃん――」

ヤスは無邪気に手を振った。ヤスは公平が背広を着ると、改めて我が夫に惚《ほ》れ直す癖がある。ヤスは公平を島で一番の男前や、といっていた。「男前やし真面目《まじめ》やし」と指を折るのが癖だった。

「六時の蒸気で帰る」

と公平は船から叫んだ。

「早う帰ってきなさいや。お土産《みやげ》があるよって！」

ヤスが叫び返した。

「無邪気なもんやなあ」

守屋がいった。

「えらい信頼してはる」

船は動き出した。ヤスのむき出した前歯が、次第に遠く小さくなっていくその黒い顔の中で白く光っていた。

2

加賀見新子は剣豪俳優として三十年もの間、映画界に君臨してきた加賀見洋介の妻である。洋介は二十二歳の時に宮本武蔵《むさし》を演じてスターの位置に着いてから今日まで、時代劇の豪快なスターとして広い年代層のファンを持っていることで知られている。新子は洋介のプロダクションの第一回ニューフェイスに応募して選ばれ、何回目かの洋介の宮本武蔵のお通役として大々的に売り出されたにも拘《かかわ》らず、演技が拙劣で第一回の出演以後はすっかり影をひそめてしまい、間もなく洋介と結婚した。

公平は新子が洋介と結婚したことを週刊誌で読んだ時、ひどく興奮した。公平は商業学校の生徒の頃から洋介の熱烈なファンであり、そうして新子は公平の初恋の女の子だったからである。新子は公平がM市の商業学校の生徒として寄宿舎に入った時、その裏隣に住んでいる官吏の娘だったのだ。公平が商業学校へ入学したときは小学生だったが、卒業する時は女学生になっていた。新子は漆黒《しっこく》のおかっぱ頭を日本人形のように切り揃《そろ》えた勝気でおきゃんな女の子で、小学生の頃から既に自分を美少女だと思いこんでいて、人前に出るのが好きだった。用もないのに公平の寄宿舎のあたりをうろうろし、塀にもたれてハモニカを吹いてみたり、犬に芸を教えたり、ひとりボールをほうり投げては受け止めたりし、そして誰かが声をかけると、ツンとしてものもいわずに立ち去ってしまうのだった。

新子が女学生になると、寄宿舎の生徒たちの間では彼女を廻《めぐ》って争いが絶えなかった。彼女はAと仲よくしているかと思えば、次の日には理由もなくAと口を利かなくなったりした。Bと仲がいいのかと思えば、Cと手紙のやりとりをしている。

「私、本当は有田さんなんか何とも思うてへんのよ。それやのに、有田さん、勝手に思い込んでるのん。私が本当に好きな人は別にいるん――」

と新子は恰《あたか》もその本当に好きな人はあなたである、といわんばかりに公平にいったことがある。そして有田に向っては、

「佐渡さんは友達としてええ人やと思てるだけや」

といった。そのことを後に公平は有田の口から聞いた。

――彼女は人を愛することを知らぬ哀れな女だ。

彼女が愛するのは自分だけだ。

ああ、しかしそれが、彼女の魅力となっている！

と有田が日記に書いているのを公平は盗み読みしたことがある。有田は新子と公園の共同便所の後ろでキスしたのだ――有田は皆にそう吹聴していた。そして有田は日記に、

――ああ！　オレはついに勝利者となった。

と書いていたが、しかし、その一方で工藤という応援団長は彼女はオレにチチをさわらせた、といいふらしていたのである。それは新子が女学校三年のときのことだ。

間もなく公平も有田も工藤も卒業した。新子は有田にも工藤にも公平にも、同じような手紙をよこした。それはあなたがいなくなってみると、一番好きだったのはあなただったことがわかったというような手紙だった。有田はその手紙をポケットに入れて北支で戦死したということを後に公平はM商業のクラス会で聞いた。

公平と新子は特に深いかかわりがあったわけではない。公平はキスもしなければ乳房にさわりもしなかった。公平は黙って熱っぽい眼で新子を見ていただけだ。どうせ自分など問題にしてもらえぬと思っていた。新子は公平たちの若い英語の教師だった金井という男と、後に身体の関係があったらしいということも、クラス会の話題に出ていた。それは新子が第一回ニューフェイスとして週刊誌などに出はじめた頃のことだった。その時公平は母からヤスとの結婚を勧められていた。新子の噂《うわさ》を聞きながら、公平はこれですっきりした気持でヤスと結婚出来る、と思ったことを覚えている。

蒸気汽船は三十分ほどでO市に着く。T島は観光地として客を呼んでいるので、O市からホテル専用の小舟が出ている。その小舟で公平はT島に着いた。公平は守屋に案内されて船

つき場からの長い石段を上った。何のために新子が今、公平を呼び出すのか公平にはわからなかった。T島へ遊びに来て、たまたま公平のことを思い出して、なつかしくなったのだろう、と公平は思った。新子の夫加賀見洋介の写真は始終目に触れるが、この数年、新子の写真は見たことがない。新子は公平より三歳年下だったから、今年四十四歳になっている筈だ。四十四歳の新子の顔は、公平には想像がつかなかった。

　公平は守屋の後ろから曲りくねった石の廊下を歩いて行った。こんなに広壮な旅館に足を踏み入れたのは生れてはじめてだった。それは今の新子が公平などとは全く違う別天地の住人になった証拠のように思われた。そしてその別天地の住人から呼び出しが来たということに、今更のように公平はある感動を抱《いだ》いた。

「失礼をばいたします」

　守屋は突き当りの部屋の格子戸をカラカラと開け、洗い出しの石の床に立って小腰をかがめた。

「奥さま、佐渡さまがお見えでございます」

　すると返事はなくていきなり目の前の襖《ふすま》が乱暴に開いた。

「あらまあ！　お久しぶりイ！……」

　ぼたん色のワンピースの下から四十四歳の膝小《ひざこ》僧《ぞう》が出ていた。髪は赤毛、爪は銀色、首に巻いたネッカチーフは黄色。

「まあ！　佐渡さん、ちっともお変りにならない！」

公平は呆然《ぼうぜん》としてその高い調子の東京弁を聞いた。

「さあ、こちらへいらしてよ、さあ、さあ……ほんとによくいらして下さったわ。嬉しいわ！」

公平はノッソリと部屋の中へ入った。そこもまた別天地の人の住む部屋だった。次の間つきの十畳の座敷のほかに、ソファを並べた洋風のコーナーがある。座敷には花模様のフカフカ絨緞《じゅうたん》が敷かれ、あたりは花園のような香りに満ちている。

「しばらくでした」

公平は膝に手を突っ張って挨拶《あいさつ》した。

「お変りものうて……何よりです」

「なつかしいわ……」

新子は溜息《ためいき》と一緒にそういった。そうして公平をじっと見つめた。

「お倖せそうね」

公平は何といってよいかわからずに、ただ膝に手を突っ張って新子を見返しただけだった。ぼたん色や黄色や赤などとりどりの色彩の中から漸く新子の顔が出て来た。それは美しいのか美しくないのか、公平にはわからなかった。彼女が新子と名乗っているからには新子なのだろう。濃い化粧が幼顔を塗りつぶしてしまっている。

「ちっとも変りなさらんな。若い――」

と公平はいった。それは必ずしも本心ではなかったが、新子の自信に満ちた微笑がその言葉を要求しているように公平には感じられたからだった。

「相変らず別嬪さんやな」

「あら、あんなうまいことといって……本当にするわよ」

「本当のことだからしようがないです。とてもぼくより三つ下とは思えん……」

その言葉もまた、新子が要求していると感じたためだった。公平が女に向ってこんな風にしゃべったのは二十年来、たえてなかったことだった。新子は満足そうに笑った。笑うと幼顔が現れた。

「もう私のことなんか忘れていらっしゃるかと思ってたの。本当によく来て下さったわ、嬉しいわ」

「忘れません、新子さんのことは」

とまた嘘《うそ》をいった。

「番頭さんが私の名前をいったとき、すぐに思い出して下さった？」

「加賀見新子と聞いたとたんに、パッと浮かびましたな。おかっぱ頭の新子ちゃんの顔が」

それも本当のことではなかった。その名を聞いて公平はただ呆然としただけだ。この部屋に一歩入ったときから、公平は別の人間のようになった。そのことに公平は気がつかなかった。

新子は帳場に電話をして料理と酒を注文した。

「今日はゆっくりしてらして、ねえ？」

と新子は満足そうに、甘ったるい声を鼻に抜いた。

「はあ」

といいつつ、公平の胸は轟《とどろ》いた。

3

「とにかく洋介ときたら、すっかり理性を失ってしまって、まるでフヌケ同然。すっかり相沢郁子《いくこ》にハナゲを読まれちまってるのよ。男って、あすこまでバカになるものかと思うと私、怖ろしくなるわ。洋介は欺《だま》されてるのよ。相沢の方は売名でかかってきてるんですよ。加賀見洋介の恋人として週刊誌に書き立てられてごらんなさい。いっぺんに人気が出るわ。芝居の下手《へた》なことといったらお話にならないの、そりゃあ、私だって決してうまい女優ではなかったわよ。でも、その私でさえ、ヘタクソだなあ、と思うんだもの、ひどいものなの。それを洋介ったら無理をしていい役をつけてやるのよ。いくら自分のプロダクションだからって、あんなことをしていたら、今に愛想を尽かされるんじゃないかと思うのよ。それを私が心配して注意すると、ブーッとふくれて口も利かないの。ホントに男らしくない人ったら……いい年して、若い女に溺《おぼ》れるなんて……いやしくも天下の加賀見洋介ですよ。おじいさんおばあさんから二十歳《はたち》の青年までファンがいるのよ。その人たちを裏切るなんて今に人の口端《くちは》に上るにきまってます。ええ、上りますとも。必ず評判になって人気を落とすわ」

大きなガラス戸の向うにひろがっている海はもうとっぷり暮れていた。公平は六時の蒸気に乗りそびれた。新子の話に切れ目がないからだった。

新子はもう三時間以上も、加賀見洋介が相沢郁子という駆け出し女優と恋愛をしているという話をしゃべりつづけていた。いつの間にそういう話になったのか、公平にはわからない。気がついたらそんな話になっていた。いったい新子は公平が懐かしくて公平を呼んだのではなかったのか？

「今日は大いに飲んで昔話をしましょう」

といったのではなかったか。

「驚くべき恥知らず。これが私の夫かと思うと情けなくなるの、洋介を恥知らずにしたのはあの女なのよ。コンドームを平気で紙入に入れてるんだもの。一万円札の間から、黒とピンクと紫のが出てきたときなんか、私、もう汚ならしくて汚ならしくて、わかるでしょう？公平さん、この気持……」

「わかります。ようわかります」

「相沢は十九の小娘よ。十九よ。十九の女に五十二の男が手玉に取られてる。結婚の約束までしたというんだから、もうもう呆《あき》れてモノがいえないの。いったいどうする気なのかしら。どうする気なんでしょう、佐渡さん」

そう詰め寄られても、小娘に手玉に取られているのは公平ではないのだ。

「さあ……とにかく惚れ込んでしもうたんやな」

「そんな！　そんなノンキなことをいって、惚れ込んでしもうたことはわかってます！」

「はあ、すんまへん」

「この半年、私は我慢に我慢をして来たけどもう我慢出来なくなったの、私、洋介を見返してやりたい」

「はあ」

「洋介を見返してやりたいのよ！　佐渡さん！」

「はあ、そのキモチ、わかるなあ」

「わかる？　ほんとにわかる？」

「わかる、わかる」

新子の大きな眼が彼女を蔽《おお》っているとりどりの色彩の中からグーッと出てきて公平に迫るように思えた。

「佐渡さん、私の気持、ホントにわかる？」

その時である。部屋の外の廊下に面した格子戸が勢よく開いたと思うと、守屋の慌てた声が、

「ごめんやす」

といい終らぬうちに襖が開き、守屋が這《は》うようにして上半身を突き入れてきた。

「奥さんが来はったんです、奥さんが」

その途端に遠くの方で朗らかなヤスの声が、

「番頭さーん」

と呼ぶのが聞えてきた。

「どこへ行てしもたんやろ。広いさかい、どこがどうなっとるんかわからへん!」

ヤスの声は浜風に鍛えられて、そばでしゃべられると耳がガンガンするくらい大きい。その声でヤスはまた叫んだ。

「番頭さーん、どこやア?」

公平は思わず立ち上った。守屋は必死で、

「いかん、今、出たらあかん」

「そんなこというても、あんなに呼ばわっとる。みっともないやないですか」

「早う、隠れて、隠れて。出たらいかん。戦友会ということになっとるんやさかい」

「戦友会いうても、あんたとぼくの二人しかおらん」

「そやから今出たらいかんというとるのやが」

「出たらいかんというても、向うは探しよる」

「番頭さーん」

ヤスの声は近づいてくる。

「すんません。ここを番頭さんが通らんかったですか」

「番頭さん?」

といったのは通りかかった客らしい。

「へえ、背の低いチョコチョコヘラヘラした人」

「さあ、知りませんなあ」

「どこへ行てしもたんやろ、けったいな人やなあ」

ヤスは独り言をいいながら部屋の前から引き返していった気配である。守屋と公平は顔を見合せた。

「行きましたな」

「何しに来たんやろ、あいつは」

「それがですわ。丁度、島の漁師がここへ来る用があって舟を出したんやそうですわ、それを聞いて急に思いついて来はったんやそうです。六時の蒸気で帰らへんさかい、泊ることになったんやろうと思うて来たとえらいご機嫌さんで」

守屋は口早に説明した。

「結婚二十年の記念の指輪、ええのんがあったんで、二十年目の新婚旅行をしとうなったんやというてはりました。結婚したときは新婚旅行しはらへなんだんやそうですな」

守屋は咎《とが》めるように公平を見た。

「そんなことしとくさかいにこないなことになる——」

「そんなこと、今ここでいうてもろてもしようないですがな。あんたはまたなんで、家内をここまで連れて上らはったんです」

「わしは下で待ってて下さいというたんです。それやのに気がついたら一緒のエレベーターに乗ってはりますねん」

　二人は怒り顔を互いに見合せた。

「けど、わしらは何も悪いことしてえしまへん。ただ酒飲んで話しただけです」

「そらわかってま。けどここまで来たら悪いことしとってもしとらなんでも同じことです」

「そうや、同じことや」

　公平はいった。

「こんなアホらしいことて、あるやろか！」

　二人は黙った。

「とにかく今の間にここ出て、下へ行た方がよろしな」

　と、やがて守屋がいった。

「今、会が終ったばっかり、ちゅう顔で下りて行きますねん。『何や、お前、なんでこんなとこにいるねン――』こんな風にとぼけていいますねん。『ほかの連中はマージャンしとるけど、わしはもう眠たいよって寝るわ』そないいうて、ウワーと大けなアクビしますねん。あとは何いわれてもアクビばっかりして、寝てしまいますねん」

「寝てしまう？　ほな、ここへ泊るんか」

　公平は思わず新子を見た。新子はテーブルに片肘《かたひじ》を突いて、公平に横顔を見せ、怒ったように手酌で酒を飲んでいる。

「ちょっと下へ行てきます」

公平はいったが新子は返事をしない。公平はもう一度いった。

「ちょっと失礼して、下へ行てきます」

「どうぞ」

新子は公平に横顔を見せたまいった。その濃い化粧の横顔から、いつも自信たっぷりで意地悪そうで、それ故に魅力的であったあの女学生の幼顔があぶり出しのようにジワジワと出てくるのを公平は見た。

4

ヤスは公平を「日本一のおとうちゃんや」と常々いっていた。男前がええ上に（といってもこれは多分にヤスの主観だが）真面目でおとなしい。店へ来る漁師や行商の男たちが猥談《わいだん》をしても、公平はその仲間に入ったことはない。この島の住人は平家の落人《おちうど》だといわれている。

「きっとうちのおとうちゃんの先祖は、公達《きんだち》やったんや。横笛吹いて都を偲《しの》んだんや」

ヤスは子供たちが小さい頃からそういって聞かせた。公平はヤスのすすめで四年前に市会議員に立候補して落選したことがある。四年前、この島は隣のB島と共にM市に編入されたのだ。公平は小学校のPTAの会長でもある。新学期のPTA総会のときと運動会の時に公平はPTA会長として挨拶をしなければならない。その時の原稿はヤスが二晩も三晩もかかって書き上げたが、それを暗記して公平が挨拶すると、ヤスはその挨拶を褒めそやした。

　ヤスは今の生活に何の不満もない。自分は幸福だと、口癖のようにいった。

「わたしら町育ちやもん。こんな医者もおらんような島の暮しはよう辛抱出来《でけ》んと思とったけど、おとうちゃんがええ人やさかい、とうとう二十年辛抱してしもうた。おとうちゃんの方はどない？」

　ヤスにそう聞かれると公平は困った。この二十年間、公平は店へパートタイムで働きに来ている後家のたみ子とか、魚を売りに来る漁師の女房だとか、小学校の女教師、小間物の女行商人など、要するに眼に触れる女という女すべてと浮気をしたいと思わぬ日は一日もなかったのだ。公平は島で一番の堅物で通っている。その堅さと浮気への欲望は正比例していたといえる。殊に公平が一番欲望をそそられたのは、後家のたみ子だった。たみ子は三十六で小学生の女の子が一人いる。夫は漁師だったが七年前の大時化《おおしけ》のときに無理に漁に出て死んだ。その時以来たみ子はずっと公平の店に働きに来ているのだが、公平はその時からずっとたみ子に欲望を抱きつづけてきたのだ。

「このへんに後家さんはおらんかな」

　旅の人がそういう時、公平はそっけない口調になって、

「おらん、おらん」

　という。ヤスにもおらんといえと命令している。それなのにたみ子は自分の方から思わせぶりに、

「子持ちの後家ならおらんこともないけど、もう大分、ヒネとるよ」

などというのだった。たみ子は痩《や》せてろくろ首のように首が長い。かすりのモンペ姿の衿《えり》もとが開いて、薄い胸が見えている。髪は黒々と太く豊かで、狭い富士額の上に盛り上っている。

たみ子は旅の者には、「ただでもやらす」、という噂があった。特にメガネをかけている男には無条件だった。この島ではメガネはインテリの印なのだ。去年半年ほど、たみ子は東海岸の堤防工事に来た現場監督をずっと家に泊めていた。監督は黒い縁のメガネをかけ、ニッカボッカに茶色と赤のダンダラ靴下をはいた五十男だった。

メガネの監督との噂がもし本当なら、たみ子を家で働かせるわけにはいかない、とその時公平はヤスにいった。ヤスはそのことをたみ子にいった。

「うちのおとうちゃんは何せマジメな人やさかい、貞操の問題はうるさいんやわ」

そういわれるとたみ子は泣いた。店の隅へ行って、向うを向いたきり、いつまでも泣きやまなかった。すると公平は新しい欲望で胸が燃え立つのだった。

公平はヤスと水上ホテルには泊らずに島へ帰って来た。公平は守屋に頼んでヤスを送ってくれた漁師が夜遅く島へ帰ることを調べてもらったのだ。ヤスはがっかりした。しかし公平はヤスがM市の月賦デパートで気に入ったマガイヒスイを買う話をしてヤスをごま化した。漁師の舟が迎えに来る間、ヤスは人の寝静まったロビイの長椅子《ながいす》の上に坐り込んで、甘栗を食べていた。

「さ、おとうちゃん、むけたよ」

ヤスはむいた甘栗をテーブルの上に並べた。

「戦友の人ら、まだマージャンやっとるん？　うち、挨拶せんでええ？」

ヤスはいったが公平は返事をしなかった。公平は新子のことを考えていたのだ。新子はいったい何の目的で公平を呼び出したのか、なぜ公平のことを思い出したのか、M市まで行けば昔のボーイフレンドがまだ何人もいる筈なのに、なぜ公平を選んだのか。新子は少しは公平のことを好いていてくれたのかもしれない。そう思うと嬉しいような無念な気持になり、夫へのヤキモチの憂さ晴らしに気まぐれに呼んだだけだったかもしれないと思い直しては腹立たしいような情けない気持になるのだった。

その翌々日は雨だった。昼すぎ、公平がよろず屋の方の店番をしながら、ぼんやりと雨脚を眺めていると、小さな身体に大きな雨合羽を着た男が道に立って、しきりにこちらに向って合図をしているのに気がついた。雨に濡《ぬ》れて光っている黒いゴムの頭巾の下から、目だけが出ている。守屋だ。公平は思わず腰を浮かした。ヤスはたみ子を相手にテレビを見ながら小エビの皮をむいている。公平は表へ出て行った。

「また行てきてくれといわれましてな。明日は東京へ帰るさかい、その前にどうしてももういっぺん会いたいいわはりますねん」

公平は何もいわずに、守屋が変な風にウィンクする顔を見ていた。

「イロ男やなア」

守屋はニヤリとした。

「ここまでいわれてあんた、男として断るわけにはいきまへんで」

守屋は今日はモーターボートを用意してきていた。新子は守屋にチップを弾んだのだ。

「なんぼやと思いなはる、こんだけでっせ。こんだけ」

と守屋は小さな片手を広げて見せた。

公平は行く気になった。彼は店にもどって、

「ヤス」

といった。

「ちょっと行てくる」

「どこへ?」

ヤスはエビをむいていた手を前掛で拭《ふ》きながら裏から出てきた。

「また守屋が迎えに来た」

「守屋? ああ、あの伍長《ごちょう》はんかいな」

守屋は自分のことをヤスに伍長だといったらしい。ヤスがガラス戸越しに表を見たので守屋は店の中に入ってきた。

「すんまへん。もう一日、旦那はんを貸しておくなはれ」

「何ですのん、今日は?」

「それが、そのう、戦友会のつづきで」

「また戦友会?」

「へえ、この間の戦友がまだ帰らんとおりましてな。明日帰るからその前にどうしてももういっぺん軍曹に会いたいいいよりますねん」

守屋がヤスにウソを並べている間に公平は二階へ上って背広に着かえた。下りてくるとヤスは機嫌のいい声で、

「おとうちゃん、行っておいで。気ィつけてな」

といった。守屋は三日前から売れ残って困っていたアンパンを全部買ったのだ。公平はアンパンの袋を抱えた守屋と一緒にモーターボートに乗り込んだ。ヤスは傘をさして公平をモーターボートまで送った。

「中隊長さんによろしゅう」

ヤスは叫んだ。モーターボートが走り出すと雨の中でヤスは傘を高く上げた。守屋はアンパンの包みのほかに、もう一つ紙袋を持っていた。それはヤスが中隊長さんにあげてくれといって渡した袋入りのエビセンベイだった。

5

公平が部屋の外で声をかけると、待っていたように襖が開いた。

「やっぱり来て下さったのね！」

新子の声は潤いを帯びて高くなめらかだった。それはまさしく〝東京の声〟であり〝金持の声〟であり別天地に住む人の声だった。公平は二日前と同じ場所に新子と向き合って坐っ

た。新子は帳場へ電話をかけて酒と料理を注文した。新子の化粧は二日前よりも濃かった。しかし今日は新子はあの色彩の溢《あふ》れる洋服姿ではなく、ホテルの丹前を着ていた。その身に合わぬ丹前の、胸のあたりがゆるんでいるのが、今日の新子のある気持を語っているかのようだった。


新子は時計を見た。それから公平に向って、

「今日は帰らなきゃいけないの?」

といった。

「いや、今日は……ええんです」

公平は固くなって答えた。

「大丈夫かしら? また奥さん、やって来るんじゃない?」

「今日は来ません。今日は怖い中隊長を中心に戦死した戦友の冥福《めいふく》を祈る俳句の会をすることになってますから」

公平はぎこちない東京弁でいった。

「一昨日は本当に失礼しました」

「でも、来て下さって嬉しいわ」

新子はアイラインを黒々と引いた大きな眼で見据えるように公平を見た。この見方は新子の少女時代からの癖だ。いや、癖というより、新子は男の気を惹《ひ》こうとするときに必ずこの眼つきでじーっと相手を見つめたものだ。

「洋介ったら、私の留守をいいことに、またあの女の家に入り浸っているらしいの」

いきなり新子はいった。それが最初のきっかけで、それから怒濤《どとう》のような洋介と相沢郁子の悪口が始まった。新子は一昨日、公平がヤスと帰ってしまってから東京へ電話をかけたのだ。今は洋介は撮影に入っていない。次の仕事が決るとその用意のために人にも会わずに書斎に閉じこもるのがいつもの洋介のやり方である。それなのに洋介は留守だった。翌朝、電話をかけたら、家政婦は先生は昨夜《ゆうべ》はお帰りになりませんでしたといった。昨日一日、新子は二時間おきに東京へ電話をかけることで日を暮した。その結果洋介は相沢郁子と一緒にどこかへ行っていることがわかった。

「昨日一日で電話料がいくらになったと思う！　二万二千円よ！」

新子は公平に詰め寄った。

「ねえ、公平さん、どう思う！　どう思う！　情けないと思わない？」

約三時間、悪口はつづいた。雨の海が早く暮れた。新子は立ち上ってカーテンを引いた。それから席へもどりながら、ふいに公平のアグラの上に身体を落とし込んできた。

「私、あの頃から、あなたが好きだった――」

新子はかすれた声でいった。丹前を着た新子の中年の身体は、公平の膝の中にはまりこむにはやや嵩《かさ》ばり過ぎた。しかし新子はかまわずに公平の首に手をかけ、顎《あご》のへんに顔をこすりつけた。

「公平さん……私のことどう思ってたの？」

新子は囁いた。

「私はずーっと公平さんのこと、忘れなかったわ」

「それは……ぼくやかて……」

公平は口ごもった。新子の身体の重みを支えるために、そこで一息入れる必要があったからだ。そして一息入れようとしたとき、公平の唇は新子の唇で塞《ふさ》がれた。新子は舌の先で公平の歯をこじ開けてきた。公平は必死でその熱烈な接吻《キス》に応えた。必死で、というのは、一息入れ損なったために、呼吸がつづかなかったからである。公平は熱烈な接吻というものは、その間、呼吸を止めているものであることをはじめて知った。公平はヤスとそんな風な接吻をしたことはない。第一ヤスの怖ろしい反歯《そっぱ》は舌より先に公平の中に入ってくるので、公平は無理やり呼笛を咥《くわ》えさせられたような具合になってとても長くつづけるわけにはいかない。

「私のこと嫌い？」

「好きやったよ。有田にも工藤にも、負けんくらい好きやったよ」

公平はやっと呼吸を整えていった。

「本当？」

「本当やとも」

「そんなら今は？」

と新子は故郷のアクセントに戻りながらいった。

「今も好きやよ」

「ほんま?」

「ほんまやとも」

「嬉しい」

と新子は公平の胸にグイグイ肩を押しつけてきた。

「新ちゃん、そんなことしたらひっくり返る」

「ひっくり返ってもかまへん」

新子は公平を畳に押し倒した。新子は公平の手を導いて自分の胸の中へ入れさせた。そうして新子の手は公平のネクタイをほどいていた。

〝夢のよう〟というのはこういうことをいうのにちがいない。新子は片肘ついて公平にのしかかるようになって唇を合せながら片手で公平のズボンのベルトを探っていた。

ああ、ついにオレは浮気をする!

公平は思った。

これは夢ではない。現実だ。相手はパートのたみ子などという痩せこけた後家ではない。一世を風靡《ふうび》した剣豪俳優加賀見洋介の妻だ。美貌《びぼう》の第一回ニューフェイスだ。商業学校の生徒たちの憧《あこが》れの的であった美少女だ。

一切が公平の前からかき消えた。ヤスもたみ子も店も島もかき消えた。公平は別天地に入ったのだ。十円二十円の商いを積み上げているよろず屋さど屋商店のオッサンではない。美女新子の恋人だ。ヤスが毎日、楽しみに見ているテレビのよろめきドラマの二枚目医学博士の木戸修一だ。木戸修一は幼馴染の人妻と山の温泉で道ならぬ恋に酔い痴《し》れる。昨日もヤスはそれを見て、溜息をついていっていた。

「道ならぬ恋！　ええやろうなあ、どんなキモチやろう！」

その道ならぬ恋を今、公平は経験せんとしているのだ。公平は木戸修一のように渋い声で何かうっとりするようなことをいいたかった。しかしそれを思いつくことが出来なかったので、心の中でこう呟《つぶや》いた。

「棚からボタ餅とはこのことやなア……」

6

朝が来た。雨は上ったが空はどんよりと垂れて、ところどころ白い波頭を立てている灰色の海とひとつになっていた。布団から起き上ると公平はふらふらした。昨夜は殆《ほとん》ど眠ることが出来なかった。新子は夜通し洋介と郁子の悪口をしゃべりまくったのだ。公平がつい眠りに落ちるとゆり動かしていった。

「ねえ、公平さん、愛してるっていって」

「愛してる」

殆ど朦朧《もうろう》とした頭で公平はいった。公平はいつも夜の九時には眠る。そして朝は五時に起きて六時に着く蒸気に荷を運び出しに行くのだ。

「冷たいわ、公平さん、眠いの？」

新子の恨めしげな声を聞くと公平は、無理にも眼を見開いて何か答えなければならぬと思う。眠気はまるで地獄の責め木のように公平を締めつける。公平は渾身《こんしん》の力をふるってそれを押し退《の》けて新子に答えた。

「君とこないになったなんて、嬉しいなあ、夢みたいやなあ……」

それから精根尽きて朦朧となり、ふいに、

「サブ吉のツケ、もうええ加減に何とかせなあかんで」

と半睡半醒でいって、はっと眼が醒め、慌てて、

「ああ、嬉しいなあ」

といい直し、新子に抓《つね》られた。その時、新子は洋介が郁子に書いた手紙がいかに高校生のような甘っちょろい文章であるかということをしゃべっていたのだ。

公平はよろめきつつ、乳色の湯気の煙っている大浴場へ下りていった。浴場には誰もいない。公平は広い浴槽の中に病人のように力なく身体を横たえた。壁際に立札があり、この温泉の湯は、精力減退、勃起《ぼっき》不能、陰萎《いんい》などに効く、とある。公平は呆然とそれを読み、竹筒からチョロチョロと出ている温泉《ゆ》を両手に掬《すく》って飲んだ。

浴場から出てくると公平は守屋に会った。守屋はチョロチョロと廊下を走ってきて、公平を見てニヤリとした。

「結構なおやつれで」

「おおきに」

と公平はいってから、今のいい方はあまりに愛想がなかったと思って、ふり返ってニヤリとした。

新子はその午後、O市から飛行機で東京へ帰った。ホテルを出る前、公平はゴタマゼの色彩に身を包んだ厚化粧の新子と、医学博士木戸修一のように襖のかげで別れのキスをした。

「さよなら」

新子はそういって、なぜか急に涙ぐんだ。

「昨夜のこと、私、忘れない」

「ぼくかて」

と公平はいって、二人はひしと抱き合った。

実際、公平はその一夜のことを生涯《しょうがい》、忘れないだろう。それは恋の思い出と同時に苦痛の思い出でもある。だが、新子の飛行機が飛び立ってしまうと、苦痛の記憶は薄らぎ、甘美な恋の記憶が公平の胸にひたひたと漲《みなぎ》ったのである。公平は島に帰ってきた。家に入るとヤスは上り框《かまち》に腰を下ろしてテレビを見ながらまた小エビの皮をむいていた。

「おかえり。おとうちゃん」

ヤスはいつもの朗らかな声でいった。

「中隊長さん、どないやった？　エビ煎餅《せんべい》食べてくれはった？」

「ああ。喜んではった」

公平は二階へ上って着換えをした。再び島の生活が始まるのだ。公平は心に甘美な思い出を秘めて、何くわぬ顔で店へ下りていくと、昨日の売り上げを調べた。たみ子が流しで米をとぎながら、ヤスと話をしている。三時の蒸気が着いて、人々が前の道を通っていった。公平の店に立ち寄って牛乳を飲んでいく者もいる。店は賑《にぎ》やかだった。一膳飯を食べに店に入ってくる客もかなりいる。今日は沖は荒れるというので漁師は休んでいる。休みの日は漁師は朝から酒を飲みに来るのだ。

「たみ子よ、監督さんが去《い》んで淋しいなあ」

と中年の漁師がダミ声をはり上げていた。

「あの監督さんは、サブ吉のおばはんともやってたこと、知っとるか？」

「ほんまァ？　サブ吉のおばはんとか」

ヤスがたみ子の代りにいった。

「あのおばはんはわてより年上やで」

「五十過ぎとる」

漁師は得意げにいった。

「あのおばはんは幾つになっても好きやでなあ」

公平が見るとたみ子は米をとぐ手を止めて、前掛を目に当てて泣いている。

「なんも泣かんかてええがね」

ヤスが大声でいった。

「今頃泣くくらいならはじめから、あんな男、寄せつけなんだらええのや」

誰も彼もが昨日と変らぬ今日を過している。いつも同じようなことをいい、同じようなものを食べ、同じようなことで泣いたり怒ったり笑ったりしている。公平は改めて自分の上に起った出来ごとを思った。この話を聞いたら、この連中は何といってひっくり返るだろう。公平は優越感をもって人々を見渡した。たみ子はもう、色褪《いろあ》せた。公平は泣いているたみ子から眼を逸《そ》らして、昨日の売り上げのそろばんを入れた。

海は凪《な》いだまま、穏やかに春は更けていった。何の変化もない生活がくり返された。公平は九時には床に入り、五時に起きて店の戸を開けた。今年もまたヤスは小学校の先生が、天皇誕生日を生徒に教えないといって怒っていた。毎年、先生は四月二十九日を半日授業にし、三十日から五日まで、ぶっ通しに休校にする。四月二十九日という日に授業を行なうのは教師の都合である。そのため、子供はその日が祝日であるということを知らないままに過ぎてしまう。先生たちは六日間、ぶっ通しに休校にして本土の家族のところへ帰ってしまうのだ。

「いったいなんで六日間も休みになるのんか、子供らはわけがわからんままに休みよる。そんなことではええ教育が出来てるわけがないわ」

ヤスは連休の季節になると毎年そういって怒る。PTAの会長である公平は、今年もまたいつものようにヤスをなだめた。

「ま、ええやないか、それくらいのこと。先生かてお客や。いつも飯を食べに来てもろてるのやし」

そんなある日、一人の男が店に入ってきた。風のない天気のいい日曜日で、眠気を誘うような優しい暖かさが島を包んでいる昼すぎだった。

「佐渡公平さん、おられますか」

　男は雲突くばかりの大男で、濃い髭《ひげ》のあとが青々している。黒い眼鏡をかけた鼻は、アメリカ人のように高くて顎がしっかりと張っている。年の頃は五十歳くらいであろうか。切れ長の大きな眼が黒眼鏡の奥から、出て行った公平をひたと見た。

「佐渡公平は私ですが」

「私は加賀見洋介です」

　男はメガネを外し、響きのいい力強い声でゆっくりいった。公平の顔から血が引いた。

「ちょっとお話をしたいことがあるのですが、ここでは何ですから、表へ出ていただけませんか」

　公平は声も出ずにそこにあったヤスの草履を急いで突っかけた。剣豪俳優加賀見洋介の後姿は峨々《がが》たる山の如《ごと》くに前を歩いて行く。公平は膝から力が抜けて一足ごとに足がくの字になった。加賀見洋介は船着場の近くの突堤で足を止めた。

「一か月前にぼくの妻とお会いになりましたね」

　洋介は無表情にいって、ゆっくりタバコに火をつけた。

「はあ……会いましたが……けんども……」

　公平はそれだけいって黙った。洋介はその大きな眼でじっと公平を見つめている。

「観光に来られたので、お会いしただけでして……私の妻もそのホテルに行きました」

「そうですか。では奥さんは私の妻にお会いになったのですか」

洋介の声は不気味に静かだ。

「いえ、それは会いませんでしたが。とにかく、その日、私は妻と帰りました」

「そうですか」

洋介はタバコを海に投げていった。

「その翌々日、雨の日ですね。その日も奥さんとご一緒ですか」

「…………」

「その日は泊られたでしょう。私の妻の部屋に」

「それは……そのう、愚痴をきかされているうちに夜が更けまして」

公平は逆襲することを思いついた。

「あなたさんが若い女優さんと仲ようしておられるという話を、延々として、そうですな、十時間は聞かされました」

彫の深い洋介の大きな顔に薄い笑いがひろがった。それは丹下左膳に扮《ふん》した洋介が人を斬《き》る前に浮かべる静かな笑いだ。公平はぞっとした。

「私はあなたが妻と一つの布団に寝たことを聞いているのです」

「そ、そんな、一つ布団やなんて、そんなことありまへん！」

公平は必死で叫んだ。

「ホテルの番頭に守屋という人がいますよって、その人に聞いてみはったらわかります」

洋介の不気味な微笑はまだ消えない。公平は思わず後ろをふり向いた。後ろはのどかな海だ。うみねこがノンキに飛んでいる。

「守屋に会って、それでここへ来たのです」

洋介はいった。公平は叫んだ。

「そ、そしたら守屋は……」

洋介はゆっくり肯《うなず》いた。公平は後退《あとずさ》りをした。——守屋は白状したんやな！

「何もかもわかっているんですよ。佐渡さん」

洋介はへんに優しい顔になって笑った。公平は思わずその笑い顔に向って、

「命ばかりはおたすけ——」

というところだった。その気配を察して洋介はいった。

「いや、私はあんたに文句をいいに来たんじゃありませんよ。ただ妻と身体の関係があったということを確かめに来たのです」

「それだけですか」

「それが本当だとしたら、一筆、書いていただきたい」

洋介はあたりを見廻し、蒸気船の待合室を指さした。

「あすこへ行きましょう」

洋介は先に立って待合室に入った。

「さあ、私のいう通りに書いて下さい」

洋介は旅行鞄《りょこうかばん》の中から用紙と万年筆を出して渡した。

「私こと、三月二十九日、加賀見新子と共に水上ホテルに宿泊し、肉体関係を結んだことを証明いたします……」

「そ、そんな……」

公平は哀願するように洋介をふり仰いだが、洋介の一瞥《いちべつ》に合って口をつぐんだ。

「さあ、書いて下さい」

洋介はゆっくりくり返した。

「さあ、書いて下さい」

公平は催眠術にかかった人のようにさし出された万年筆を握った。洋介のやや眼尻の上った大きな眼にじわじわと殺気のようなものが滲《にじ》みひろがっていくのを公平は見た。

——私こと、
と公平は書き始めた。

——加賀見新子と共に水上ホテルに宿泊し……。

公平が書き終ると洋介は署名の下に拇印《ぼいん》を押させた。

「すんまへんでございました」

小さな声で公平はいった。

「私が奥さんを誘い出したわけでは決して……」

「わかっています」

洋介は公平の言葉の上に言葉を重ねた。

「私はただ事実を知るために来ただけです」

洋介は失敬しました、といって待合室から出た。

「あのう、すまんですが、教えていただきたいんですが」

大股《おおまた》に歩き出した洋介の後ろから、公平は声をかけた。

「その証文を、何に使いはるんで?」

洋介は歩きながらいった。

「それに答える義務は私にはありません」

「それはそうかもしれまへんけど、しかし……」

洋介は立ち止って、きっとふり向いた。公平は思わずヘッピリ腰になり、両手を前に突き出して叫んだ。

「け、けっこうです。いうてもらわんでも……け、結構です……」

そういいながら公平は、この場面と似たシーンが宮本武蔵の一コマにあったことを思い出していた。それは酒代をねだる馬子に向って武蔵が一喝を喰らわせた場面だった。

7

その夜、守屋から電話がかかってきた。

「来ましたやろ」

守屋はいきなりいった。

「来ました」

「書かされましたか」

「で？　どないでした」

「どないもこないもおへん」

「今、あの人はO市へ、ロケーションに来てるんですわ」

守屋はいった。

「そのロケ隊の助監督やらが、ロケ地の下見に来た時に、奥さんを見かけたんやそうです。私が飛行場へ送って手ェふっとるとこ、見られましてん」

「そんな手ェふったりするからいかんのや」

公平は思わず大声を出し、それから気がついて声をひそめた。

「えらいことになってもうたなあ」

「助監督のやつらが、あの男、誰やろ、といいよったら、待合室にいたオッサンが、水上ホテルの守屋という男やと教えよったんです」

「そんなら、あんたが疑われてたわけやな」

「そうですねん。こわかったでえ。ものすごい顔して白状せえいわれて……」

「そんでわしのことをいうたわけやな」

公平の声はつい恨みがましくなった。

「あんたばっかりええ思いして、なんでわしが怒られんならん。そんな理屈ありまっか」

「そらもっともや」

公平は溜息をついた。

「このあと、どうなるのやろ」

「書かされたもんが心配でんなあ」

「何に使う気やろ」

「わかりまへん」

「とにかく、この責任はあんたに取って貰わんならん」

公平は気力を振い起していった。

「あんたさえ呼び出しに来なんだら、こんなことにならなんだんや」

「そんなこというて、あんたかて楽しんだんやおまへんか」

「あんたはチップ仰山もろて、わしをおびき出しに来たんや」

「おとうちゃん、何の電話？」

ヤスが後ろから声をかけた。

「誰からや？」

「とにかく、もう切りまほ」

公平はいった。

「楽しんだんはあんたやさかいにな」

守屋はまだ執拗《しつよう》にいった。

「一晩中、寝んとやってからに、ヘトヘトになりはったんはあんたや」

公平は電話を切った。ヤスが何かいうのを聞き流して二階へ上った。〝夢のよう〟というのはこういうことをいうにちがいない、と公平は思った。新子と抱き合ったときもそう思った。しかし今の方がもっと〝夢のよう〟だ。白昼の悪夢だ。いっそ、殺された方がよかったかもしれん、と公平は絶望の中で考えた。このことが世間に知れた時のことを思うと死んだ方がマシのような気がする。PTAの会長としての名誉はどうなる？　子供らは何と思うだろう？

翌日から、二、三日、公平は頭が痛いといって寝ていた。春の運動会が近いので、その運動会の挨拶をヤスは書いていた。ヤスはそれを書き上げて公平の枕許で読み上げた。

「ちょっとずつでええから、こないして寝てる間に暗記しときなはれ」

ヤスはいった。

「そやないと、あんたみたいな覚えの悪い人、間に合わへんで」

「わしは頭が痛いんじゃ！」

結婚以来はじめて、公平は大きな声を出した。

「そんなもん無理に暗記さして、わしを殺す気か！」

それから数日して、また守屋から電話がかかってきた。

「安心しなはれ。今日はええ電話や」

守屋は浮き立った声でいった。

「今日、ロケーションの帰りに加賀見さんが来はりまして、おかげで女房と離婚出来るようになった、礼をいいますいうて、金一封をば貰いましてん」

「何のことです、それは？」

「前から離婚話を出してたんやけど、女房がうんといわんので手古摺《てこず》っていた。今度は奥さんの不貞を押えたさかい奥さんもいやとはいえんようになった。裁判に持っていったら慰謝料なしで離婚は認められることになると、こういわはるんや」

「………」

「佐渡さんの迷惑になるようなことはせん。よろしゅういうといてくれというてはりましたで」

電話を切ると公平は山越えをして来た人のように、くなくなとその場に坐ってしまった。それが喜ばしいことなのか、喜ばしくないことなのかよくわからなかった。新子は公平の書いた証文を見て何と思っただろう。さぞかし公平を頼りない男と思っただろう。もう二度と公平には会いに来ないだろう。

「夢やったんや」

公平は自分にいい聞かせるように呟いた。

「夢やと思うたら、何でもない――」

そう呟くと、急に寂寥《せきりょう》が身にしみた。

夏のはじめの週刊誌は一斉に加賀見洋介夫婦の離婚を報じた。加賀見洋介は新進女優相沢郁子と結婚するのだ。店ではヤスがたみ子や近所の女たちを相手にその話をしていた。

「加賀見洋介て、若い頃はそらよかったわ。あの人の宮本武蔵、何べん見たかしらん」

「あの人、歩き方に特徴があるのんな？　肩をこうゆすって、強そうやわ」

公平はあの日、洋介の後ろから、突堤へ歩いて行った時のことを思い出した。

「突然立ち止ってからに、きっとふり返る時の眼ェもよかったで」

「けど、男て、いやらしもんやなあ、幾つになっても若い女がええのんやなあ」

「ほんまや、自分の娘みたいな女と結婚してどないなるんやろ、もう五十やて」

「可哀想になあ、奥さん」

「男は五十になっても若い相手が出来るけど、女は四十過ぎたらもう、こましな男は相手にせんもんなあ」

「けど、この奥さんにも恋人いるんやてよ。週刊スターに出とったよ」

「旦那が若い女作ったさかい負けん気出して男作ったんやな」

「けど、どうせロクな恋人やないやろ、四十四の人の女房、恋人にするなんて」

ヤスがいった。

「どうせ、どこぞの女にもてんオッサンやろ」

「どんなオッサンか顔見たいな」

公平は店を出て裏へ廻った。マサカリをふり上げて、黙々と薪割《まきわ》りをした。女たちがきゃっと笑う声が店の方から響いて来た。女たちを笑わせているのは、昨日から島へ来ているメガネをかけた測量技師だ。測量技師は山の寺に泊ったが、たみ子は夕方、和尚《おしよう》に頼まれて測量技師の夕食を届けに行ったきり、なかなか帰ってこなかった。

「男なんてみなそうやで」

女に囲まれて興奮した測量技師の大きな声が聞えてきた。測量技師は仕事をさぼって日の高いうちから酒を飲んでいるのだ。

「昔から据え膳食わぬは男の恥ちゅうもんな。しかしな、据え膳ちゅうもんは二度食うたらあかん。それが鉄則や」

女たちは口々に何かわめいて笑っている。その笑い声の中からたみ子が出て来て公平のそばを通り洗濯物を竿《さお》から外し始めた。たみ子の片頬《かたほお》に涙の筋が光っているのを公平は見た。たみ子はその頬を片手でこすり、公平の方をちらと見た。もしかしたらたみ子は前々から公平の願望に気がついていたのかもしれない。その一瞬の眼差しはそれを知っているように公平には思えた。

しかし公平はたみ子から視線を逸らし黙ってマサカリをふり上げた。おそらく公平の人生には、もう二度と〝別天地〟に足を踏み入れるような機会は来ないだろう。公平はどんなことがあってももう二度とヤス以外の女に手を触れるようなことはしないだろう。公平はそれを決心した。

奮戦、夜這い範士

1

鬼神社の祭が近づいたというので、木下利根吉《とねきち》は久しぶりで部落に帰って来た。利根吉が部落へ帰って来るのは三年ぶりである。鞄《かばん》を下げて本通りを通ると、どの家もリンゴ景気で家を新しく建て替えたばかりである。鈴木田作《でんさく》のところでは、テラスつきの青屋根の二階家で、開け放った窓の中に切子ガラスのシャンデリアが垂れているのが見えた。利根吉が道に立ち止まって様子をうかがうと、シャンデリアの下の皮バリの大きな肘《ひじ》かけ椅子《いす》の、向こうを向いた背もたれの上にかすかにポヤポヤと湯気のような毛が煙っているのが見えた。重い鞄を持ちかえて前庭へはいって行くと、思ったとおり、肘かけ椅子の背中の上に煙っていたかすかな湯気のようなものは、鈴木田作の辛うじて残った六十七歳の頭髪であることが確かめられた。

田作は茶色の皮バリの肘かけ椅子の中に溺《おぼ》れるようにはまりこんで、小さな赤い目を閉じたり開いたりしていた。しばらく見ないうちに田作は、またひとまわり小さくなったように見えた。その田作には皮バリの肘かけ椅子は大き過ぎる。

「田作——」

と利根吉はテラスに足をかけながらいった。

「おらだァ、利根吉だ」

肘かけ椅子の中から田作はゆっくり利根吉を見た。三年ぶりだというのに、何の表情も表われない声でいった。

「祭で来たのがェ?」

「うん」

利根吉はあたりを見回した。

「どえらい家を建てたもんだな。これはサッシュちゅうもんでねえか」

「サッシュだ」

田作は肯《うなず》いて、それが癖の、のろのろしたもののいい方でいった。

「ま、上がって腰かけれ」

「マツノさんは元気か」

利根吉はテラスに立ったままいった。マツノは田作より五つ年上の姉女房だった。器量は悪いが娘時代から働き者で有名だったから、この家もおそらくほとんどマツノの働きで建ったものだろう。

「元気は元気だが……」

田作は、丸テーブルの上のキセルを取り上げて、いったん火を消した煙草《タバコ》の吸殻を詰めると、金色の鳥のついている重々しいライターで火をつけた。

「女も七十過ぎると役に立たねんだ」

「マツノほどの働き者《もん》でもそうかなあ」

「いンや、働くことはよく働くけんど……おらのいうのはアノほうのことだ」

「三年ほど前から、まるっきり役に立たねんだ。痛《いて》え痛えといって、怒るんだ」

田作は大きな肘かけ椅子の中で、何やら憂鬱《ゆううつ》げだった。

田作はいった。

「そのくせ、ヤキモチだけは一人前にやくんだ。祭だというのに、鰺《あじ》ガ沢《さわ》の京子のとこさいって、まンだ戻って来ねえ」

京子というのは田作の二番目の娘である。

「ヤキモチやいてか？　お前《め》さ？」

利根吉は聞き直した。

「そンだ。おらに赤ン坊が生まれたもんで」

「赤ン坊？」

「そンだ。三日前に生まれたんだ。女の赤ン坊だ。今、名前、考えてたところだ」

利根吉は呆《あき》れて叫んだ。

「誰だァ？　その相手の女は？……」

田作は淡々といった。

「去年、リンゴの袋かけに、黒石から来た娘だけんど……」

利根吉は鞄を置いてテラスにあったリンゴ箱に腰を下ろした。

「いくつだ？」

「二十一」

「二十一！」

利根吉は思わず膝《ひざ》を進めた。

「二十一の娘とやったのか！」

「もう黒石さ帰らねって、弘前《ひろさき》のリンゴ加工場で働いてるんだ」

「ふーん」

利根吉は嘆息した。

「お前もなかなかやるなあ……」

確か田作はこの四月に満六十七歳になったはずだ。利根吉はそれより二つ下の六十五歳だ。利根吉には妻がない。妻であった女とは何年前か、もう思い出しもできぬころに別れた。その後、何人か妻の代わりのような女もいたことはいたが、今ではそのような女がいなくてももう不自由を感じるということはなくなってしまった。

利根吉は鞄を下げて田作の家を出た。部落には人影がない。祭の日までに仕事を片づけようと村人は田や畑に出て行っているのだ。部落の真ん中を通っている白い舗装道路に、夏を思わせる強い日射しが当たっていた。田作の隣は忠太郎の家だった。忠太郎の家もテラスにサッシュのガラス戸をはめ、青い屋根瓦《やねがわら》が光っている。前庭に泉水を作っている。泉水には鯉《こい》がいて、菖蒲《あやめ》が紫の花を咲かせている。団扇《うちわ》の絵のようなその光景が、低い万年塀を越して道から見える。もしかしたら忠太郎はその泉水を見せようとして、塀を低くしたのかもしれない。

部落はまるでひと昔前の東京郊外の住宅地のようだった。どの家もゆったりと広い敷地の奥のほうに悠々と建っている。二階建で二階にも露台がある。その露台におしめやシミーズが乾《ほ》してある。外壁の一部にモザイクの色タイルを張っている家もある。

それらの家の前を利根吉は何となくいまいましい思いで歩いて行った。

あの田作が——。

利根吉は歩きながら思った。

——ほかの奴らはともかくも、なにもあの野郎が肘かけ椅子に腰かけることはねえ……。

田作は利根吉より二つ年上だが、小学校のときは劣等生で、いつも利根吉が算術を教えてやっていた。毎日のように学校の廊下に立たされていたが、しまいには立ったまま居眠りをしていた。田作の母は利根吉を見ては、

「頭のいい子だなァ、田にトネの爪の垢《あか》飲ませてえ」

とよくいったものだ。

田作は慢性蓄膿症《ちくのうしょう》で、いつもハナ汁をたらしていた。

「おら、蓄膿だはんでだめなんだァ」

と二言目には田作はいった。田作は何でも蓄膿のせいにした。田作は十七のときに恋をして利根吉に橋渡しを頼んだ。利根吉が申し込みに行くと相手の娘は「ふン」といって笑っただけだった。

それ以後も娘は田作を見かけると「ふン」といって横を向いた。そのときも田作は、

「おら、蓄膿だはんでだめなんだァ」

といった。

利根吉が十七、田作が十九のとき、二人は一緒に夜這《よば》いに行った。相手はリンゴの袋かけの出稼ぎに来ている南部の女だった。利根吉は昼間のうちにリンゴ畑へ行って目星をつけておいた女のところへ忍んで行った。女は寝入っているふりをしていたが、寝間着の胸もとに

手がはいりやすいように、帯はゆるめてあった。女は寝入ったふりをしながら脚を開いた。利根吉が割り込んでいってもまだ眠ったふりをやめなかった。そうして、眠ったふりをつづけながら腰を浮かして利根吉を受け入れた。

　田作はその隣の家へ夜這いをかけた。出稼ぎの女たちは雇主の家の納屋の二階に寝ている。田作が夜這いをかけた女のところには、すでに夜這いの先客がいた。暗がりを田作は一生懸命に這って行って先客の尻に頭をぶつけた。そのとたんに田作は、

「ニャーゴ」

　といった。もし夜這いの途中でもの音を立てて家の者に咎《とが》められたら、猫の真似《まね》をしろと教えられていたからだった。

　先客は暗がりをすかして見、

「静かにしろ」

　と叱咤《しった》した。それで田作はまた、

「ニャーゴ」

　といった。

「こらっ！」

　先客は怒った。

「猫はわかってる。あっちゃ行け」

　田作は、

「すまねンだ」

といって帰って来た。

利根吉と田作はヤネ屋の甚平という男に夜這いの手ほどきを受けた。「夜這い三段」といって、夜這いが一人前になるには三年の修業がいるのだ、と甚平はいった。亭主と一つ布団で寝ている女に夜這いをかけることができるようになれば、夜這いの範士さまである。

「自慢するわけでねェけんど、おらは、それば三回半やった」

と甚平はいった。

「三回半？　その半というのは何だ？」

「半か」

甚平はいった。

「女がイカなかったんだ」

すると田作はいった。

「おらァ、半回でいい」

2

利根吉は古ぼけた鞄を下げ、面白くない気持ちで街道を歩いて行った。今夜は妹のハマのところに泊まるつもりをしている。三十年前、利根吉は家を出たのでハマは婿を取って利根吉の捨てたリンゴ園と田圃《たんぼ》を守ってきた。ハマの二人の娘は嫁に行って子を産み、今は登という十九になる息子との二人暮らしである。

ハマの夫は三年前死んだ。街道筋の家が軒並みに改築したのに、ハマの家だけは昔ながらの煤《すす》けた土間のある茅葺《かやぶ》きの家である。

「おどが死んだのに、家、新しくするなんて申しわけねえ」

というのがハマの考えだった。ハマはただ働くためにだけ生まれてきたような、真面目《まじめ》で律義な女だった。ハマは利根吉にいつも腹を立てている。ハマははいってきた利根吉を見て、

「あれ、まあ、赤シャツ着て。いったい歳、なんぼになった気だ」

といった。

「近眼でもねえのにロイドメガネかけて……まだ若い嫁でも貰《もら》う気か」

利根吉は気にも止めず、ニヤニヤ笑いながら靴をぬいだ。

「祭に来たんだよ」

「祭にか？　祭で何するんだ」

「薬草売るんだ」

「薬草？　ふン、何の薬だか」

「二、三日、厄介になるよ」

ハマは吐き出すようにいった。

「登さよけいなこと、教えねんでけれ」

ハマはいった。

「登は兄《あん》ちゃのおかげで、不良になってしまったんだよ」

利根吉が部落にいたころ、彼のことを、部落の者はハンシ（範士）と呼んでいた。利根吉はヤネ屋の甚平を凌《しの》いで夜這いのハンシになったのだ。利根吉は兵隊に行って、中隊長夫人に夜這いをかけた。

中隊長は演習で落馬して、腰を痛めて病院へはいった。その留守のことである。中隊長夫人は、

「あんたのような、勇気のある人は戦争に行ったら金鵄《きんし》勲章をもらうような手柄を立てるだろう」

といって利根吉を受け入れた。

その話がひろまってから、ハンシの利根吉は金鵄勲章とも呼ばれるようになった。

利根吉は部落にいたころから百姓を嫌ってアイスクリーム売りをしたり、リンゴジュースの工場を作ったり、バスの運転手、シナそば屋、紙芝居など、数え切れぬほどの商売を転々としたが、この二、三年は日本薬草普及会青森支部長という肩書きで青森市に住み、県下に祭礼があれば出かけて行って〝実験薬草〟と称するものを売っているのである。

「兄ちゃ、登は兄ちゃの血ィ引いてるのかね。兄ちゃが悪いこと教えたのかね。とんでもねえことしてくれたんだよ」

ハマはいった。

そんなことをいう間も、ハマは手を休めずにリンゴにかける袋ハリをしている。

この前に利根吉がここへ来たのは、ハマの夫の葬式のときだから三年前だ。そのとき登は高校二年生だった。

「登が、いってえ何したんだ」

「林コの義次や池下の悟らと、四人でリンカンしたんだよ、精米所の娘ば」

「リンカン？　何だ、リンカンって？」

「順々にやったんだよ、娘ば。岩木川原で。盆踊りの帰りに」

「そったらことやったのか、登が」

「警察さ連れてかれて、裁判になるところを、示談金十万円出して、勘弁してもらったんだ」

利根吉は眉《まゆ》をひそめた。

「そしたら、暴行罪犯したんだな」

「そうだ」

ハマは怒り声でいった。

「兄ちゃが来て、帰った五日あとのことだよ、おどが死んで間なしだってのに」

「そいだば駄目《まいね》ンだな」

利根吉はいった。

「それは由々しきことだよ」

「何をもっともらしくしゃべってるんだ」

ハマは糊をつけた新聞を張り合わせながら白い目を向けた。

「夜這いも暴行も同じだべして」

「夜這いと暴行は違う！」

利根吉は真顔でいった。

「夜這いして警察さ連れて行かれた男なんていねえ。したけんど暴行は罪になる」

「やることは同じだ」

「同じでねえ」

利根吉はしばらくの間、黙って考えていた。それから彼は嘆じるようにいった。

「夜這いがすたれたはんで、こったらことになる！」

利根吉は呟《つぶや》いた。

「世の中が悪い！」

そのとき表から登がはいって来た。登はその事件以来、学校をやめてリンゴ畑で働いている。登は利根吉を見てニッと笑った。登は死んだ父に似て無口で気が弱い。身体つきも父に似て痩《や》せぎすで、女のような優しい目を持っている。登は上がり框《がまち》に腰をかけて、ハマが支度をした遅い昼飯をかき込みはじめた。

「とにかく、ずくなしたらありゃしねえんだ」

ハマは利根吉に話したことによって、新しい怒りがこみ上げてきたようにいった。

「川原さ娘コば引っぱって行ってよ、義次がまっ先にかかったんだ。いやがって暴れるのば無理やりやったんだ。その次が池下の悟でよ。二回目で娘は馴《な》れてきたんだべェ。おとなしくなって腰ふったんだど。それから部落長さんとごの正夫が三番目だ。正夫のときは娘はもうよがってよがって、暴れて気ィ失ったんだ。気ィ失ったのば、登がやったんだよ」

ハマは登を睨《にら》んだ。

「警察の署長さんがいうには、気ィ失った者《もん》ば犯したんだはんで、登は暴行罪になるんだと。二回目の悟と次の正夫のときは、娘は喜んで腰ふったはんで、暴行じゃねえんだと。それで二人は無罪、義次と登は裁判になったら有罪になるべといわれたんだ」

「それで示談にしてもらったのか」

「十万円だよ！」

ハマは叫んだ。

「おどが生きていたら、何といって嘆くか！」

「登は運が悪かったんだ」

利根吉は飯をかき込んでいる登の背中に向かって慰めるようにいった。

「世の中はそういう人間がいるもんだ。同じことをしていても、運のいい奴と悪い奴とでは、結果が違ってくる」

「兄ちゃと田作みてえにか」

ハマは嘲《あざけ》るようにいった。

「田作はたいした金持ちになったよ。兄ちゃはずくなしだとバカにしてたけんど」

黙って飯をかき込んでいた登は、箸《はし》を置くとすっと立ち上がって出て行った。

「あの調子だもん」

ハマは吐き出すようにいった。

「何をいっても返事をしねえ」

それからハマは急に力を落としていった。

「おら、登が兄ちゃみてえになるんでねえかと……心配《しんぺえ》だ」

3

鬼神社の祭礼が明日に迫った夜、利根吉はげんのしょうこやどくだみの押花を、画用紙に張りつけて薬草見本を作りながら、ぼんやりと膝を抱えている登に向かっていった。

「どした？　登、元気ねンでねえか」

登は黙って膝を抱えたまま、縁の向こうの暗い田圃の広がりに目をやっている。

「あのこと、まンだ気にしているのか」

「そんでねェ。頭、痛《いて》ンだ」

登はポツンといったきり、視線を動かさない。

「頭、痛え？　したらいい薬あるはんで、飲んでみるか？」

登はいきなり自分の頭をゲンコで叩《たた》いた。

「正夫とチズコ、いい仲になってるんだ」

登はいった。

「チズコのほうで、正夫のところさ夜這いに来るんだ」

「チズコ？　チズコて誰だ」

「精米所の娘だ」

「ああ、あんときの……」

利根吉は登の横顔に目をやった。

「チズコは若尾《わかお》文子《あやこ》に似てるんだ」

登はいった。

「あいつはスケベだ」

登はまだ膝を抱えたまま、真っ直《す》ぐ前に目をやっている。その目に涙が滲《にじ》み出てくるのを利根吉は見た。

「惚《ほ》れてるのか、チズコさ？」

「わからね」

と登はいった。

「やりてえのか？　チズコと……」

「やりてえ」

登は肯いた。

「頭、痛えのはそのためだ」

急に登はしゃべりはじめた。

「おら、チズコしか女《おな》ゴ知らね。あんときしか、女ゴとやったことねえ」

「ほかの女ゴとやれ」

利根吉はいった。

「そんなときはな、まンず、誰とでもいい、やってやってやりまくるんだ。そうすりゃ、頭、痛えのすぐ直る」

登は唸《うな》るようにいった。

「誰とやるんだ?」

「誰でもいい、高望みするな。穴コさえあればいいんだ」

「その穴コ、どこで見つけるのさ」

登は怒ったようにいった。

「ゼニかかる穴コはだめだな。おがはゼニコくれねえもの。十万円の示談金、小遣いから月賦でおがに返してるんだ。ゼニも車もねえやつば相手にする娘はいねェもんだ……」

鬼神社の宵宮の太鼓が鳴りはじめた。ハマは明日の祭に遊びに来る娘と孫のために餅につける餡《あん》コを煮ている。

「春機発動期における青年男子の心身の健全をはかるために、昔は夜這いというものがあった」

利根吉はおもむろにいった。

「青年男子はすべからく、夜這いをするべし。夜這いによって男は鍛えられ、勇気を持って一人前になるんだ。兵隊生活と夜這い！　日本男子たる者は、これなくしては一人前にはなれんのだ」

利根吉は薬草見本を片づけて、登に向き直った。

「いいか、登。夜這いをせえ。おらが手ほどきしてやる。夜這いは男の修業の場だ。川原で人数たのんでやるなんて、ミミッチイことは男たる者、するもんでねえ。夜這いをしろ、夜這いを！」

利根吉の声には熱がこもった。

「そもそも夜這いというもんは、女の寝床でやるのが正道つうもんだ。女の寝床。これはいわばテキの城だ。そこへ単身乗り込んで剣をばふるって女を射す！　宵のうちにワタリばつけておいて田圃の畦《あぜ》やマゲでやるのは、あんなものは夜這いの邪道だ。石川五右衛門《ごえもん》とコソ泥の違いみてえなもんだ。夜這いとは読んで字のごとく、這って行くことなんだ。不意を襲われる女はびっくりするべ。びっくりするけんど声を立てさせねえところが腕だよ。そんなときはもう、女の急所を押えこんでいる。それは剣の道、柔《やわら》の道にも通ずるもんだな。技と胆力ば養わねばならねえ」

登はいつか向きを変え、膝を抱えるのをやめて、利根吉の言葉に聞き入っている。

「根、勘、努力、この三つが揃《そろ》ってはじめて何の何がしといわれる範士になれる。一人前になるには、三年かかるのが普通とされたもんだ。戸の開け方、畳の歩き方、這い方、逃げ方、すべて流儀がある。宮本武蔵の『五輪書《ごりんのしょ》』ば知ってるか」

登はいった。

「知らねェ」

「宮本武蔵は兵法の極意を『五輪書』にまとめた。その中にある。内から外へ出るときは足から先に出よ。わかるか？　身体を先に出すと敵が斬りかかったとき、ヒラリと身をかわすことができねえ」

利根吉は興奮した。彼は若者に向かってこの話を今までに何十、何百回してきたかわからない。それは利根吉の青春の歌だ。その歌を歌うとき、彼の中には若かりし日のハンシの誇りが舞い立つのである。

「まンず、夜這いの衣装は、はんてんに股引《ももひき》、藁草履《わらぞうり》に手拭《てぬぐ》いだ。その格好で家を出て、目ざす娘の家まで来ると、はんてん、股引を脱ぐんだ。それから手拭いで頰《ほっ》かぶりして、ふんどしを外す」

「ふんどし、外すんだか？　表で」

「そんだ、頰かぶりのほかは何も身体さつけねえ」

「すっ裸か」

「そんだ。夜這いはすっ裸で行くのが道だ。すっ裸であれば、万が一、親爺《おやじ》に見つかったとしても、罪にならねえ」

「罪になんね？」

利根吉は大きく肯いた。

「すっ裸で忍び込む盗賊は東西世界、どこにもいねえ。すっ裸は夜這いのしるしだ。着物着ていれば盗賊のしるしだ」

「したけんど、家宅侵入にならねえのか？」

「ならねえ」

利根吉はいった。

「夜這いは見つけても警察へはしゃべらねえ。なぜなら、見つけた親爺のほうも、覚えがあるはんでだ」

登は思わず大きな溜息《ためいき》をついた。

「昔はよかったんだなあ」

利根吉はいった。

「登、夜這いやってみろ」

「えっ」

「夜這いやって一人前の男になれ！」

「…………」

「どうした。できねェのか」

利根吉はいった。

「情けねえ野郎どもだなあ、このごろの若え者《わけもん》は。夜這いの話は聞きたがるけんど、手前《てめえ》はやれねえ。話聞いて、ハドおっ立てて鼻血ば出しておる。情けねえの何のって、話になんねえ」

「兄《あん》ちゃ、登と何話してる?」

ハマがはいって来ていった。

「登さよけいなこと、吹き込まねえでけれ」

「何も吹き込んでいねえよ」

利根吉はいった。

「しかし、登の頭痛はこのままでは直らねえな。おらはピタリと直る妙薬を知ってるよ」

「いらね、いらね、兄ちゃの妙薬だなんて、ロクな薬でねえ」

ハマは登のほうを見ていった。

「登、もう寝ろ。おじさんの薬、もろて飲んだりするんでねえぞ」

「飲む薬でねえ。する薬だ」

ハマが向こうへ行ってしまうと利根吉はそういって登を見たが、登はニコリともせずまた膝を抱えて蛙の啼《な》きしきる田圃の暗がりを睨んでいた。

4

翌日は晴れ上がって真夏のような日の照りつける祭礼の日だった。利根吉はゆっくり朝食をすませると、赤とコゲ茶の格子縞《こうしじま》の開襟シャツに伊達《だて》メガネをかけ鬼神社へ出かけて行った。

鬼神社は農民の神さまであるから、祭礼には鎌売りが店を出す。近在の百姓がにんにくを背負って来て、簡単に地面に並べてそれを売る。押しかけた近在の農民は境内にすわって酒を汲《く》みかわし、唄を歌って踊る。

境内はにんにくの匂いが立ちこめ、神楽《かぐら》がはじまる。

利根吉は境内へ上る石段の手前の栗の木の下に、小さな台を置いて、そこに薬草見本を並べた。

「人間の身体には、何が大切というて、健康ほど大切なものはなく、また身体の健康ほど幸福なものはない――」

利根吉はおもむろに道行く人々に向かって話しかけた。

「この大切な、そして幸福なる健康をば保持せんがため、私たちはつとめて摂生し、注意に注意して健康を保持、増進せしめなければならない。されども、古き諺《ことわざ》に曰《いわ》く、人は病の器なり、と……」

しゃべりながら利根吉は向こうから歩いて来る田作に気がついた。

田作は首に手拭いを巻き、白いよれよれのワイシャツを着て古ぼけた鳥打帽子をかぶっている。その帽子は田作の小さく縮んだ顔には大き過ぎるので、つき出た耳によって辛うじて顔にかぶさってくる帽子を支えているのである。田作は利根吉に気がついて近づいて来た。

「何してるんだ?」

と無表情に聞く。いろいろ聞かなくても見ればわかりそうなものだ。利根吉は田作を無視して口上を述べた。

「日常、いかに健康、衛生に留意していても、われわれが生きて動いている以上は、いついかなる不慮の病にかからぬともかぎらない。不幸にして病気にかかったときは、すみやかに医師の診断、治療を求むのは当然であるが、しかしだ、しかし、医師の手を煩わすまでもなく簡単に直る療法がある場合はどうか。切らずに直る薬があるときはどうするか。それでも医者にかかって痛い思いをし、大金を失うほうを選ぶのか?」

田作は利根吉の前に立ってポカンと口を開けて利根吉を見上げていたが、利根吉の叫びに答えるようにいった。

「いんや。直る薬あれば、医者は断わる」

「ここにあるのは民間薬草の簡単な草だよ。このへんですぐに取れる草だ。あんた方が毎日、何とも思わず、踏んだり小便かけたりしてる草が、実は薬になる。私はこの三十年、薬草の研究にこの身を打ちこんで、ようやく四十種類の薬草を発見したんだよ」

「蓄膿の薬草はあるか」

田作はいった。

田作のおかげでいつか利根吉のまわりは十人ばかりの人が集まって来た。

「蓄膿症か。蓄膿症にはどくだみだね。学名どくだみ、津軽では犬の屁《へ》という。このどくだみの青い葉をね、上のほうの青いやわらかいのを二、三枚取ってね、火箸《ひばし》にはさんで火にあぶるんだ。あぶるとやわらかくなるからね。さめないうちに手のひらさ載せなさい」

「手のひらか？　ここか？」

田作は手の甲をさし出した。

「手のひら、手のひらといったらここだ」

利根吉は少し顔をしかめていった。

「ここか、ここがひら？」

「そんだ、こっちは手の甲だ」

田作は相変らずバカだ、と利根吉は思った。昔からちっとも進歩していない。

昔もこんなふうに間がぬけていた。

「手のひらさ載せたら塩をちょっとつまんだくらい混ぜて、塩と一緒にドロドロになるまで揉《も》め」

「揉む？　こうしてか？」

と田作は固くなった皺《しわ》だらけの手をこすり合わせた。

「そんだ。そうして揉む。それを真綿ば小さく切り取って、薄く引っぱって伸ばしたものに載せて包むんだ。丸いダンゴに丸めて、夜寝るとき軽く鼻の中にさし込むんだよ」

「鼻に？　鼻の穴ン中に？」

田作は人さし指と中指をVの字にして自分の鼻の穴を指さした。

「両方いっぺんじゃねえよ。両方いっぺんにさし込んだら、息ができねえ」

「うん、なるほど、息ができねえか。とすると？」

「片方ずつさし込むんだァ」

利根吉はほとんど腹を立てていった。

「片方ずつだな。よし、片方ずつさし込むんだな、するとどうなる」

「そのまま四、五時間そのままにしておけ。目が覚めたらハナをかむ」

「覚めなかったらどうするんだ」

「覚めなかったら……」

利根吉は怒鳴った。

「覚めてからかめ！」

二人のまわりをとり囲んでいた男や女がどっと笑った。田作はその連中を見回して一緒になって笑った。

この男が、二十一の女をどうやってモノにしたんだ？　利根吉がそう思ったとき、田作はいった。

「産のあとの肥立ちにいい草はねえか？」

つづけて田作はいった。

「それから、乳の出をよくする草は何だァ？」

人だかりの中から笑いを含んだ声がいった。

「田作、孫が子供産んだのか？」

「いンや、おらが産ませたんだ」

田作はうれしそうにその声のほうをふり返りながらいった。人々はまたどっと笑った。

「ええな爺《じッ》さま」

「嫁コは年なんぼだ」

「嫁コでねえ、イロ女だ」

田作はいった。

「リンゴ小屋でデイトしたんだ」

男たちはどっと笑った。

その中にかん高くよく通る女の声があった。利根吉はそのほうを見た。白地に赤いけしの花のとんでいる絽《ろ》の着物を着て、こってりと化粧した丸顔の若い女だった。女は傍に立っている髪の長い男と手をつないで、面白くてたまらぬというふうに田作のほうを見て笑っていた。

「デイトする前から、タネはいってたんでねえの」

誰かがいうと、女はまた朗らかな声を上げて笑った。

笑うとき女の顎《あご》はやや上に向き、二重にくびれた顎が、搗《つ》きたての餅のようになめらかに伸びた。

「行くべえ、チズコ」

長髪の男は利根吉の視線を遮断するようにいった。チズコという名が利根吉の耳に止まった。

するとこれが精米所のチズコか？　それと同時に利根吉は長髪の男が池の正夫であることに気がついた。利根吉が知っている正夫は、イガグリ頭にあちこちフキ出モノをこしらえた腕白小僧だった。利根吉は彼が正夫であることを、右の眉尻の禿《は》げている個所で思い出した。正夫の顔のフキ出モノは眉にまで移行して、右の眉半分が禿げてしまったのだ。

チズコは正夫にぴったりとより添って、二人は境内への石段を上っていく。

利根吉は、口上を述べながら、石段を上っていくチズコの尻が、ぴったりと着た絽の着物の下で、ムクムクと動いているのを見ていた。

その尻はいかにも男が好きで、そうして男好きであることに無意識ではなく、むしろそれを語りかけているような表情があった。久しぶりで――まったく久しぶりで利根吉はその尻に沈んでいた欲望を動かされた。

あの尻の弾力のある動きと、見るからにすべすべしたくびれた顎とは一対をなすものだ。一対をなして利根吉を誘い、呼びかける。

――登が頭、痛くなるのもむりはねえ。

利根吉は胸の中で呟いた。田作の子供を産んだという二十一の女のことが頭に浮かんだ。

――どんな女だか知らねえが、どうせたいした女ではなかろう。

利根吉は思った。

――どうせ金にモノをいわせてやるんなら、あれくらいの女をやってみろ……。

いつとはなしに客が散っていくと、利根吉は境内へ上って煙草をふかしながらそのへんを眺めた。彼は無意識にチズコを捜していた。彼はそんな自分に気がつき、気がつくと同時に改めてチズコへの欲望がハッキリ立ち上るのを感じた。

その欲望の中にはもしかしたら、田作を見返してやりたいという彼の悲願がこもっていたのかもしれない。

鬼神社には境内の外れに小さな池がある。

池の中ほどに祠《ほこら》があり、その背後にひろがっている青い田圃を六月の微風が吹いていた。農民たちは池の端にずらりと並んでうずくまり、何やら念じては豆粒ほどにひねった紙を投げ入れて、じっとその行方を見守る。

ひねったその紙が沈めば願いごとがかなうし沈まずに開けばかなわぬといういい伝えが昔からあるのだ。その紙は社務所で一束十円で売っている。利根吉はその中に田作の姿を見つけた。

田作は左手に紙を持ち、右手でそれを小さくちぎって丸めては、何やら念じて池に投げた。

「今年の作柄！」

田作は小さく叫ぶようにいって丸めた紙を投げた。紙はゆるやかに左へ流れつつ、おもむろに沈んでいく。田作は次の紙を丸めつつ口の中でブッブッいった。田作は紙を投げた。紙は沈みかけてすっーと開いて浮いた。田作は急いで次の紙を投げた。紙はまた開いて浮く。

「作柄と、出稼ぎに行ったセガレの無事と、嫁のお産と、あばの病気と……そんだけ聞いて、みな、かなったよ」

田作と同じような鳥打帽子をかぶった老爺《ろうや》が嬉しそうな声を上げて立ち上がった。

「田作、どンだ?」

「うん、うまくいかねえ」

田作は浮かぬ顔で池の面を見つめたままいった。

「作柄はどうだ?」

「作柄はいいと出た」

「米も、リンゴもか」

「うん、米もリンゴもだ」

「したら、何がだめなんだ?」

「ヨシエのことよ」

田作がいうと老爺は歯のぬけた口を大きく開けて、「ハハァ」と一声笑った。

「ヨシエのこと、何と願った?」

「おが死んだら、女房にしてえと思ってな。赤ン坊も生まれたことだしな」

「おが、死なねのか」

「死なね」

田作は憮然《ぶぜん》としていった。

「なんべん願《ねご》うても死なねンだ」

田作は立っている利根吉に気がついて紙をさし出した。

「どンだ？　お前《め》もやるか？」

「うん」

利根吉は田作から紙を受け取ると、池の端にしゃがんで紙を丸めた。利根吉は池に丸めた紙を投げた。それを田作が見ていた。紙は一度も横に外《そ》れず、まっすぐに沈んでいった。

「何を願ったんだ！　利根」

田作は羨《うらや》ましそうに聞いた。

「まるで石コロでもはいってるみてえに、まっすぐに沈んでいったよ」

利根吉はニヤリと笑ってロイドメガネを指で押し上げると、黙って残りの紙を田作に返した。

「何を願ったんだよ、利根」

田作はいったが利根吉は答えなかった。

――田作に勝つか負けるか？

利根吉はただ漠然とそう、鬼神社の神に問うたのだった。

5

その日の利根吉の稼ぎは予想よりも下回っていたが、利根吉は元気だった。こんなに気力が充実したことは、この数年なかったことだ。利根吉は登を連れて酒を飲みに行った。ハマは町から来た二人の娘と六人の孫にかまけて、家中を走り回っている。

「おンじさん」

登は夜道を歩きながらふといった。

「おら、今夜、やろうと思ってるんだ」

登の声は沈んで低い。

「正夫はさっき、五時のバスで弘前さ行ったんだ。弘前病院さはいってたじいさまが急に悪くなったんだと」

登の沈んだ声は彼が決意したことを物語っている。

「チズコは今夜は家さ帰らねえ。教員住宅さ泊まるそんだ」

「そりゃ、間違えねえのか」

利根吉はいった。

「チズコと一緒に来た娘がいっているのを聞いたんだ。帰りが遅いと危ねえはんで、教員住宅へ泊めてもらえって、家でいったんだそんだ」

しばらくの間利根吉は黙っていた。それから彼はいった。

「夜這い三段といって、夜這いは修業の期間がいるんだ。まンず、一人前になるのには三年かかる」

「それはこの前も聞いたけんど、今はそったらことといってられねえ」

登はあせっていた。

「今夜がチャンスだ。今夜やらねば、やれるときはねえ」

「そったらだに慌てるな。まンず気を鎮めろ」

利根吉はいった。

「はじめは兄貴分の夜這いについて行って、まンず戸の開け方から見習うんだよ。戸を開けるときはどうするか。まンず手前の戸ばうんと引っぱって、内側の戸ば向こうさ押すんだ。すると戸と戸の間に隙間《すきま》ができる。そこから棒ばさし入れて、しんばり棒ば落とすんだ。そのとき、音させねえように転がす。この修業だけでも三カ月はかかる」

「教員住宅はしんばり棒なんかねえよ」

利根吉は登の言葉に耳も傾けずにいった。

「それから次は戸ば開けるときのコツだ。まンず、敷居に向かって小便ばかける。そうしてソロリソロリと開ければ、音はしねえ。この修業だけでも三カ月はかかる」

「教員住宅は引き戸じゃねえ。ドアだ。合鍵持ってればすぐ開くんだ」

利根吉は登の言葉に蔽《おお》いかぶせていった。

「その前にまンず、裸にならねばならぬ。ふんどし外して、見習いに持たせる。この見習いは見張りをばも兼ねているな。おれにも覚えがある。兄貴分のふんどし持って、固雪《かたゆき》の中で慄《ふる》えながら待ってるときの気持ちちゅうものは何ともいえずに情けねえもんだ。知ってるか、ふんどしかつぎという言葉は、ここから出たもんだ」

「そんなことは知らねえけんど、どうでもいいことだ」

利根吉はまた登の言葉を無視した。

「ふんどしかついで凍えているると、兄貴分が中から出てくる。そのハドから湯気が立っているのを見で、今に見ていろ、おらだって、という気になる。おらはあのハドの湯気見てどんだけ発奮したかしれね」

「とにかく、おらだっきゃ行くど！」

登は、宣言するようにいった。

「教員住宅の間どりはおらだっきゃよく知ってるんだ。学校のころ柿崎先生のところさよく遊びに行ったもんな」

教員住宅は部落の東の外れ、一面リンゴ畑を背にした丘の上に建っている。台所、風呂、玄関つきの二間の、同じ間どりの住宅が三軒、南を向いて並んでいるのだ。

右の端が独身の男性教員が二人で住み、真ん中に柿崎という中年の女教師が一人で暮らしている。左端の家はこの春までいた教師が転任したあと、空いたままになっているのだ。チズコともう一人の娘は、おそらくそこに泊まるのであろう。

登と利根吉はよろず屋の店先の床几《しょうぎ》に腰を下ろしてコップ酒を飲んだ。

「薬草の先生、いつも元気だねえ」

傍で酒を飲んでいた親爺が話しかけた。

「赤倉の地蔵祭のときも出ておったな」

親爺はいった。

「あれは三年前だよ。娘のところさ行って地蔵祭で見かけたんだが、ちっとも変らねえな。いつまンでも若《わけ》え」

「薬草、いろいろ飲んでるからな」

利根吉はいった。

「そうか、薬草ちゅうもんは、本当に効くもんだか？」

「効くとも。効かねで商売せば、そりゃ詐欺だ。おらは坊主の頭とウソだけは、いったことがねえ」

「したらば、薬草の先生」

親爺は膝を進めた。

「精のつく薬てねえもんかな？　年とってアノほう、利かなくなってきたら、何飲めばいいんだ？」

「うん、したら、いかり草がいい」

利根吉はいった。

「今は薬草見本持ってねえはんで見せることできねえが、これは養命酒のもとになっている草で三枝九葉草ともいうんだ。同じ枝から三本の枝がまた出ていて、九つの葉をつけるから三枝九葉草。これの葉、茎、根を乾して煎《せん》じた汁を飲むんだね。すなわち生殖器の衰弱ば癒《いや》して精気を増進せしむる草だ。いかりのような花が咲くからいかり草ともいう」

「したら、薬草の先生もいかり草、飲んでいるのか?」

親爺はいった。

「それで、そったら若えのか」

「アッハッハッハッ」

と利根吉は大きく笑った。

「おらはそんなに若く見えるか?」

「見えるとも、見えるとも」

「五十六、七に見える」

と親爺の向こうにいたよろず屋の女房が口を挟んだ。

「あのほうは、もっと若いんだべ? 四十なみか?」

「アッハッハッハッ」

利根吉はまた笑った。

「まンず、そのへんは想像に任せることにして……」

利根吉は急いで立ち上がった。利根吉がいかり草の講釈をしているうちに登の姿がなくなっていることに気がついたからである。

利根吉は、田圃道を教員住宅に向かって急いだ。遠く後ろのほうに祭の太鼓とざわめきが聞こえる。夜はもう大分更けた。田の面《も》を渡ってくる風と一緒に、とぎれとぎれに唄が聞こえてくる。その唄声は利根吉に遠い昔を思い出させた。

「ばばの腰ァ　ホーハイ　ホーハイ
まあがったヨウ
まがあった腰ァのびぬ
ホーハイ　ホーハイ」
利根吉はふと歌ってみた。それは津軽の殿さまが戦《いくさ》に負けて津軽坂まで退却してきたとき、峠茶屋の婆さんが忙しそうに茶をくんで走りまわるのを見て即興的に歌ったという文句だ。
その文句のおかしさに疲れ果てた兵士は元気づいたという。利根吉は夜這いの帰り、田の面を渡ってくる夜風に吹かれながら、好んでこの文句を口ずさんだことを思い出した。
「ばばの腰ァ　ホーハイ　ホーハイ
まあがったヨウ……」
その唄が出るときは、たいてい夜這いがうまくいったときだった。
「まがあった腰ァのびぬ
ホーハイ　ホーハイ」
遠い青春の日ははや消え去っていた。
もう長い間、利根吉の口にはその唄が浮かぶこともなかったのだ。
利根吉は教員住宅のある丘の下まで来た。同じ形の屋根と同じ窓を持った三軒の住宅がアカシヤの林を背にして星空の下に並んでいる。利根吉は丘を上っていった。なぜ丘を上るのか。そこへ行って何をするつもりなのか、利根吉にはわからない。わからないが利根吉はまるで何ものかに誘われるように丘を上っていった。

利根吉は丘の小径《こみち》を上りつめて、一息ついた。アカシヤの花の香が、若いころの夜這いの夜々を思い出させた。このあたりにはアカシヤが多い。今も多いが昔はもっと多かった。

利根吉は少し感傷的になって、星空を見上げた。今も同じアカシヤは咲いているが、利根吉はもう年をとったのだ。急坂を上りきると急に息切れがする。

そのとき利根吉は、どこからかひそやかな水しぶきの音が聞こえてくるのに気がついた。

チャポ　チャポン　チロチロチロ

その音は、目の前の家の低い万年塀の上にかぶさっているアカシヤの向こうから聞こえてくる。

チャポ　チャポ　チャポン

利根吉は一瞬、身体が熱くなった。

——行水だ。

利根吉は思った。懐かしい行水の音だ。娘が行水をするのを、藪蚊《やぶか》に刺されながら覗《のぞ》いたものだ。そして娘が家の中にはいって、やがて寝静まるのを気長に待ったものだ。

利根吉は低い万年塀を跨《また》いでアカシヤの蔭に身を寄せた。

「加減はどンです」

いきなり女の声がいった。

「ちょんどいい」

答えた声を利根吉はチズコだと直感した。それはあのすべすべした咽喉《のど》と、クリンクリンと動いた尻にふさわしい声だ。ハリがあってなめらかで、少しおきゃんだ。

「ホー惚れェちゃったんだヨオ」

とその声は小声で歌った。それから突然、勢いよくザブリと水が跳ねた音がした。チズコはタライの中から立ち上がったのだ。利根吉は夢中でその音に向かってアカシヤの下を匍匐《ほふく》前進をした。

と、その利根吉の前をガサゴソと不器用な中腰で進んでいく人影がある。登だ。

「あれ」

とチズコの声がした。

「誰? 誰かいるン?」

とっさに利根吉は夢中で登の足をつかんだ。登はびっくりしてあっと声を上げた。

「シーッ、おらだ。静かにしろ」

利根吉は囁《ささや》いた。

「おンじさん、なんでこった所へ来た」

利根吉はそれには答えず、

「早まるな。猛《たけ》るな」

と叱咤した。登は何もいわず足首をつかんだ利根吉の手から、力まかせに足を引き抜いた。

利根吉はとっさにもう片方の足首をつかんだ。

「放せってば、放してけれ」

登と利根吉は揉み合った。何のために揉み合うのか。理由もわからぬままに利根吉は渾身《こんしん》の力をふるって登を取り押えた。

「おンじさん」

登は鬼のような利根吉の膝に組み敷かれて、喘《あえ》ぎながらいった。

「何のためにおンじさんは、おらの邪魔ばするんだ」

利根吉は答えることができなかった。それで仕方なく利根吉はいった。

「夜這いの正道を守るためだ」

6

利根吉はチズコに欲望を抱《いだ》いている自分にはっきり気がついた。その欲望にはもしかしたら田作への意地もあったかもしれない。それはおそらく、六十五歳の利根吉の中に燃え上がった最後の焔《ほのお》なのだ。女に向かって燃え上がる焔はもう長い間、利根吉の中で沈んでいた。最後にそれが燃えたのはいつのことか？　それさえもう思い出せぬ。埋《うず》み火を掻《か》き立てるようにして、その焔を燃え上がらせようとしたこともあった。〃いかり草〃の乾したものを煎じて毎日飲んだ。祭で隣り合った高野山岩人参《いわにんじん》売りから岩人参を分けてもらって飲んだこともある。そしてひどい下痢をしてしばらくの間、おしめを当てて寝込んでいた。

またあるときは青森のストリップ劇場のかぶりつきへ行って、ストリッパーの股《また》ぐらに向かって顔をつき出したこともある。ストリッパーは彼のまん前にしゃがんで音楽に合わせて両膝を開いたり閉じたりした。

「もっとゆっくり開けてけれェ」

彼は真剣に叫んだ。彼があんまり真剣に叫ぶので、ストリッパーは彼に向かって股の奥をつき出すようにして膝を思いきり開いた。彼は必死の期待をこめてそれを見た。しかし何の奇跡も起こらなかった。彼の股間《こかん》のものは力なくうなだれたままじっとしていた。彼は祈るような気持ちでストリッパーの股の奥のものを見つめた。そのとき、彼の頭に浮かんだことはソレが子供のころ、部落へよくやって来たむさくるしい頬《ほお》ヒゲを生やした乞食坊主の顔に似ているということだった。

あのとき、利根吉は昔馴染んだ百姓女のところへ行った。彼女は後家でもう五十を過ぎていたが、まだ何人かの男と交渉があった。

「きっと若《わけ》えうちに使い過ぎたんべし」

とその女は利根吉の股ぐらから手を引きながら、憐《あわ》れむようにいった。

「田作は三十日に三日休むだけじゃと。したけんど、頭、使わね男はいつまでもアッチのほうば使いたがるんもんだ」

女は利根吉を慰めたのである。

「したけんど、ハンシは、見たところは若えなあ。ロイドメガネかけたら、やっぱし男前だ」

そのとき以来、利根吉は昔の女に近づくのをやめた。昔の女たちの思い出の中にかかっている〝夜這い範士〟の名誉を汚したくなかったのだ。

利根吉は病み衰えた道場主が、道場の名誉にかけて旅の修業者との試合に臨んだようにアカシヤの葉蔭を洩《も》れる星明かりで登を見た。登は息を詰め、身体を硬直させ、今、チズコの白い濡《ぬ》れた背中が消えていった縁側の奥を凝然と見つめている。縁側に面した座敷には、ジュースの空瓶《からびん》や菓子の袋が散らばったままである。座敷の電灯は消されているが、その向こうの部屋からの明かりがぼんやりと人のいない座敷に滲んで来ている。布団は向こうの部屋に敷いてあるのだろう。やがて縁側にチズコともう一人の娘が現われて雨戸を閉めた。

「何もいねんでねえの」

娘がアカシヤの繁《しげ》みのほうをすかし見るようにしていうのが聞こえた。

「ゴソゴソいう音がしたんだよ。誰かいるんでねえのか」

二人は手荒く雨戸を閉めた。そうして家はまっくらになり、しんと静まってしまった。

登はアカシヤの蔭から這い出た。利根吉も急いで這い出た。登は家に沿ってスタスタとひとまわりした。

その歩き方には登が今、決然と飛躍しようとしている構えが感じられた。利根吉はその構えに気圧《けお》され、それから闘志をかき立てられた。

「おンじさんは、何してるんだ」

登が挑むようにいったが、利根吉は答えなかった。利根吉は家のまわりをグルリと回って風呂の焚《た》き口の小さなくぐり戸に桟が下りていないことを発見した。利根吉は登の隙をうかがってす早く風呂場にはいった。そうして中からしっかりと桟を下ろした。

利根吉は風呂場に着ていたものを全部脱ぎ捨てた。そうしてすっ裸になった自分の身体を見下ろし、彼は満足した。彼の股間のものは、おおむね満足すべき状態を呈していた。彼はそれを軽く握ってみた。それから、戦いに臨む武士《もののふ》が鞍《くら》を置いたる愛馬の首を叩いて激励するように、軽くそれを撫《な》でた。

静かな寝息が、向こうの部屋から聞こえてくる。寝返りを打ったのか、どたんと襖《ふすま》を蹴《け》る音がした。とたんに利根吉の瞼《まぶた》に白い丸い尻が浮かんだ。チズコは友だちと二人で寝ているはずだが、その寝返りの音を彼はチズコだと思うことにした。

——三の股の松五郎が朝早く川原をば通りかかっただ。そしたらば、露草の間さ白い丸いもんが見えたんだ。寄ってみたらばチズコの尻だったたんだ。チズコが尻出したまんま、気絶していたんだね……。

利根吉はその話を思い出した。その光景が彼の目に見えた。

——最初の義次ンときはいやがって暴れたのば無理に突っ込んだんだ……二回目の悟のときはおとなしくなって、喜んで腰使ったんだ……三回目の正夫ンときは、気持ちよぐって暴れて、気ィ失ったんだ……。

——チズコは好きモノなんだ。

利根吉はそう思うことによって、いっそう奮い立った。

──おらはひとりで気ィ失わせてやるぞ……。

利根吉は、そろりそろりと廊下を這っていった。そうして部屋の前に止まってしばらく寝息をうかがった。彼は襖に手をかけた。まず細目に開けて様子をうかがい、それから両手で下のほうを持ってそっと開けた。中は暗い。

右手の小窓の、建てつけの悪い雨戸の隙間から、かすかな星明かりが浸《し》み入っているだけだ。彼は目を凝らした。暗がりに馴れた目に、布団が二つ並んでいるのが見えた。彼はゆっくり畳の上を這っていった。そうして二つの布団の枕許へ行って、どっちがチズコか見定めようとした。

チズコの友だちのほうはすぐにわかった。彼女は夏毛布を膝のあたりまでずらし天井に向かって大の字に手足を開いていた。彼女は突然歯ギシリを響かせた。長い間歯ギシリをしてそれから寝返りを打つと、歯ギシリはやんだ。

利根吉はためらわずにチズコの布団の中に足を入れていった。それから突然、利根吉は愕《がく》然《ぜん》とした。愕然としたとたんに女の手が利根吉にしがみついてきた。女の手はものすごい力だった。怪力というべき腕力だった。はじめ利根吉はその女が夜這い男を取りひしいで懲らしめるためにそこに寝ていたのかと思ったくらいだった。しかしすぐにそうではないことがわかった。女は利根吉に抱きついてきた。

女は漬物石のように重くて大きかった。女は利根吉が何もしていないのに勝手にハアハアと喘いだ。

7

利根吉は一瞬、狐に欺《だま》されたのではないかと思った。部落には昔から狐に欺された男の話がいくつもある。橋場のトグが化かされて肥溜にはいって「いい湯コだ」と喜んでいたとか、背中に背負ったニシンが急に重くなったので、地面に下ろして一服している間にニシンがなくなっていたなどという話は始終である。

「お前《め》は……お前は……」

……チズコでねえ。

といいかけて利根吉はアグアグいった。女の怪力が利根吉を取り押えて力いっぱい抱き締めたからだった。

「お前は……いってえ……」

……何者《なにもん》だ。狐でねのか。

といいかけて、また利根吉はアグアグいった。

女がそのひょうたんのような乳房を利根吉の口の中に押し込んできたからだった。

女がチズコでないことははっきりしていた。

本物の女か狐かはわからないが、チズコでないことだけは確かだ。それで利根吉は逃げようとした。

しかし女の怪力を彼ははね返すことができなかった。

「静かに！　静かにしろ」

利根吉は声を押し殺していった。

「隣が目を覚ます」

しかし女は無言でますます強く利根吉にしがみついてきた。

「うれしいよ」

女は囁いた。

「待ってたんだ。ずーっと。あれから」

女の手は利根吉の身体に沿って下のほうへ下がっていった。

「あれ？」

女はいった。

「どしたんだァ？　こりゃァ？」

女が狐ではないかと思ったときから、利根吉は萎《な》えていたのだ。

「どうしたんだ、今日は？」

女はいった。

「いっつも、あんなに強いのに……」

仕方なく利根吉はいった。

「お前、チズコでねえな」

「チズコ？」

相手は不服そうな声を出した。

「チズコは、わたしの家で正夫を待っていんだよ」

「何だって」

「正夫は弘前のじっさま見舞ったらすぐオートバイ借りて飛んでくるて、電話かかったんだよ。そんで、わたし、寝場所を代わってあげたのさ」

「なら、お前は……」

利根吉は驚愕していった。

柿崎先生か！

柿崎先生はこの部落の小学校に二十年勤続して褒美を貰った女教師だ。

三年前に利根吉が部落に来たとき、そんな話を聞いた。柿崎先生は三十八でまだ処女だという噂《うわさ》だった。

小学校の沢野タカという若い新任の女教師の部屋へ夜這いの男が忍び込んだという事件が起きたとき、その翌日から柿崎先生が代わりに沢野タカの寝床に潜んでいて、次の日、忍んで来た男を捉《とら》えたという評判も利根吉の耳にはいっていた。

利根吉は力のゆるんだ女の手から逃れて思わず畳の上に正座した。

それにつられたように柿崎先生も布団の上にすわった。

「お前は、どこの誰だ？」

柿崎先生は暗がりの中で顔を利根吉に近づけた。

突然、利根吉は柿崎先生にむしゃぶりついていった。田作の一言が利根吉を奮起させたのだ。

部落の外れにまで夜這いに来ていたのか！

田作の一言は利根吉の身体を貫いた。田作は二十一の女に子供を産ませたほかに、こんな

「お前、田作さんでねえの?!」

「あれ、だめだよ、だめだってば……」

柿崎先生はさっきと違って利根吉から逃げようとした。

「そんなことだめだよ。田作さんに申しわげねえ」

その言葉がいっそう利根吉を煽《あお》ることになるとは知らないで、彼女はいった。

「わたしは田作さんのものだから、そんなことはできねえよ……」

利根吉は柿崎先生の怪力を上まわる必死の力をふるった。

「だめだよ。静かにしねば、この人が起きる」

しかしそういいながら柿崎先生の怪力はしだいに消えていった。

そしてやがて柿崎先生は柔らかくフナフナになった。従順な白牛のように、利根吉のいいなりになって利根吉の身体の下で唸っていた。

利根吉は女を征服した。何年ぶりだろう。こうして女の腹の上から、フナフナになった女を見下ろすのは。

やがて柿崎先生は小娘のようにシクシク泣き出した。

「田作さんにすまねえ……」

柿崎先生は泣きながらいった。

「田作さんば、心の夫と定めてだのに」

利根吉は聞いた。

「いつからだ？　田作との仲は？」

「三年前から」

柿崎先生は手のひらで涙を拭《ふ》きつつ答えた。

「わたしは決して淫《みだ》らな女でねえのよ。したけど、わたしは田作さんに処女を捧《ささ》げてしまったの。生涯《しょうがい》に田作さん以外の男は近寄せねえと決心していたんだよ。どんないいところから嫁の話があっても、耳、傾けまいと決心していたのよ。それだのに……それだのに……」

「お互いに相手を間違えたんだ」

利根吉は憮然としていった。

「仕方ねえよ。お互いにやりたくてやったわけでねえ」

泣いている柿崎先生のそばから利根吉は立ち上がった。

――そうだ、やりたくてやったわけじゃねえ。やらねばならぬからやったんだ……。

利根吉は思った。

――とにかく、おらはやったんだ……。

利根吉は風呂場へはいって服を着た。くぐり戸から外へ出ると、汗をかいた顔や首筋を夜風が気持ちよく吹いていった。
二、三歩歩き出すと、不意に目の前に登が現われた。
「何だ、登か」

利根吉は不意を衝《つ》かれたように少し慌てた。

「まンだいたのか。こんなところさ」

登は黙って利根吉を見つめた。その目は若い怒りに燃えている。

「おンじさん、何してたんだ？」

登はいった。

「今、あの家から出て来たな？」

「…………」

「チズコのところさ行ったのか？」

利根吉は何と答えようか迷った。迷ったあげく彼はいった。

「うん」

「チズコ、やらせたか？」

利根吉はまた迷った。そしていった。

「うん」

登は突然、猛り狂ったように叫んだ。

「したら、おらもやりに行く」

「……」

「もう遠慮しねえ、おらも行くどォ……」

登はそういい捨てて、風呂場のくぐり戸のほうへ走っていってしまった。

利根吉はぼんやりとアカシヤの丘を下っていった。下りながら利根吉は大声で歌った。

「ばばの腰ァ　ホーハイ　ホーハイ
まあがったヨウ
まがあった腰ァのびぬ
ホーハイ　ホーハイ」

アカシヤの木が揺れ、南から北へと風が渡っていった。

鬼神社のざわめきは静まり、太鼓の音ももう絶えていた。どこからかオートバイの音が聞こえ、やがて田圃の中の一筋道に黒いオートバイが現われた。

それはフルスピードでまっしぐらに走ってくる。

正夫が弘前から走ってきたのだ。オートバイは利根吉とすれ違うとき、若者の汗の匂いを残していった。利根吉は立ち止まって、今彼が下ってきた丘を上っていくオートバイを見送った。

——若いんだな。

利根吉は思った。丘を駆けあがっていったオートバイは、まもなく見えなくなり、爆音は消えた。

利根吉はオートバイの消えたあたりをじっと見て思った。

――ともあれ、おらはやったんだ。

それから利根吉は、丘に背を向け、田圃道を歩いていった。彼は、自分の心がある寂しさで、いっぱいになっているのを感じていた。

「ともあれ、おらはやったんだよう」

自分の心に言い聞かせるように、もう一度利根吉は呟いたが、それでも彼は、なぜか寂しいのだった。

アメリカ座に雨が降る

1

春野リリーが出て行ってしまったので、ローズ一座のストリッパーは座長の紅《くれない》ローズを入れて三人になってしまった。何年か前まではローズ一座は十人以上の大世帯だった。コメディアンも専属がいたし、衣裳係《いしようがかり》もいた。ストリップ全盛時代のことだ。どの町にもローズのファンがいて、楽屋に花やケーキが届けられた。実際、その頃のローズは〝花の女神〟などといわれたものだ。ローズの身体はたっぷりと大きく威風があり、尻にしろ腿《もも》にしろ肩にしろ、〝普通の女〟とは違う、何か特別に作られたものという感じがあった。その肌にシミひとつなく、何の手入もしないのに不思議な桃色に光っている。そんなローズは舞台に立ってもニコリともしないのである。

ローズの身体の中で、もし欠点を探すとしたら、その乳房の大きすぎることだったかもしれない。ローズの髪は漆黒《しっこく》で太く長かった。頭をゆすると肩を蔽《おお》っているその髪が崩れてマクワ瓜のようにつき出た乳房が現われる。すると男たちは目を凝らし、凝然と息を呑《の》んでそれに威圧された。その頃の客は乳房が大きければ満足したものだ。

どの小屋へ行ってもローズは楽屋の壁にその頃の写真を懸ける。長い髪のかげから片方の乳房を出し、片手でもう片方の乳房を前に垂らした髪の上から押えている写真だ。

「これ、誰？　座長？　ふーん」

リリーははじめてその写真を見たとき、そういった。

「へーえ、これが座長？」

ローズがリリーを虫の好かない奴だと思ったのは、その時からである。だからリリーが黙って一座を出て行ったということを知っても、ローズは、

「ふん、そうか」

といっただけだった。

それをローズに知らせたのは文芸部の大平である。文芸部といっても一人しかいない。文芸部は衣裳係や売りこみや台本作り、振付け、賄を兼ねる。小屋から小屋へ移る時の、ワゴンの運転手もする。汽車の切符の手配もする。そして、大平はローズの愛人だった。大平はローズより七つほど年が下だが、大阪のミナミには羊羹屋《ようかんや》の家つき娘の妻と中学校一年の女の子がいる。

春野リリーはこの一座ではローズより人気のあるストリッパーだった。リリーが抜けると、客足は落ちるだろう。リリーは貧弱な身体をしている。肌は黄味がかっていて乳房も平凡だ。しかしリリーは「オープン」がうまい。大胆に見せるだけでなく、客を挑発するテクニックを心得ている。リリーが舞台に立つと、小屋の天井まで熱気がたかまった。リリーの動きにつれて客は右に左に身体を倒し、あるいは仰向き、あるいは覗《のぞ》き込んでリリーの股《また》の奥を見定めようと我を忘れる。リリーは〝客に我を忘れさせる〟天性のテクニックを持っていた。それは一人一人の淫靡《いんび》な好奇心を団体競技の快い興奮へと昂《たか》める指揮力ともいうべきものであった。リリーはかけ声をかけながら応援団長のように走りまわり、それにつれてその後を追う客席は風の中の稲穂のように揺れ動くのだった。

「リリーが抜けたら、困るなあ」

大平はいったがローズは何もいわなかった。

「社長はブツブツいうやろな」

社長というのはこのアメリカ座の小屋主のことである。アメリカ座はローズ一座を四人で日だて五万円という条件で買ってくれた。その条件は今ではいい条件としなければならない。それもこの町でのリリーの人気を計算したからのことなのだ。十日替りの契約で今日は二日目だ。

「そうか、て……すましてられたら困るなあ……座長として考えてもらわな……」

大平は愚痴っぽくいいかけたが、それ以上はいわなかった。

「うちはストリッパーや。紅ローズや！」

ローズのいう言葉はもうわかっている。

「舞台以外のことはうちに聞かさんといて」

ストリップは芸術だという信念をローズは持っていた。芸術家であるローズは一座の金の配分のことやおかずのよし悪《あ》しなどの話は聞きたくないのだ。

「何とかしてもらわんと困るなあ」

アメリカ座の社長は大平を呼んでいった。

「ほかの子ならとにかく、リリーやからなあ。客を呼んどるのはローズやないのやで。そこをローズは何と思とるのや、え？」

リリーは前々からローズの芸術家気どりに反発していた。リリーはローズから踊りの稽古《けいこ》をしないといって始終、説教をされていた。振付けもローズが教えた振付けを平気で無視して下品な我流にしてしまう。しかしリリーが一座を出て行った直接の理由は、リリーがローズの前でアグラをかいて煎餅《せんべい》を食べたということがもとだった。

「うちは行儀見習いしいにストリップになったんやない！」

そういってリリーは出て行ったのだ。

リリーが出て行く前にはアケミがやめた。アケミは小屋の裏にある連れ込み宿で男と寝ていて出番に遅れ、ローズに叱《しか》られた。

「何だい、手前《てめえ》は男に用がなくなりかけてるだけじゃないか！」

アケミは大平にまで八ッ当りをして出て行った。

「平さん、あんなババアとやって何がオモロいの？　あんたも変った男だねえ！」

リリーが出て行った翌日から、肌寒い秋の小雨が降りはじめた。客足が思わしくないのはその雨のせいもあった。だがアメリカ座の社長はリリーがいないせいにした。アメリカ座の社長は機嫌が悪くなるとダミ声になる。そのダミ声を聞くと大平は気が滅入った。

「ローズに特出しやってもらおやないか。そういうてくれ。わしの方は趣味や酔狂でストリップかけてるんやない。芸術やたら何やたらノンキなこというてる時代やのうなったんや。時代も変ったし、わしも変った。ローズも変ってもらわんとあかんな。客はローズのチチ見に来るんやないわ。おなごのアソコ見に来よるんや。アソコ見せん女が舞台ウロウロしとったって、うるさいばっかりや、今の客は……」

「わかってま。わかってま。ローズにいいまっさ」

大平はそういって事務所を出た。しかし彼はそれをローズにいう気はなかった。いったところでローズはただ、

「ふん」

という だけであることはわかっていた。そしてローズに「ふん」といわれると、大平はもうそれ以上にどうすることも出来ない自分の非力を感じるばかりだったのである。

2

秋雨の中を大平はリリーの代りのストリッパーを探し廻った。リリーの穴を埋めるためには、リリーより以上にオープンのうまいストリッパーが必要だった。しかし思わしいストリッパーはなかなかいない。どこにも所属していない一匹狼《いっぴきおおかみ》のストリッパーを臨時に入れると高くつく。高くつくばかりでなく、ローズ一座と聞くとたいていのストリッパーは尻込みをする。

「へえ、まだやってるの? ローズは……」

と知っているくせにわざと驚いたようにいうストリッパーもいた。

「もういいかげんにやめた方がいいよ。年を考えてさ。お客のためだよ」

リリーが抜けたので大平は坂田肉店の親爺《おやじ》を連れてきて、コメディをやった。肉屋の親爺は素人だが舞台でふざけるのが好きだ。彼は大平が頼むといつも二つ返事で口のまわりをスミで黒くし、ハゲ頭を椿《つばき》の葉っぱで磨いてやって来る。彼のすることは大体二種類しかなかった。一つはお寺の坊さんがお経を読みながら後家さんをくどくコメディで、もう一つはインポテンツのナポレオンがジョセフィーヌに虐《いじ》められるコメディである。大平は女装して後家さんとジョセフィーヌになった。二人は熱演したが、熱演すればするほど客は笑わない。それというのもこの市のストリップファンはもうこの二人のコメディには飽き飽きしているからだった。

「肉屋、帰って肉を売っとれ！」

と野次が飛ぶ。しかし肉屋の親爺はその野次が飛ぶとはりきって、却《かえ》って執拗《しつよう》にやりたがり、その後で大平はアメリカ座の社長に文句をいわれねばならなかったのである。

大平はアメリカ兵のオンリーをしていた女が金に困っていると聞いて、彼女が勤めているパチンコ屋へ出かけていった。

「なにイ、踊れんでもええ？　股ひろげたらええてか！」

気の荒いその女はバケツの水を大平にぶっかけてどなった。

「お前のヨメはんのを見せたりイ」

——いったい俺は何のためにこんな所でこんな目にあって我慢しているのだろう……。

大平はバケツの水をぶっかけられたジャンパーの肩を、更に秋雨に濡《ぬ》らしながら傘もささずに歩いていた。大阪へ私鉄で一時間ばかりで行けるこの町は、鉄工の町だ。かつては近くにアメリカ軍のキャンプがあり、貨物船の港もあった。空は煤《すす》けて町はくろずんでいる。海の水は鉛色に淀《よど》み、赤錆色《あかさびいろ》のクレーンが濁った空に向ってつき出ている。

大平は人々からローズの「ヒモ」と呼ばれていた。彼は大阪へ帰れば、古いのれんの羊羹屋の店がある。番頭や小僧は今は社員という名目になってはいるが、家へ帰れば彼は「旦那《だんな》はん」と呼ばれる身だ。それなのに彼は便所の匂いが二階の楽屋まで漂っている湿った坊主畳の楽屋で、惣菜屋《そうざいや》から買ってきたてんぷらを電熱器であたためてローズと夕飯を食べる。風呂から上ったローズの身体に蜂蜜《はちみつ》を塗りたくってマッサージをしてやる。一座のために次の小屋を探しまわり、妊娠したストリッパーの身代り亭主となって病院へついて行くこともある。ストリッパーのヒモといわれている男は少くないが、彼らはヒモとなることによって働かずにノラクラと暮しているのだ。だが大平はローズのヒモになった時から、働きづめに働いている。彼は羊羹屋のムコ養子として働くのがいやで逃げ出した。こんなに働く気があるのなら、何も大阪の羊羹屋を飛び出すことはなかったのだ。

秋雨の中を大平が歩いて行くと、向うから坂田肉店の親爺が急ぎ足に歩いて来るのとばったり出会った。

「よう、ヒラさん、今、あんたをたんねて行くところや」

坂田肉店はいった。

「女がいよったんや。女が……しろとや。年は二十一や……」

「しろと?」

大平はいった。

「しろとは間に合わんな」

「本人は明日からでも出る気やで。泊めて食べさしてもろたら、それでええというてるんや」

「しかし、しろとじゃしようないな」

「けど、なんぼでも出すというてるで」

「えっ、出す？」

「そうやがな」

肉屋は得意そうに大きな鼻をうごめかした。

「どねんして出して見せるのんか、それさえ教えてもろたら、なんぼでも出します、いうとんのんや……」

「とにかく、会おう！」

大平は急いだ。その娘は坂田肉店の隣の金馬車というレストランバーのウェイトレス募集に応募して来たのだという。大平が金馬車の裏口から入っていくと、支配人室から顔見知りの金馬車の支配人が顔を出した。

「こら、支配人さん、えらいお邪魔します」

「どうぞ、どうぞこっちへ来て、見てやっとくなはれ。わしはお宅には向かんのやないかと思うんやけど、坂田はんがともかく大平さんに知らせるいうて乗気になってはるもんやさかい……」

支配人はいった。

「うちで断ったら、どんなことでもするから仕事探してくれいうて泣かれましてな」

大平は部屋に入り、女を見て、

「うーん」

と唸った。

「唸りはるキモチ、ようわかるけどな」

肉屋がいった。

「オープンでも何でもする、一生懸命出します、というもんやよってにな」

秋だというのに娘は大きなアジサイの花のついているネグリジェのようなずん胴の夏服を着ている。彼女は椅子《いす》から立って大平にお辞儀をし、

「服、脱ぎますのン?」

と肉屋に聞いた。

「いや、いらん。結構」

大平はいって思わず大きな溜息《ためいき》をついた。

「何のことはないホテイさんですな」

大平はいった。

「あんた、妊娠してるのとちがうやろな?」

「いいえ、ちがいます。もう産みましてン」

「なに、産みました?」

「へえ、先々月」

女は答えた。

「先々月？」

　大平と肉屋は同時に叫んだ。

「そのあと、おなかが引っこみませんねん」

　大平と肉屋が顔を見合わせた。

「そのややこ、どないしてん？」

「連れて来たんやけど、預けましてん」

「預けた！　どこに？」

「深沢指圧の親方のとこですわ」

「深沢指圧？」

「知っとる人がそこで働いてはるんで、訪《たん》ねたんやけど、奥さんがいてからにあかんいわれましてん」

「…………」

「けど、可哀想やさかい、ややこだけは預ったるいうて……親方が」

「あんた、くにはどこや？」

「奈良の三笠山《みかさやま》の土産物屋《みやげものや》にいましてん」

「したらあんたにややこ産ませた男はあんまか？」

「あんまやない。マッサージ師ですわ」

　と女は訂正した。

大平は女をアメリカ座の楽屋へ連れてきた。女は働いて赤ン坊のミルク代くらいは深沢指圧の親方のところへ入れなければならないのだ。ローズは楽屋の鏡台前で化粧をしながら、鏡の中に入って来た大平と女をジロリと見た。

「座長のローズさんや」

大平がいうと女は畳に手をついて丁寧にお辞儀をした。

「田中くらといいますねん。よろしゅうお願い申します」

その挨拶《あいさつ》のしかたは大平がみちみち教えておいたものだ。ローズはくらを見た目を呆《あき》れたように大平に向けた。

「ヒラさん、あんた正気か?」

「まあ、ローズ、そういわんと……」

大平はいった。

「経験はないけどとにかく、何でもする、いうとんのや」

お前の代りにこの子は、〝出してくれるんや〟と大平は言外に意味を持たせながらいったが、ローズにはそれはわからなかった。いや、ローズはわからぬフリをしていたのかもしれない。

3

大平は田中くらに「クララ」という芸名をつけた。クララはその翌日から舞台に出た。公演は午前十一時からの四回公演である。朝の客は六、七人しかいなかったが、（その中には肉屋の親爺と金馬車のマネエジャアがいた）クララが舞台に出て来ると客席の空気が少し動いた。それは驚きであり、困惑であり、そうしてまた笑いの要素も含まれているようだった。クララはリリーが忘れていった金色の靴をはき（クララのひらべったい足の裏は、そこからハミ出していたが）大平がやっと探し出してきた桃色の袋のようなフワフワした服を着て、そのへんをブラブラと歩いた。彼女は金太郎人形のようにまっすぐな黒いおかっぱのかつらをかぶり、特大のつけマッゲをつけてびっくりしたような顔になっていた。舞台の真中で彼女はいきなり服を脱いだ。すると真白な腹が、ぼってりと揺れながら現われた。腹はほていのように垂れ気味につき出し、歩くとゆさゆさと揺れた。クララは短かい茶筒のような腕を上へ上げ、音楽に合わせてゆらゆらと動かした。クララの尻はマンガの象のおばさんを思わせた。それは丸みを帯びた四角形で、多少殴ってもこたえぬような鈍重な感じに揺れていた。せめてもの救いはその肌の白さだけだったろう。乳房はたっぷりと大きく、やさしく、垂れていた。それを見た男性は、それをもてあそびたいと思うよりも、そこから白い甘い乳を飲みたいと思ったかもしれない。レコードが歌った。

「男のこわさと
　やさしさを
　教えたあなたが
　悪いのよ……」

花道を歩いて来たクララはそこでいきなり便所に入ったときのようにしゃがんで股を広げた。

「もっともっとよ

抱きしめて……」

その音楽の間じゅうクララは仕切りを待つ力士のようにじっとしゃがんだきり、つけマツゲの目を真直《まっす》ぐ前に見開いて黄色いライトの中で動かない。クララが出るようになってから、アメリカ座は客が増えた。クララのように長い間、心ゆくまで見せるストリッパーはかつていたことがない。

「何や、あの子は」

とローズは怒った。

「同じ出すにしてもリリーの方がまだ芸を持っとったわ。クララのは陳列棚や。売れ残りのブタ饅《まん》や。ローズ一座ももう最後やわ……」

「まあ、そないにいうてやるな」

大平はローズの身体に蜂蜜を塗ってすり込んでやりながらいった。

「芸のない奴はないなりに、あれでも一生懸命にしとるんや」

ローズの身体は四十五歳の女の身体としては引き緊《しま》っている。子供を産んだことがないので、下腹の線は崩れていないが、肌にはさすがに若い頃の濡れたような光はない。ローズの足のつけ根、脇の下などの隠れた部分の肉に少しずつ老いが兆していることを大平は知っているのである。ローズは知らないが大平は知っている。ローズの身体からは弾力がなくなっている。それは均整がとれて、崩れを見せぬままに古くなった城のように固くなっていくのであろう。ローズの肉はどこもまだたるんではいない。それがローズの自慢だ。しかしたるんではいなくても固くなっていくこともまた老いの兆なのだ。

鶴亀煎餅店の七十六になる隠居は十五年越しのローズのファンだった。ファンというよりは、彼はローズを思い詰めていた。この町の公演の時ばかりでなく、ローズ一座の行く先々について廻った時代もある。それはローズが一座を組んだばかりの時だった。

「かくのごとくに艶《なまめ》かしき女体がこの世に生きてあったとは、今の今まで思いもせなんだことでありました」

という手紙と一緒に楽屋に鶴亀煎餅が届いたのが最初である。それ以後、大平は鶴亀煎餅をおよそ一万枚も食べたであろうか。ローズは隠居がケチなのでバカにしていた。隠居は十五年間鶴亀煎餅以外のものは何もくれたことがない。けれども隠居の家では彼の年上の老妻が嫉妬《しっと》して、ローズを殺してやる、などと騒いだこともあったのだ。

隠居はやって来ると花道から三列右の、前から五番目の席に坐って眠りはじめる。まわりでどんなに騒ごうと、リリーのオープンに熱狂して、客席が波のようにうねっている中で隠居は悠然と眠っている。そうしてローズの出番が来ると、まるで目に見えぬ精霊に呼び起されでもしたかのようにパッチリ目を開けてむくむくと坐り直すのだった。隠居は蜆《しじみ》のような目をしていたので、ローズは彼を「蜆の隠居」と呼んだ。ローズは踊りながらその帯の端を客に持たせ、クルクルと身体をまわして帯をとく。その時が来ると隠居はその帯の端を持たせてもらおうとして一生懸命に手を伸ばして叫ぶのだった。

「こっちや、こっち、こっち……」

しかしローズはわざと隠居を無視して、若い男に持たせたり、隠居に渡すと見せかけて隣の男に渡したりする。ある日、蜆の隠居は突然この町の中学の数学教師の家へ訪ねて行った。数学教師の息子である高校生がローズを見に通い詰めている。それを親に忠告に行ったのである。それというのもローズが三日もつづけて伊達巻《だてまき》の端を高校生に持たせたからなのであった。

蜆の隠居は三か月ぶりでアメリカ座へやって来た。隠居は神経痛で動けなかったのだ。それに隠居のやきもちやきの老妻が卒中で死んだという事件もあった。隠居は杖《つえ》をついてヨチヨチと入って来ていつもの場所に坐った。そうして隠居は眠りはじめた。小屋の床はコンクリートで固めてある。木の椅子にはクッションがない。隠居は冷え込まぬように毛のモモ引きをはき、綿入れのもんぺに毛糸の首巻きで頭を巻き、ローズが花道に出て来たときに渡す煎餅の丸缶を膝《ひざ》の上に抱えている。

「ご隠居、煎餅持って来てはりますよ」

ローズの部屋を覗いて柳マチが声をかけていくと、ローズは、

「ふん」

といった。今では蜆の隠居はローズの唯一の贔屓《ひいき》といってよかった。ローズの熱烈な憧憬《どうけい》

者《しゃ》だった数学教師の息子は三十二歳の小学教師となってこの町の日教組の闘士になっている。キャンプから日参していたアメリカ兵たちもアメリカへ帰ってしまった。ローズに結婚を申しこんで、東北の巡業先までついて来たアメリカの新聞記者はベトナムで死んでしまった。ローズのファンが減っていくにつれて、ローズの蜆の隠居に対する愛想は悪くなっていくのである。今となってはこの町でのローズの熱心なファンは蜆の隠居一人なのだ。綿入れのモンペをはいてトボトボと杖をついた蜆の隠居は、過ぎ去った歳月の化身のようにやって来る。彼はローズを励ますためではなく、まるでローズにその凋落《ちょうらく》を教えるためにやって来るかのようにローズには感じられるのかもしれなかった。

「神経痛やのにせっかく来てくれてはるんやないか。イケズせんといっぺんぐらい、ニコッとしてあげたらどうや」

大平はいったがローズはまた「ふん」といっただけだった。しかし、ローズは今日は芸者姿で舞台へ出て行った。蜆の隠居はローズの芸者姿が一番好きなのだった。ローズの芸者は踊りつつ屛風《びょうぶ》の前で帯をといていく。着物を肩からずり落し、長襦袢《ながじゅばん》の伊達巻をほどく。最初から半裸で出て来たり、一瞬に裸になったりするのは隠居は嫌いなのである。

ローズは芸者姿で舞台から隠居の方を見た。そしておや、と思った。今日の隠居は煎餅の缶を持っていない。確かさっきマチが、

「ご隠居、煎餅持って来てはりますよ」

といったと思ったが、今、隠居の膝の上には何もない。毛糸の手袋をはめた手が音を立て

ずに拍手をしているだけだ。客席は八分の入りだ。この雨に日暮前から八分も入りがあるのは珍しい。ローズは隠居に伊達巻の端を持たせた。

「あなたごのみの
あなたごのみの
おんなに
なりーたい……」

ローズはクルクルと廻って伊達巻を解《ほど》き、その端を持って隠居とちょっと綱引きのような仕草をした。長襦袢は片方の肩からすべり落ち、片方の乳房だけ覗かせて、まだ身体の半分は残った襦袢に隠れている。

「ボチボチ、ジワジワと脱いでいかれるとたまりまへんな。口説いて口説いて、ようやっと寝るところまで漕ぎつけたちゅうような気になってからに……もうえらい気分出よりますわ」

と隠居は楽屋へ来ていったことがある。ローズは隠居を手招きしていった。

「腰巻のヒモ、ほどいてくれはる？……」

ローズがそんなに隠居にサービスしたのはかつてないことだ。ローズは隠居が紐《ひも》をといてくれたピンクの腰巻を外して、それを隠居の頭にかぶせた。

「あ、かんにんや。こら、あかん、こら、あかん……」

隠居の真赤に笑った顔が腰巻の下から出てきたとき、ローズはいった。

「あげるわ、それ。風呂敷代りに使《つこ》うてちょうだい」

客席には笑いが流れた。その笑いの中をローズは楽屋に戻って来た。

「えらいサービスやったな」

大平が上って来ていった。

「隠居、汗かいて喜んではったで」

ローズはニコリともせずにいった。

「べつにサービスしたわけやないけど」

ローズは機嫌が悪かった。隠居にサービスしたと思われたことが、ローズは面白くなかったのだ。まさしくローズは隠居にサービスしたのだったから。だが今になって隠居にサービスをしてしまった理由が何か、ローズ自身にはわからなかった。

4

ある日、楽屋のクララの部屋で、メガネをかけて赤ン坊を背負った一人の男が目刺しを焼いていた。

「あんた、誰やねん?」

大平が聞くと男は、

「へえ、クララの身内の者《もん》です」

と答えた。

暫《しばら》くしてクララの部屋の前を通ると、男は部屋の隅にビニール紐を張って、そこにおしめを掛けていた。

「あんた、何してるねん」

大平が入っていって聞くと、男は、

「この天気やさかい、乾きまへんねん」

と答えた。

「乾かんて何がや?」

「おしめ」

と男はいい、ちょっとごめん、と入口に立った大平を押し退けて廊下に出ると、廊下の水道の水を薬缶《やかん》に汲《く》んできて電熱器にかけた。

「あんた、何してはるねん」

大平は少し声を尖《とが》らせた。

「ミルク作ってやりますねん」

男は背中の赤ン坊をゆすり上げ、

「よう降りまんなあ」

と大平に向っていった。大平はむっとしていった。

「あんた、名前、何ちゅうねん?」

「木村いいます、よろしゅう」

男はペコリと頭を下げた。

「クララがえらいお世話になりまして」

「木村？　ほんなら、あんた、マッサージの人か？」

「へえ、そうだす。この子の父親だす」

「その木村はんがなんでこんな所にいてはるねん？　あんたは深沢指圧に奥さんと住んでてからに、クララを追い返した人やないか」

「へえ、すんまへん」

木村はまたペコリと頭を下げた。

「昨日《きんのう》、わても追い出されましてん」

「…………」

「何せ、この子がよう泣く子でなあ、深沢の奥さんがうるそうて神経衰弱になるいわはって……うちの女房は知らん顔やし、いろいろありましてな、出んならんことになってしもたんですわ」

「そんで追い出されて、追い出した女のところへ来たちゅうわけか」

「すんまへん」

お辞儀をするたびに、メガネが鼻の先へストンと落ちる。それを人さし指で押し上げながら、木村は追従笑《ついしょう》いをした。

「肩、凝ってはらしまへんか。何やったら揉《も》ましてもらいまっせ」

クララが舞台から上って来た。手に赤い紙に包んだ丸缶を持っている。一目見て大平にはそれが鶴亀煎餅の缶であることがわかった。思わず大平はいった。

「それ、もろたんか？　ご隠居に？」

「これで三本目」

クララがいうと、木村がいそいそとつけ加えた。

「大平はん、お好きでっか。よかったら、これ持っていっとくなはれ。こっちにもまだ手ェつけんやつがありますねん」

大平はいった。

「ご隠居がくれはったんか？　花道のそばの、前から五番目に坐ってる？」

「はあ、そうやわ。ずーっと居眠りしてはって、うちが花道へさしかかるとパッと目ェ醒ましはる。何で目が醒めるかいうたら、まわりの空気が急にギューと濃うなってしめつけられるような気分になるんやて。武士《さむらい》が敵が近づく気配にパッと目ェ醒ますやろう、あの時はきっとこんな気持なんやろいうてはったけど……」

「いうてはったって……お前、隠居と話したんか」

「はア、呼ばれたんやわ」

クララはこともなげにいった。

「昨夜《よんべ》、うまいもん食いに行こ、いうて……たこ作いうとこで関東《かんと》だきごっ馳走《つお》になったんやし」

「ふーん」

大平は気の抜けたような返事をしてクララの部屋を出た。蜆の隠居はローズからクララへと鞍替《くらがえ》したのだ。隠居はローズに渡すつもりで持ってきた煎餅を、思わずクララに渡してしまったのだ。そしてその時以来、隠居はクララに打ち込むようになったのだろう。

大平はローズの部屋に入った。ローズは舞台に出ている。大平は部屋を見廻した。鶴亀煎餅の缶はどこにもない。ローズはそれを知っているのだろうか？　クララが煎餅を貰《もら》っていることを。なぜ自分に煎餅が来なくなったかということを。舞台から音楽が響いてくる。ローズはいつもの、あの尊大なポーズで客席を見下すように花道を歩いている頃だ。帯の端を客に持たせ、クルクルと身体を廻して解いている頃だ。その伊達巻の端を、ローズは蜆の御隠居に持たせているだろうか？

大平は下へ下りようとしてローズとのからみを終えて上って来た柳マチに会った。

「マチ」

と大平は呼び止めた。

「隠居来てるか？」

「蜆の隠居？　今日は来てへん」

「ふん、来てへん？」

「そんなら帰ったんやな」

──クララだけ見て……。

大平は思った。もう隠居はローズに用はなくなったのだ。気がつくとクララに貰った鶴亀煎餅の缶を、大平は手にしていた。

──オープンやトクダシやいうて、そんなもん、えげつないばっかりで、ちっともええことあらへん。人間には想像する楽しみちゅうもんがあるやろ。アレコレ想像する、その気分が何ともいえんのや……。

それは隠居の十五年来の持論だった。その持論が今、潰《つい》えた。それを潰《つぶ》したものはクララなのか、ローズなのか、それとも隠居自身の内なる変化なのか。あるいは隠居の老妻が死んだことに関係があるのか。

お義理のような元気のない拍手が聞えてきてローズが階段を上って来た。ローズは目ざとく大平の手の中の煎餅の缶を見た。

「隠居、来たん?」

ローズはいった。

「いや、それが、来たことは来たらしいが……」

大平は詰りながらいった。

「とりあえず、これだけ置いて、今日は見んと帰らはったらしいな。何ぞ急ぎの用でもでけたんやろ」

「ふーん」

ローズは部屋に入って部屋着を着た。

「五年も十年も商売モンの煎餅ばっかり持ってきて……」

ローズはさも軽蔑《けいべつ》に堪えんというようにいった。

「ほんまにケチなおじいやなあ……」

ローズはいった。

「クララにでもやったらどうや。何せあの子は大食いやさかい」

「うん」

大平は煎餅を抱えて部屋を出た。大平はクララの部屋の前を通り過ぎ、裏梯子《うらばしご》を下りていった。裏梯子を下りる必要があったわけではない。ただ、足の向いた方に歩いていったら、裏梯子がそこにあったにすぎない。大平はそこに脱いであった誰のものともわからぬつっかけを履いて、ぶらぶらと歩いていった。雨は漸《ようや》く上って、夕暮近い空に風が雨雲を吹き散らしていた。スモッグのために黄ばみ損ねたポプラの褐色の葉が散っている。

大平のズボンのポケットの中には、大阪の子供からの手紙が入っていた。子供はときどき、思い出したようにアメリカ座気付で手紙を寄越す。それはおそらく子供の母親の差しがねであろう。大平の妻子は大平がいつか必ず、家に戻って来ることを信じているのだ。こんな病葉《わくらば》の舞う夕暮は、妻子のいる温かな家のことを思わないでもない。大平は鶴亀煎餅を抱えて秋の夕暮を歩いていった。大平はとうとう大阪の家へ帰る機会をつかみ損なってしまったことに気がついた。ローズと別れて大阪へ帰るには、ローズは強い女としての条件を失いつつあった。ローズは自分がもはや強い女ではなくなりつつあるとは知らずに、強い女ではなくなっていた。大平にはそれが悲しかった。

5

ローズ一座はアメリカ座を打ち上げて、紀州の海沿いの温泉場を五日替りで廻った。天気のいい穏やかな日がつづき、客の入りも悪くなかった。次の温泉場へと移動する黄色いワゴンの胴腹には、「関西ストリップの女王、紅ローズ一座」と赤で横書きされている。

「大平はん、ここ廻ったら、次はまたアメリカ座でっしゃろ?」

海沿いを走るワゴンの中で、木村が大平に話しかけた。

「アメリカ座へ出る前に、一日、暇を貰いたいんですけどな。十一月二十三日の勤労感謝の日ですねん」

木村はいった。

「その日に大阪で〝トクダシ大会〟ちゅうのがおますねん。それにクララを出場させてやろと思て」

「トクダシの大会? コンクールか?」

大平はローズに聞えぬよう小声でいったが、木村はかまわずに大声で答えた。

「一等はカラーテレビ貰えますねん。二等は洗濯機、三等は……おい、何やったやな、クララ」

「トースター」

　とクララが後ろの座席からいった。

「賞品もええけど、これで優勝したら格がつきまっせ」

「格——？」

「トクダシの女王や。格と客がつく……」

「それに出るいうのんか。クララが」

「今、ええのを考えてますねん。あっといわせるやつをな」

「ま、行こと思たら行ってこいや」

　ローズは聞えぬふりをして、煙草《タバコ》をふかしながら窓の外を見ていた。ローズは聞えぬふりをすることが多くなった。前のローズはそうではなかった。どんな小声で話していても、すばやく聞き取って怒鳴ったものだ。

「今いうたこと、大きい声でもういっぺんいうてみい。なに？　出すもん出さな客は来ん？　アホ！　恥知らず！　ドスケベ！」

　そういって殴られた小屋主がいる。ローズは一座の者には一人といえどもオープンなどさせなかった時代があった。

　客が二人か三人しかいない冬のストリップ小屋では、ローズの堂々と威風あるストリップは却って侘《わ》びしかったものだ。そのうちにローズは座員のオープンを知っても知らぬふりをするようになった。誰一人オープンをしない一座は買手がつかなくなったからである。ローズのかつての名声、踊り、桃色の肉体は何の価値もなくなった。そこで痩《や》せっぽち、ずん胴、蚤《のみ》のくいあとだらけの女が、音楽に合わせて脚を広げてみせるようになった。だが、それだけのオープンでは客ははや飽きはじめた。クララの人気は、ジックリ見せることにあった。もはや音楽に合わせることも、踊りの振りを入れることも必要ではなくなった。無芸大食のホテイ女が、便所の中で出てくるものを待っている時のようにしゃがんでさえいれば、客はその下に頭を寄せて集まって来る。

「ねえちゃん、穴は幾つあるねん?」

と真顔で質問する高校生がいる。

「穴は二つ、わかる? わからん?」

クララは親切に答える。膝の上に新聞をひろげて、その下でガサガサと手を動かしている男もいる。

「待っててあげるさかい、ゆっくりと早ういきなさい」

などとクララはいう。クララは親切で優しかった。クララの垂れ下った白いほてい腹の下に、黒々と三角を描いているやや長目の陰毛は、真中で二つに分けられて、赤いリボン結びに飾られていた。そういうことは木村が教えたのである。木村はクララの出番には必ず客席に出ていて客の反応を見、次の演出をあれこれと考えるのだった。

そんなクララの舞台もローズは黙殺していた。旅の楽屋は座長も座員も一つ部屋になる。出番が来るとクララは鏡台前で前をはだけ、陰毛にヘアクリームをつけて櫛《くし》を入れた。そして毛を結んだリボンに鈴をつけようと苦心したりする。

ローズは無口になった。昔から口数の多い方ではなかったが、かつての無口には座長としての威厳があったものだ。だが今、ローズの無口には異国人の寂しさが漂っていた。切長の大きな瞳、日本人離れのした高い鼻、意志の強さを現わすしっかりと張った顎《あご》――その横顔の立派さは例えばみごとな仕立のエンビ服で祭の広場に現われた男のように何か場違いな、時代遅れの感じがしたのである。

紀州の巡業を終ると、木村はクララを連れて「トクダシ大会」へ出かけて行った。そうしてアメリカ座の初日にトースターを持ってやって来た。トースターはトクダシ大会の三等の賞品である。しかしクララは本当は一位になってカラーテレビを賞品にもらったのだ。

「けど、置くとこないもんな。家がないさかい」

クララはいった。

「そんで三等の人に頼んで、かえことしてもろたんやわ」

クララがトクダシで一等になったというので、楽屋にはアメリカ座の社長や事務員や照明係まで集まって来た。

「おかげさんで、日頃の精進の甲斐《かい》あって、一等賞をもらいました。これもひとえに皆さんがたのご鞭撻《べんたつ》のたまものやと思とります」

木村が改まって挨拶した。

「審査員が八名おったんですけど、クララの一等は全員一致、即決でした。パッパッと決まりましてん。二等、三等は揉めてなかなか決まらなんだけど」

「おめでとう。おめでとう」

とアメリカ座の社長は木村とクララに頭を下げ、それからついでに大平にも、

「おめでとさん」

といった。

「ところで、どんな具合で一等をとらはったんですか」

「それが色々、考えましてなあ、三日三晩、寝んと考えました」

木村は得意そうに居並ぶ連中を見廻した。

「この頃はオープンやトクダシやいうたって、ちっとも珍しいことあらへんですなあ。せいぜい、あそこを化粧する程度ですな。そこでわたし、考えたんですわ。現代は参加の時代である、と。テレビでも視聴者参加番組ちゅうのがはやってますわな。ストリップオープンもただ、見るだけやなしに、参加番組にしたらどうやろ、そう思いましてん」

「なるほど」

「そこでやね、割箸《わりばし》を用意して、箸で神秘の扉を見物に開けさせる、ちゅうことを考えましてん。けど開けさせるだけではオモロない。そこでやね、神秘のおくらの中にやね、十円玉を入れて、それを箸でつまんで出してもらう……」

「お客はんにかいな?」

「そうだす。参加番組や。心ゆくまで参加してもらう」

「なるほどなあ、それで大会の時、それをするお客いましたか?」

「審査員が喜んでしよりましたわ。八人の審査員が箸の取り合いですわ」

「なるほど。それはグードアイデアやな。これ、商売になりまっせ、大平はん」

アメリカ座の社長がいった。

「その箸を十円で売るのんや。これ、売れまっせ……」

「して、穴に入れる十円玉は、どっちモチだす? こっちモチか? 客モチか?」

「客に入れさせて、出させる、ちゅうのが出ず入らずでよろしいな」

「それともこっちモチで五円を入れといてやね、それ出したら出した人のもんになる。その代り箸が十円でっしゃろ。差引き五円の儲《もう》けになる」

「あんた、細かいこと考えはるな」

「けど」

と照明係はいった。

「その十円玉で豆腐買《こ》うてもろたら困るな。豆腐屋ちゅうもんは金つかんだ手で豆腐つかみよるさかいにな」

「いっそ、千円札を折り畳んで入れといてやな、十人に一人は千円当る、ちゅうのはどうやろ。〝たのしみながら十円が千円になる!〟このキャッチフレーズ、どうや?」

「そら、イケる。グードアイデア!」

「いっそ青玉、赤玉、ちゅうのはどないや? 青玉五個でピース一箱とか」

「パチンコやな、まるで」

興奮した男たちの声はローズの部屋にも聞えてきた。ローズは聞えぬふりをして鳥籠《とりかご》のセキセイインコをレタスの端でからかっていた。それは昨日までこの部屋にいた東京のストリッパーが置いて行った鳥籠だった。そのストリッパーは病気になって、鳥籠を持って行くことが出来なくなったのだ。いつだったか、どこかの巡業先でやっぱりストリッパーに置いてけぼりになった九官鳥がいたことをローズは思い出した。そのストリッパーは病気になったのではなく、前借りをして男と逃げたのである。男と逃げるには九官鳥は邪魔だったのだ。

大平が部屋に入って来て、セキセイインコの前にアグラをかいた。

「また天気が怪しゅうなってきたな」

大平はローズの機嫌を瀬踏みするようにいった。

「アメリカ座へ来ると降るなあ」

ローズはセキセイインコに向って、

「ピヨピヨピヨ」

といった。

「クララのやつ、トクダシ大会でカラーテレビもろといて、三等のトースターと替えてもろとるんや」

大平はいった。

「実際、欲のないやつや……」

「ピョピョピョ」

とローズはセキセイインコに向っていった。大平はつづけていった。

「木村がクララの手取りを上げてくれ、いうとんねん。トクダシ大会で一等賞もろたさかい……」

ローズはセキセイインコの顔にますます顔をくっつけていった。

「ピョピョピョ……」

6

「オープンの女王、クララ田中来る《きた》」

アメリカ座の社長は表看板にそう書き込んだ。それは木村の要請でそうしたのである。書き込んだ翌日、社長は警察に呼ばれた。そこで木村が社長の代りに警察に行った。

「オープンの女王って何や?」

「オープンはオープンですがな。オープニングのオープンですな。オープン、オーピーイーエヌ、開く、拡げる、公開する、……いろいろと日本語訳はありますな、オープンドアーといえば門戸開放といいますかな、オープンファイアといえば砲撃を開始する……」

「そんなことはどうでもええのや、オープンの女王とはどういう意味かと聞いとるのや」

「わかりませんか。オープンは開くや。広く宇宙に向って開く……」

「そやから、何を開くのかと聞いとるんや」

「何をて？　心ですがな」

「心？」

「そうですがな。クララの晴々としたストリップを見てやね、見物衆の心は開きますねん。現代人はすべて自己を抑圧して生きておる。この抑圧がいかなる現象を招いておるか。大久保清がもしストリップの愛好家であったなら、彼はあんな色情狂にはならなんだ。見なさい、巷《ちまた》に溢《あふ》れる性犯罪の数々を。あれは皆、抑圧から来たものです。現代人の心は開けとらんのです。現代人は不幸なんや、幸福になるために心を開かないけまへん。オープンの女王とは、人々の心をオープンする、広く宇宙に向って開かせる――そんな力を持ったストリップの女王やという意味ですな」

「ふーん」

と警察官は煙《けむ》に巻かれて、口惜《くや》しそうな顔をした。

「ほな、失礼します。ごめん……」

木村はアメリカ座へ帰って来て、社長に報告した。

「よう説明して了解してもらいました」

それから木村は表看板のところへ行って、

「オープンの女王」の肩のところに「宇宙的」と書き足した。

アメリカ座の公演は、十日替りの約束がもう十日延びた。これで年内の仕事の予定は大体、見通しがついたので大平はほっとした。クリスマス前にアメリカ座を打ち上げたら、暮から正月は暖かい九州宮崎から口がかかっている。それは木村がトクダシ大会で知り合った宮崎の小屋主と下話をつけておいてくれたからだった。

アメリカ座へ来て二日目から雨が降りはじめたが、客は驚くほど入った。「オープンの女王」が利いたのだ。クララが舞台に現われると、客席は異様な熱気が立ちこめた。二日に一度か三日に一度、警察の目を盗んで「参加番組」が行なわれる。その日は木村は客席に出て割箸を売って廻った。割箸は一組百円で、五組しか売らない。それで時にはその箸にプレミアムがついた。

プレミアムをつけるのは、蜆の隠居だった。隠居は五組の割箸を一組五百円で全部、買い取った。しかし隠居はその箸を使用しようとはしなかったのである。それで隠居は見物の怒りを買った。

「何や、ジジイ、カッコつけよって。箸、早う使わんかい！」

すると隠居は箸を懐に入れたまま、眠ったふりをするのだった。

そのうちに隠居が小屋に現われると、怒り出す者が出た。また、百円の元で四百円儲けようと、争って箸を買う者もいた。隠居が何と頼んでも売らぬ者もいた。降りつづく雨の中でアメリカ座がこんなに混雑したことはこの数年、ないことだった。客席は興奮し沸騰し、そうしてクララが舞台を下りると客は帰ってしまった。トリのローズが舞台に出たときは客はあらかた帰った後で、残った客は気が抜けたようにぼんやりと坐っているだけだった。

ある日蜆の隠居は大平に面会を申し込んできた。隠居はおでん屋のたこ作の小さな二階の座敷で大平を待っていた。

「大平はん。よう来ておくなはった」

隠居は丁重に大平を迎えて、いきなり畳に手をついた。

「大平はん、お願いだす。鶴亀煎餅の吉村喜八、生涯《しょうがい》にたった一度のお願いや」

「何ですねん。えらい大袈裟《おおげさ》やな。生涯にたった一度のお願いて何です?」

「くらちゃんを引かせたい……」

「えっ、くらちゃんて……クラですかいな」

「くらちゃんを引退させて、妻に迎えたいと思うてますねん」

隠居はいった。

「年甲斐もない、何をいうてるのやと笑いなはるやろ。けど、これ、本気ですねん。もう、我慢出来まへんねん。くらちゃんが、あないな、宇宙オープンとやらの女王になって、あないなことしてるの、見てられしまへん……見てられしまへんのや、大平はん……」

大平は困って隠居を見た。隠居の蜆の目にはポッチリと涙が浮かんでいる。

「わしはくらちゃんにあないなこと、させとうないのんです。くらちゃんかてあんなことするくらいなら、こんな年寄りやけどわしの嫁さんになった方がましやと思うのとちがいまっか。女《おなご》の大事なとこ、男に見せるだけでも辛いことやのに、参加番組やたらいうて、あんなこと……きっと泣きの涙で舞台を勤めてるんでっしゃろ」

「いや、べつに、あの子は、泣きの涙というわけではないんですけどね」

「そんなことない！　そんなことない！　あんたはオニや！　昔の女郎屋の亭主と同じや……」

「そんなムチャクチャなこというてもろたら困りますな」

大平は坐り直した。

「このことはわたしらがすすめたわけやないですよ。くらちゃんが進んでやってるのや」

「進んでやってるかやってへんか、くらちゃんに聞いてみとくなはれ。わしの嫁はんになるのんと、どっちがええか……。わしは鶴亀煎餅の店のほかに家作を十八軒持ってます。それみな、くらちゃんの名義にします。ほかに銀行の貯金と株もある。それみな、くらちゃんにあげる……」

「しかしご隠居はん、クララはややこ持ちですねん」

「かまいまへん。ややこも一緒にひきとる」

「亭主がいますねん」

「亭主！」

隠居は叫んだ。

「亭主がいて、あんなことさせてるんか！　そんな亭主！　そんな男がこの世におるやろか……」

隠居は顔に手を当てて泣き出した。

「ほな、くらちゃんは、その男と仲ようやっとるんですな?」

「やってます」

大平はいった。

「亭主のいうことなら何でもききます」

隠居は蹌踉《そうろう》と立ち上って、たこ作を出て行った。大平は追いかけて行っていった。

「隠居はん、ローズのことはもう忘れはったんですか」

隠居は神経痛の足を引きずりながらいった。

「ローズには悪いけど、ローズは何や、固《かと》うなってきましたな。おとといの餅みたいになってきましたなあ」

隠居は家へ帰りかけたが、結局大平についてアメリカ座まで来た。

「見て行かはりまっか。丁度これからクララの出番でっけど」

「見せてもらいまひょう」

隠居はいった。

「今日は箸を使わせてもらいまひょう」

大平が楽屋に入って行くとローズは衣裳をつけているところだった。ローズは芸者の衣裳をつけていた。隠居が来ていることをマチから聞いたのかもしれない。ローズは舞台へ出て行った。この頃ではローズはトリではなく、クララの先に出る。大平は客席に廻った。蜆の隠居はいつもの場所で眠っている。ローズが花道へ出て来ると、ぱっと目覚めたものだが、まだ眠っている。ローズは花道の七三で帯をほどきはじめた。その端を隠居の方にさし出そうとして、隠居が眠っていることに気がついた。ローズは仕方なく、その隣にいた工員風の男に帯を渡した。

「あなたごのみの

あなたごのみの

おんなに

なりーたい……」

ローズは着物を脱ぎ、長襦袢の伊達巻に手をかけて、もう一度隠居の方を見た。ローズの手が一瞬、ためらった。隠居はまだ眠っているのだ。ローズは伊達巻を反対側の男に渡した。ローズは長襦袢を脱ぎ、また隠居を見た。それから腰巻の紐を自分で解いた。そうして外したピンクの腰巻を眠っている隠居の頭の上にふわりと掛けた。まわりの男たちがどっと笑った。隠居の隣の工員が、その腰巻を取ってローズに返した。

大平はそれだけを見て客席を出た。雨はまだ降っていた。暫くして楽屋へ上って行くと、ローズが脱いだ衣裳をたたんでいた。

「隠居、えらいよう寝てはったな」

大平が慰めるようにいうと、ローズは無表情にいった。

「あれ、寝たふりや」

7

蜆の隠居が突然、死んだ。隠居はクララの宇宙オープン参加番組に参加して、割箸握った手をクララの股の間にさしのべた時に、突如、卒中の発作に襲われてひっくり返ったのだった。隠居はアメリカ座の事務員と木村の手で鶴亀堂へ運ばれた。そうして三日後に隠居が死んだということが聞えてきた。

鶴亀堂へ悔みに行くべきか否かということをアメリカ座の社長と大平は相談した。

「何というても、長年、贔屓してくれはった人やからなあ」

とアメリカ座の社長はいった。

「ここがさびれてしもうた時でも、たった一人で見てくれてはったこともあったさかいになあ、煎餅もよう貰《もろ》うたことやし」

「けど、ストリップ小屋から悔みに行ったりしたら、息子はん、怒るのやないかいな。えらいマジメな息子はんやいいまっせ。隠居がここへ来てること、情ないいうていっつも怒ってたちゅうことや」

「しかし、ローズが悔みに行ったら、隠居の魂は喜びはるやろ」

アメリカ座の社長は柄にない古風なことをいった。社長は隠居がクララに心を移したことを知らないのだ。

「純情な人やったなあ」

と社長はしみじみといった。

「しかしストリップ小屋で倒れて三日後に死なはったんや。本望やったやろ。武士は戦場、役者は舞台で死ぬのが本望やいうからな」

蜆の隠居が死んだので、割箸は平常値に落ち着いた。木村はクララの宇宙オープン参加番組の割箸を、三組に減らしてくれ、と大平にいいに来た。

「それに特別手当も、ちイとつけてもらいとうおまんねん。何せ、これ、特殊技術ですよってにな。そこらの女にさせてみなはれ、痛い痛いいうて、いっぺんでいやがりますわ。クララなればこそ、出来ることでっせ」

木村は郵便局の貯金通帳をいつも懐に入れていた。

「トクダシ貯金ですわ。たまりましたで」

とニヤリとして大平に見せた。木村は金を溜めてこの町でタコ焼きの店を持ちたいといっていた。

「その屋号、トクダシ屋ちゅうのはどうです?」

と木村は調子に乗った。大平は七年間ローズと働いて、十万円の貯金もない自分のことを思った。大平のところには大阪の子供から手紙が来ていた。妻の父が胃癌《いがん》で入院したという報せの手紙だった。

「おじいちゃんは手術をします。おじいちゃんにもしものことがあったら、お店はどないになるのんやろ、とお母ちゃんは心配しています。浩おじさんに取られてしまうんやないかというています」

それは妻が子供に書かせたものに違いなかった。妻は大平に帰ってもらいたがっているのだ。

大平はその手紙をいつものように楽屋風呂の焚《た》き口で燃してしまったが、その文章は心に残った。心に残ったということは、妻子のところに帰りたいと思ったということではない。妻の父が死んだら、何らかの形で決着をつけねばならない。その時が近づいて来ているということだった。

——オレは何のために、何が面白うて、ここでこんな暮しをしているんやろ……。

今までに何度か思ったように大平はそう思った。大平を引き止めているものはローズの何なのか、大平にもわからない。大平にとって、どの程度ローズが必要なのか、ローズにとって大平が果して必要なのかどうかもわからない。はじめの頃、大平はローズのヴィナスのような身体を、押しいただくような気持で抱いたものだった。最初の時、大平が思いもかけぬ不如意になったのは、その感激と恐懼《きょうく》のためだった。ローズは大平の女王であり、大平はローズの下僕《しもべ》だった。二人の愛の形はそうして成り立っていたのだ。だが、ローズは今、威厳を失った敗戦の女王だった。いや、もはや女王ではない。彼女は気むつかしい、無愛想な中年女だった。そして大平はその中年女の、（いみじくも蜆の隠居がいったように、「おととい の餅」になってしまった）共働きの内縁の亭主だった。大平は一週間に一度か十日に一度、ローズを抱くだけだった。彼らは昔からそうだった。二人が女王と下僕だった頃、ローズは身体の線が崩れるといって大平の要求を屡々《しばしば》退けた。

「白石先生はうちの身体は芸術やといわはったんや」

とローズはいった。

「あんまりしたら、身体のつやが消えるよっていやや」

ローズは妊娠することを極度に警戒していた。恋人がいることも、決して人にはわからぬように用心していた。大平の前のローズの恋人は、そんなローズに腹を立てて別れてしまった。その前の前の恋人もそうだった。

「ぼくはそんなことしやへんで。ローズのしたいようにしてもらう。ローズがいかんというたら、指もさわらへん。約束する！　誓う！」

大平は自分のその言葉を覚えていた。その時、ローズが悠然と微笑《ほほえ》んで家臣に接吻《キス》を許す女王のように、その美しい腕をさしのべた情景も昨日のことのように覚えている。

「ローズ、親爺が死にかけてるらしいねん」

ある夜、大平はアメリカ座の楽屋で布団を並べて寝ているローズにいった。

「今日、子供から手紙が来てな。胃癌の手術したんやけど、もう手遅れやったから、そのまま、ふさいでしもたいうてきたんや」

「ふーん」

ローズはいった。

「親爺が死んだら……行かんならん」

大平はいった。

「とにかく戸籍はまだ入っとんのやし、何ちゅうても、親やからな」

「けどあんたの親やないわね。義理の親やろ」

「女房の親爺やけど、おれは養子やからな……」

「そんなら、行ったらええやないの」

ローズはいった。

「行きなさい。遠慮せんと。……死んでからやなんていわんと、早う行ったげなさい」

ローズの声には無理に押えたものがあったので、大平は黙った。もしかしたらローズは、大平は大阪へ行ったらもうローズのところへは帰って来ないという予感を持ったのかもしれない。その予感は大平にもあったので、それで大平は黙った。その予感を感じたのでわざとローズはいったのだ。

「死んでからやなんていわんと、早う行ったげなさい……」

ローズはそんな女だ。

二、三日して大阪から電報が来た。妻の父は死んだのだ。大平は大阪へ行く支度をした。ローズは支度をする大平を、鏡台前から見ていた。

「葬式がすんだらすぐ帰ってくるさかい」

大平がいうとローズは肯《うなず》いた。

「気いつけてね」

大平はいった。

「じき帰ってくるで」

楽屋を出て行く大平を、ローズは鏡台にもたれて見ていた。大平はふり返ってローズを見た。かつて、ものにもたれるなどということのなかったローズの大きな身体が、今、ガーゼのねまきを着てぐったりと鏡台にもたれている。

「じき帰ってくるで」

大平はまたいった。そういわずには出て行けなかった。もしかしたら、すぐには帰れないかもしれない……いや、もしかしたら、このまま帰ってこないかもしれない……大平の中には漠然としたそんな思いがあった。それは予感というよりは、むしろ期待感に近いものだったかもしれない。

大平は階段を下りて小脇の新聞紙包みから皮靴を出して穿《は》いた。それは巡業にでも出ない限り滅多に穿くことのない赤皮の靴だ。大平は風呂の焚き口から勝手場の横を通って表へ出た。開演十分前の立札が小屋の前に出ている。ローズとクララの写真が板壁に掲《かか》っている。降ったりやんだりの天候が、いよいよ今日あたりから晴れていくらしい。煤煙《ばいえん》に濁った空の西の方から、冷たい光が漏斗状《じょうごじょう》に町の上に射していた。

「平さん、えらいしゃれて、どこ行きや？」

アメリカ座の社長が声をかけた。

「へえ、大阪まで、ちょっと」

「大阪？　来年の売り込みか。働き者《もん》やなあ……」

「親爺が死にましてな。昨日《きんのう》。それでちょっと行ってきまんのや」

「そらそら、えらいことやな。けど天気になってよかったわ」

「この秋はまるで梅雨《つゆ》みたいやったな。長い雨やった」

「まあ、気イつけて行っといなはれ」

「じき帰ってきまっさ」

大平はいった。雨が上った後はいつもアメリカ座の便所は表まで匂う。その匂いはストリッパーの生活の匂いだ。

この生活から出ていった者は、その後も便所の匂いを嗅《か》ぐたびに、ここを思い出すことだろう。

「じき帰ってきまっさ」

大平はいいわけをするようにまたいった。そして大平は歩いていった。ふいに身を絞られるような痛みが大平の胸を走った。しかしその痛みがどこからなぜ来たものか、大平にはわからなかった。

忙しい奥さん

1

酒巻夫人を知るほどの人はみな、彼女に一目を置いていた。何しろ彼女は〝しっかり者〟である。頭の回転が早く弁舌が立つ。その声は金属性のソプラノで自信に満ち、聞く人を傾聴させずにはおかぬ迫力がある。

彼女は清元を習っていた。日舞は若柳流《わかやぎりゅう》の名取りでもある。ゴルフをやり、運転もする。字もうまい。俳句も作り、英会話も堪能《たんのう》である。彼女は小柄だが均整の取れた、キリッと引き緊《しま》った身体つきをしていた。歩くときは小柄な身体の割には大股《おおまた》でツカツカと歩く。何しろ彼女は忙しいのである。

彼女の家は人の出入りが多かった。夫の酒巻一夫は五、六年前までは新劇俳優として、地味だが風格のある演技で貴重な中年脇役といわれていた男である。だが所属していた新劇団の内紛のために去ってからは、テレビに出演しては小遣い稼ぎをするほかは、仕事らしい仕事をしていない。もともと彼は北海道の資産家の息子だが、北海道の観光ブームが呼んだ思わぬ地価の騰貴のために気楽な暮しをしていられるのである。

酒巻一夫はとりたてて何の趣味がある、という男ではなかった。食べるもの、着るもの、何でもよかった。与えられたものを黙って食べ、黙って着る。客が来ていてもいなくても一日中パジャマ姿で、テレビの前の大き目のソファからずり落ちんばかりの格好で脚を長々とつき出して(彼は六尺近い大男であった)、見るでもなく見ぬでもなく、テレビに顔を向けている。

「何ですか、ホントにみっともないわ。年がら年中パジャマ姿で……人さまが見たら何と思うか……」

夫人は人を叱《しか》るのが好きである。夫と二人の息子は年中彼女に叱られている。その次に叱られるのが二十一になる家事手伝いの女の子で、その次が酒巻家に出入りするクリーニング屋、犬の調教師、植木屋、呉服屋などである。

ところでこの頃、夫人は村井家の紛争のために忙しかった。一夫の新劇時代の友人である村井研吉が愛人を作ったのだ。村井の妻は同じ新劇団の女優で、二人は無名の貧乏時代に結ばれてから今日まで、おしどり夫婦といわれて世間からは俳優夫婦の鑑《かがみ》のように思われてきた。その村井が四十の坂を越してから、二十《はたち》の娘と恋愛をして夫婦の間に別れ話が出ているのである。

「そりゃ、何といっても村井さんが悪いですよ。稲子さんは村井さんのためにどれだけ尽したと思う？　村井さんの無名時代、稲子さんは、ともあれ、村井さんを立ててましたからねえ。金が入ると村井さんの背広を作ってから、自分のものを買う、という風でしたわ。皆でスキヤキしたって、自分は煮方に廻って、肉をどんどん村井さんの皿に入れるというので怒り出した人がいたくらいよ。皆でお金を出し合ってスキヤキしてるんですからねえ……」

「あの奥さんはそういう人だったんですか？　へーえ。じゃ、ずいぶんお変りになったのねえ」

と感心したのは、俳句仲間の佐久間夫人である。

「夫婦というものは難かしいものですよ……」

酒巻夫人は身の上相談の回答者のようにいった。

「何といっても村井さんがいいご主人だったら、稲子さんだってあんな風にはならなかったと思いますわ。私、それを村井さんにいいたいの。稲子さんが尽したことに対して村井さんはいったい、どれだけの感謝をしたかしら。あの人はあまりに自己中心すぎるわ。何かというと芸術のために我儘《わがまま》を通させてくれ、でしょう？ ところが村井さんの芸術って、いったいどれほどの芸術なんですか！」

「千賀子、やめなさい」

テレビの前のソファの中から、一夫がいった。彼はいかなる場合も穏やかな声で静かにものをいう。夫人はその方へちらりと一瞥《いちべつ》をくれただけで、

「そりゃあ村井さんは今、うみねこ座の幹部ですよ。でもね、それは酒巻や阿木さんや皆川さんがやめたからのことじゃありませんか。うみねこ座は全体にレベルダウンしたんですよ。でも、とにかく幹部は幹部ですからね。肩で風切って歩いてるんでしょう……」

とつづけた。

「あたくしね、稲子さんは絶対頑張らなければいけないと思うのよ。そういって力づけてるの。離婚をしては絶対ダメ。慰謝料を出すなんていったって、どうせ月賦でしょう。そのうちにごま化されるにきまってるわ。そりゃあ二千万とか三千万とか一度にまとめてくれるんなら別だけど、そんな金、村井さんにあるわけないもの……」

夫人は高らかに笑った。その笑いは、金もないくせに妻を苦しめている男への嘲笑である。

「だからもう、ヤキモチやいて騒いだりしないで、平然と構えていらっしゃい、ってあたくし、いってるの。そうして離婚せずに頑張っていれば、向うはそのうちに別れますよ。女は二十でしょう？ 結婚してくれって迫っても、出来ないとなれば、当然別れるわよ。二十の

女がどうして、四十五の男のために一生を棒にふる？　あたくしはそれを稲子さんにいうんだけど、彼女、ヤキモチやいて暴れ散らすでしょう？　あれじゃあ村井さんだって、厭気《いやけ》がさしてくるわよ……」

夫人の村井批判は一段落ついて、そこから今度は村井稲子批判がはじまる。そして数時間の後、

「要するに、こういう問題はどっちか一方だけが悪いってことはないのよ。必ず両方に何かありますよ」

という結論で夫人の弁舌はひと区切りつくのである。

気がつくと長い夏の日もさすがに傾いている。

「あなた、お出かけじゃありませんの」

と夫人はソファの中に声をかけた。

「六時にスタジオ入りでしたよ」

「うん」

「ついでに佐久間さんをお送りして下さらない」

「ああ、いいよ」

「佐久間さん、どうぞ、お好きな所までお乗りになってよ。運転は下手《へた》だけど、でも慎重な人だから危険はありませんわ」

一夫はのっそりソファから立ち上って着替えのために二階へ上っていった。この家は最近

新築したばかりで、階下は吹き抜けのホールでそこにピンクのカーペットを敷いた階段が下りてきている。酒巻夫人はくるぶしまである絹のホームドレスを着てその階段を下りてくるのが気に入っていた。ある時はゆるやかに右手を階段の手すりに預け、ある時は軽快にタ、タ、タ、タと下りてくる。その時彼女はアメリカ映画のヒロインになったような気分になるのである。彼女は美人だった。昔、ミス札幌《さっぽろ》に当選したことがある。この家を設計する時、彼女はまず第一の条件として吹きぬけホールとその階段を注文したのであった。

2

夫と佐久間夫人が玄関を出て行くと、夫人は階段の上り口にある電話のダイアルを廻した。

「もしもし、あたし――」

と夫人はいった。

「どうしましょうか？　行きましょうか？　それともいらっしゃる？」

夫人はテキパキした口調でいった。

「わかったわ。じゃあ、お待ちしてます……」

夫人は軽快に階段を上って寝室に入った。手早くシャワーを浴びて汗になった下着を替えた。

「さっちゃん！　さっちゃん！」

と夫人は階段の上から家事手伝いのさち子を呼んだ。

「ご苦労だけど六本木のサワノへ行ってきてちょうだいな。この間のワンピースの直しが出来てる筈だから。そしてその帰りにドンクでフランスパンを買ってね。それから帰りに紀伊国屋でまくわ瓜のいいのがあったら少し買ってきて」

さち子が出かけて行くと、夫人は化粧を改め、ホールの中央の長椅子《ながいす》にゆったりと腰を下ろして表に止る車の音に耳を澄ました。二人の息子は数日前からそれぞれの学校友達と海や山へ出かけてまだ帰って来ない。夫人が待っているのは、この家に出入りしている加藤という室内装飾屋である。この家のインテリアはすべて加藤がやった。インテリアを手がけたついでに彼は酒巻夫人との情事も手がけてしまった。夫人との情事を成就するのは簡単だった。加藤は人妻との情事に馴《な》れた男だったが、夫人の方もまた幾つかの経験を積んでいたからだ。それはいわば手だれの者同士の組合わせだったのである。

最初の時、二人は運び込んだばかりのベッドの、まだビニールのカバーが掛っている上で慌しく抱き合った。その時は何しろ時間がなかったのだ。さち子は台所でダンボールの箱から一つ一つ食器を取り出しては食器棚に並べていた。酒巻家がこの新築の家に越したばかりの日である。

「パヤパ　パヤパヤ

パヤパ　パヤパヤ」

と台所でさち子は歌っていた。

「雨が上って夕陽を見てたら

涙がひとつポトリと落ちた……」

その歌を聞きながら二人は慌しくベッドに上り、ビニールカバーをギシギシと音させながら一刻を争うといった風に激しく動いた。加藤はワイシャツの胸にネクタイを垂らしてズボンをずり下げ、夫人はその長いホームドレスの裾《すそ》をたくし上げた格好で。いつ息子が学校から帰って来るかわからない。春の日の遅い午後だった。どちらが先に手を出したということではなかった。数日前からお互いにお互いの中の〝下地〟を感じていた。酒は酒好き同士、バクチ好きはバクチ好き同士、男色は男色同士、電車の中に乗り合わせていて、お互いに何となくわかり合う、というあの感じで。

その少し前、運び込まれたばかりの二つのベッドを、夫人は加藤と一緒に検分していたのだ。

「スプリングが堅いわね。気に入ったわ」

と夫人はベッドを押しながらいった。

「ピョンピョン跳ねるの、あたし、嫌いなの」

そういって夫人が加藤を見たその眼に既に誘うものがあった。それに誘われた加藤がつと手を出すと、その手が夫人の身体にかかるかかからぬうちに、まるで磁力に寄せられたかのように夫人の身体はなだれ込んできたのである。二人の身体はぶつかり合い、力と力が均衡してひしと抱き合った。そうして夫人は身体の力を抜くことによって自らその均衡を破って、その新しいベッドの上に倒れたのである。どちらが先に手を出したか。そのへんの判断は非常に困難である。手をさしのべたのは男の方だが、夫人の身体はその手がまだ触れぬうちに崩れてきたのだ。そんな時夫人の身体は大雨を吸い込んだ山の斜面の土砂のようになっている。少しの振動でもどさっと崩れてくるのだ。しかしいつの場合も夫人は男が自分を誘惑した、と思い込んでいるのであった。

さて、加藤が身体を離すと、夫人はすぐに立ち上って便所へ行き、シャワーを浴びてもどって来た。夫人は加藤の見ている前でパンティをはき、あかね色のけしの花がとんでいるホームドレスを着た。夫人は時計を見た。

「さっちゃんが帰ってくるまでにまだ小一時間あるわ」

夫人はいった。

「ビール飲む？　ウイスキィ？」

加藤は裸のままベッドに腹這《はらばい》になって煙草《タバコ》をくゆらせながら、そんな夫人を見ていた。

「何を見てるの、いやな人！」

夫人はいって軽く睨《にら》む。加藤が自分に見惚《みと》れているのだと思うと、その目に自《おのずか》らなる媚《こ》びと自己満足が現れるのである。

「いや、感心してるんだ」

加藤はいった。

「感心してる？　何を？」

「いや」

と加藤は言葉を濁した。

「とにかく、あんたは、たいした人だよ。まるでひと仕事、といった調子だね」

「何を？」

「何をって、セックスすることをさ」

「何をいってるのよ」

夫人は台所からビールとスモークチーズを運んで来た。二人で二本のビールを空けると夫人はまた時計に目をやった。

「まだ時間があるわ」

夫人は加藤を見た。

「どうする？」

加藤の手が伸びるより早く、夫人はもうベッドに上っていた。夫人の口の中にはまだスモークチーズの味が残っていた。いつの間に脱いだのか、たしかさっき穿《は》いていたパンティが魔法のようになくなっていた。

加藤が夫人に重なった時、サイドテーブルの電話が鳴った。夫人は仰向いたまま右手を伸ばして受話器を取った。

「あら、稲子さん、先日はどうも」

夫人は上に加藤を乗せたまま、いつものように高い機嫌のよい声を出した。

「いかが？　その後？　ええ？　ええ……ええ……」

肯《うなず》きながら夫人は微妙に腰を動かした。

「だからね、あたくし、いつもいってるでしょう。村井さんは確かに悪いけど、悪い悪いとばかりいっていてもしようがないのよ。気を鎮めて時が来るのを待つことよ。え？　なに？　鎮まらないって……そりゃあ、鎮めようとしないんだもの、あなた……」

夫人は宙に目をやって腰を動かしつづけた。

「……ええ、いいわ、村井さんが会うというのなら会いますよ。……勿論《もちろん》よ。……わかってます」

夫人は離れようとする加藤の腰を、開いた両脚で押え込んだ。

「ダメ！」

夫人は小声で叱咤《しった》して加藤を睨んだ。夫人の動きはゆるやかにうねる大波のようになった。しかし夫人の声は少しも乱れなかった。夫人は軽い笑い声を立てさえした。そうして、

「大丈夫ですとも。……じゃさようなら」

といった。

さち子が帰って来たとき、夫人と加藤は階下のホールでテレビを見ていた。

「あ、ご苦労さま」

と夫人はさち子にいった。

「奥さま、お洋服の直しはまだでございました。確か月曜日という風にお約束した筈だとい

ってましたけど」

「あら、そうだったかしら」

夫人はいった。

「忘れてたわ。ごめんなさい。そうだったわね。私ったら何をカン違いしてたのかしら」

それから夫人はさち子が買ってきたまくわ瓜の値段を聞き、釣り銭を受け取って勘定した。

「あら、さっちゃん、これ、五円玉じゃないの、あなた四十五円足りないわよ。五十円と五円玉と間違えて貰《もら》ってきたんじゃないの！」

夫人の声は尖《とが》ってきた。

「気をつけなくっちゃダメよ。私はお金を惜しんでいっているんじゃないの……注意というものが大切だってことをいってるのよ。わかる？」

3

酒巻夫人は倖せな奥さんの見本のような人だといわれていた。夫人の不満といえば夫が一日中パジャマを着ていることくらいなものである。こうしようと思って出来なかったことなど彼女には一度もない。

一夫は穏健な人間として知られていた。穏健ということの中には面倒くさがりということも含まれている。彼は夫人をしたいようにさせていた。一家の収入は夫人の手中にあり、ものぐさの彼は金を使うことがないのでその大半は夫人の小遣いとして消えているのであった。

ある日、夫人は外出から帰ってきた。夫人は外出から帰って来るとき、いつも朗らかな声で、

「ただいまァ……」

という。夫人は挨拶《あいさつ》にうるさかった。行ってまいります、おやすみなさい、お早うございます、ありがとう……そういう小さな挨拶が日常生活のメリハリをつけるのです、と彼女は常々二人の息子にいっていた。

「ただ今、帰りました」

夫人はテレビの前まで来るとソファに埋もれている夫に向ってもう一度そう挨拶をした。

「残暑ねえ。この暑さったら……たまらないわ」

夫人は慌しく窓を閉めてクーラーのスイッチを押した。

「暑くないんですか？　あなた？」

夫人は紙袋から買物を取り出しながらいった。

「あなたったら、まるでパジャマを着た大アザラシみたい」

夫人は忙しくテレビに目をやり、

「あら、こんなつまらないもの見てるの」

といい、大声でさち子を呼んだ。

「冷たいものをちょうだい。何でもいいわ。氷を入れてね」

「千賀子」

ソファの中から一夫がいった。

「どこへ行ってきた?」

買物を抱えて二階の寝室へ着替えに行こうとしていた夫人は、けげんそうに一夫をふり返った。夫人の行く先を聞いたことなど今までなかった夫である。

「どこって……あちこちよ。ショッピング……」

夫人はいい足した。

「銀座を歩いて、帝国ホテルでお茶を飲んだのよ。佐久間さんと一緒」

夫人は時計にちらと目をやった。

「もうこんな時間? 今日は六時のスタジオ入りだったかしら。ごめんなさい。お夕飯急がせるわ」

「飯はいい。まだ腹は減らん」

一夫はいった。

「帝国ホテルで待ち合わせていた男は誰だい?」

夫人のつぶらな瞳は一瞬、キョロリと動いた。

「ああ、あの人? 佐久間さんのご親戚《しんせき》。大阪の方よ。帝国ホテルに泊ってらしたの。待ち合わせたんじゃないわ。偶然、ロビーで出会ったのよ」

夫人はいった。

「でも、どうして知ってるの?」

「さっき、山内君が来ていってたからさ」

一夫はいった。

「山内もあのロビーにいたらしい」

「まあそうなの、じゃあ声をかけてくれればいいのに。ヤマちゃんもへんな人ねえ」

夫人は買物を抱えて階段を上っていった。今、夫人が帝国ホテルの一室で抱き合ってきた男は夫人の娘時代の恋人だった。夫人が十九、男が二十歳の時の仲である。彼は札幌の有名なコーヒー園の息子だった。夫人は彼の子供をみごもって、五か月で始末した。そうしてその二か月後にミス札幌に当選して赤いビロードのマントに模造パールをちりばめた冠をかむって札幌市内をパレードしたのであった。

夫人はベッドの上に買物包みを投げ出すと、シャワーを浴びてホームドレスに着替えた。その夜は村井稲子が夫を連れて来ることになっていた。夫人はこの夫婦のモメ事の調停というより裁判官を務めるのである。

ホールへ下りていくと一夫はさっきと同じ姿勢で縞《しま》のパジャマの長い脚を行儀悪くつき出してテレビを見ていた。

「村井さんが来るのよ。八時に。夫婦で」

一夫が答えないので夫人はいった。

「遅くまでいることになると思うけど、あなた、間に合うかしら。十二時か一時頃には帰れる?」

一夫が返事をしないことに夫人は馴れている。

「そろそろ、支度をなさらなくっちゃ……」

夫人はいった。

「六時でしょ？　スタジオ入りは？」

一夫は、

「さて」

といってソファから立ち上った。

「出かけるか……」

一夫は着替えるために階段を上っていった。間もなくズボンにスポーツシャツという軽装で、手にカーディガンを持って下りて来た。

「お急ぎにならないと、今の時間は車が混みますよ」

「今日は録画はないんだ」

と一夫はホールを横切りながらいった。

「ないの！　じゃどちらへお出かけ？」

「久しぶりに川奈へ行ってくる」

「まあ珍しい、ゴルフですか？」

「うん」

一夫は川奈のゴルフクラブの会員権を持っているが、殆《ほとん》どゴルフはしたことがない。

「お一人？」

「うん」

「お帰りはいつ？」

「わからん」

一夫はいった。

「わからんじゃ困りますよ。電話が来た時に答えられないわ」

「留守ですっていえばいいじゃないか」

「あなたは小息子じゃないんですよ。一線で働いている有名人なのよ。いつ帰るかわかりません、じゃ答えになりません」

「じゃ、適当にいっとけ」

一夫はゴルフの道具を車に積み込んだ。

「今夜、電話をしますよ。川奈ホテルへ」

「うん」

一夫はアクセルを踏んだ。

「ホントにあなたったら……わけのわからない人だわ」

夫人は腹を立てたようにいった。

「何しろ口を利いたら損みたいに思ってる人なんだから。よくそれで俳優が務まってきたこと」

夫人の言葉がまだつづいているうちに車は走り出した。純白のオペルが角を曲ると入れ違いに黄色いタクシーが現れた。

「あら」

夫人はいった。忽《たちま》ち夫人の顔にはあでやかな笑いが漲《みなぎ》った。

「いらっしゃーい」

タクシーのドアが開くか開かぬうちから夫人は叫んだ。村井夫妻が出て来ると夫人は手をさしのべて村井と握手をした。

「お久しぶり。ますますご活躍で。先週のテレビ拝見しましたわ」

夫人は愛嬌《あいきょう》たっぷりにいった。

「さあ、どうぞどうぞ、お上りになって。お暑いのねえ、いつまでも……あいにく、酒巻は出かけましたのよ」

夫人は二人をホールのソファに案内した。

「どうも、色々、ご迷惑をおかけして……汗顔のいたりです」

村井は端正な細面の顔を赧《あか》らめて頭を下げた。

「奥さんにこんな尻を持ちこむなんて、実際こいつは……」

「まあ、まあ、まあ、村井さん！」

夫人は両手を上げて村井を制した。

「のっけからそんなに喧嘩《けんか》腰《ごし》になっちゃいけませんわ、第一、不利よ。陪審員の心証を害します」

夫人は笑った。

「ねえ、そんな怖い顔をしないで、さあ……リラックスして……村井さんも、稲子さんも……」

そういう夫人の金属性の声はいやが上にも高く、まるでこれから心ゆくまでアリアを歌おうとしている歌手のように、吹きぬけの天井に響いたのであった。

4

一夫が川奈に行っている間も、夫人は忙しかった。それは三日ほどの間だがその間に夫人は村井夫婦の紛争の立会人となり、清元の仲間が陰口を利いた利かぬで喧嘩になったその仲裁をし、呉服屋の秋の特選会に行き、仲人として知人の娘の見合いに立ち合い、俳句の例会に出、帰りにその仲間数人とホテルのバーで夜中まで酒を飲んだ。

一夫が帰って来た日は彼岸の入りだった。毎年彼岸には夫人は両親の墓参りに札幌へ帰る。夫人は一人娘であったから、札幌の家は両親の死と同時に処分し、もう札幌には彼女の育った家はなかった。彼女は酒巻と結婚して東京に住むようになったために、両親の墓守りが出来ないことを常々、亡き両親に対して申しわけないと思っていた。一人娘の彼女は両親から宝物のように育てられた。今でも当時を知る人に会うと、

「千賀子さんはまるで、かぐや姫みたいな女の子だったものねえ」

と両親が彼女を溺愛《できあい》したのは当然のことだという。

夫人は両親の祥月命日には供養を欠かしたことがなかった。新しい家を建てる時、彼女が建築士に注文したことは吹きぬけ天井の次に仏間を作ることだった。仏壇は一間幅《いっけん》もある黒檀《こくたん》の最高のもので、扉を開くと、黄金の内部が燦然《さんぜん》と輝きわたる。そこに父と母の晩年の写真が堅くるしい真面目《まじめ》くさった顔を正面に向けているのである。彼女の父は派手好きな人間だったから、この金ピカの大仏壇の中に祀《まつ》られていることは何よりの供養だったにちがいない。

一夫は川奈から帰って来ると、テレビの前のいつものソファに埋もれた。テレビに目を向けたまま、川奈はどうでした、といった夫人の言葉にも答えないが、それはいつものことなので夫人は気にも止めずに村井夫婦の紛争についてしゃべり出した。

驚いたことには村井稲子には年下の恋人がいたのだ。夫人はそのことをしゃべっているうちにそのことを知ったときの興奮が蘇《よみがえ》ってきて声を慄《ふる》わせた。

「もうあたし、呆《あき》れてモノがいえなかったわ。うみねこ座の養成所の男の子ですって。それが昨日や今日のことじゃないらしいのよ。自分もそんなことしてて、よくまあ、あんなに村井さんのことをあしざまに怒れたものだわ。とてもあたしにはそんな芸当は出来ないわ。佐久間さんが聞いてびっくりして電話をかけてきたのよ。あたしたち、とんだナンセンスよって。その前の日ですよ。夜の夜中まであたしが声を涸《か》らして仲裁したの。ジョニ黒を一本きれいに空けてしまって……村井さんがほら交通事故で入院したことがあったでしょう？　あの時なんか、いい調子だったんですって。あすこの病院はホテルシステムになってて、看病人は病室に寝起きせずに別に部屋を取ることになってるのよ。その部屋へ、稲子さんはその男を連れ込んでいたんですって……こわいわねえ……つれこみホテルの代りに病院を使ってたってわけよ。ほら、テレビなんかに出てるから、いくらか顔を知られているでしょう。だからうっかりホテルなんかいけないし、家にはあの通り年よりや子供がいるでしょう。村井さんの交通事故は又とないチャンスだったわけよ……」

夫人はアリアを歌い終えた歌手のように一息入れた。夫人の頬《ほお》は紅潮し、アンズ型の眼は正義の怒りに燃えてつり上っていた。

「自分がそんなことをしててヤキモチやくってどういうことかしら。不思議な心理ねえ。あ、わからない、わからない……」

その時ソファの中から一夫がいった。

「帝国ホテルの男は月に一度、札幌から出て来るんだってね」

夫人は眉《まゆ》をひそめて夫を見た。

「何の話？　帝国ホテルの男って……」

稲子の不品行を憤って赧らんでいた夫人の頬はぴっと引き緊った。

「いつかの男さ」

一夫はソファの中からいった。

「君が帝国ホテルで会っていた男さ」

夫人は夫を見つめた。それから彼女はやっと思い出したという風にいった。

「ああ、あの人？　佐久間さんのイトコの人のことね？　あの人は大阪の人よっていったじゃないの、忘れたの？」

「山内の妹が帝国ホテルでルームメイドをしてるんだ」

一夫は無表情にいった。夫人は気強くもいった。

「それがどうしたの？」

一夫はそれには答えず憐《あわ》れむように夫人を見た。

「今年は墓参りに行かないのかい？」

「行くわ。それであなたの帰りを待っていたのよ」

「じゃ、明日行きなさい。これからでもいいよ」

一夫は静かにいった。

「行ったらもう、帰って来なくてもいいように、全部、荷物を持って行ってくれ」

夫人は一瞬、大きく息を呑《の》み、それから、

「あなた！」

と叫んだ。

「何をおっしゃってるの、どういう意味です、それは……」

「言葉通りだよ。帰って来なくていいといってるんだ」

突然夫人は絶叫した。

「ごめんなさい！」

夫人は雛《ひな》ゲシ模様のホームドレスの裾を乱して、バッタリとカーペットに手をついた。

「ごめんなさい。謝ります。悪うございました……許して下さい……魔が差したんです……」

「月にいっぺんずつ、何年も魔が差していたというのかい」

「あなた……許して……」

夫人はカーペットに額を押しつけた。

「悪うございました……かんにんして下さい」

「やめなさい。そんな格好するのは」

一夫は当惑したようにいった。

「ぼくは君にそんな格好をしてもらいたくないんだよ」

彼はいまだかつて激昂《げっこう》したことのない男である。彼はいい争いや紛糾を好まない。

「札幌へはもう行きません。お墓参りはしません！」

夫人はすすり泣いた。

「魔が差したんです。魔が差したのよ」

すすり泣きながら夫人は叫び、激しく泣きじゃくった。

「やめなさい。千賀子。子供らに聞えるじゃないか」

一夫がそういうと、夫人はますます激しく泣きじゃくった。

「やめなさい、泣くのをやめなさい」

当惑が一夫の声を少し優しくさせた。一夫は二階の二人の息子を気にした。ふたりと夫人は絶叫した。

「許すといってちょうだい！　あなたお願い！」

「千賀子！」

一夫は押し殺した声で叱咤した。

「子供のことを考えなさい」

「子供のことを考えるのなら、許すといってちょうだい！」

「とにかく立ちなさい。さあ、涙を拭《ふ》いて」

二十年の結婚生活の中で、夫人は何度かこうして危機を逃れてきた。今はその危機の山だった。夫人はそれを思い、しゃくり上げながら頼りなげにソファに浅く腰を下ろした。浅く腰を下ろしたのはすっかり恐れ入って断罪を待っているという格好を示すためである。

そういった格好が一夫には効果があることを夫人は知っている。何のかのいっても、夫は自分に惚《ほ》れているのだ。夫人の友達はみなそういっていた。夫人もそう思っていた。二十年の結婚生活の間には何回か離婚話が出た。しかしいつもウヤムヤのうちにすんでしまったのは、一夫が人気商売であるためにスキャンダルを怖れているということのほかに、やはり自分に惚れているからだと夫人は思っている。

「週刊誌だって書き立てます……」

夫人はいった。その一言がどんな重みを持っているかを夫人はよく知っていた。

「子供はどうなります！」

週刊誌の次に力をもっているのがその言葉だ。

「二十年も……こうしてみんなで楽しく仲よくやってきて……」

といっているうちに夫人は自分のしたことを忘れ、一夫が理不尽な別れ話を持ち出しているような気持になってくるのである。

夫人は涙を拭《ぬぐ》いながら、夫の様子を窺《うかが》った。危機は今、峠を越そうとしている。夫は迷っている。夫人の方を見ようとせずに、消えているテレビに眼を止めたままである。

「十月には大山さんのお見合いがあるんです。大山さんの奥さまに見合いのお世話をするお約束してしまっているの、せめてそれがすむまで、お願い。待って下さい！」

夫人はもう一押しした。

「お願いですからもう一か月待って下さい。そうでないと他人《ひと》サマに迷惑をかけることになります」

「それでは一か月待とう、その間によく考えなさい」

漸《ようや》く一夫はいった。一か月待とうということは、もう事が解決したのと同じだ。夫人はほっとして大きく肯いた。そうして彼女はもう一度大きく、総仕上げのつもりでしゃくり上げてみせたのである。

5

残暑が終ったら、酒巻夫人は大山産業の社長令嬢の見合いに仲人として立ち合うことになった。大山産業の社長夫人は裏千家の茶会での顔馴染みである。大山夫人には三人の娘がいたが、下の二人は嫁ぎ、長女の香だけが二十八歳になってまだ縁談が決らなかった。酒巻夫人は他家のことながら、香のことを心配していた。何しろ香は肥満女性なのだ。しかし香は気だてのいい娘で、二人の妹が先に嫁いだことにも機嫌を悪くする風もなく、酒巻夫人をおばさまおばさまといって慕っているのである。

九月の終りか十月のはじめ頃に酒巻夫人は香と及川士郎を見合いさせる手筈を組んでいた。及川士郎は十年ほど前に酒巻家の隣に住んでいて、互いに親しく行き来していた官吏の息子である。その頃は高校生だったが、今は三十歳の信用金庫の職員になっている。酒巻家が世《せ》田谷《たがや》に家を新築してからは行き来が絶えていたが、ある日夫人はつれづれなるままにふと彼のことを思い出して香との縁談を持ち込んだのである。

士郎と香の見合いは、十月の最初の日曜日と決められた。固くるしいことはぬきにした方がいいという夫人の進言で、見合いの席は酒巻家と決った。

「簡単なお夕食会にいたしましょう。ごく気軽にいらして下さればいいのよ。その代りご馳《ち》走《そう》の方はあまり期待なさらないで」

と夫人は電話ではしゃいだ声を出した。それは一夫の前に手をついて謝ったあの日から一週間後のことである。札幌の墓参りを中止した夫人は、一週間神妙にしていたが、夫人のエネルギーはしきりに生活の単調さを破ることを求めていたのだ。

「あなた、十月の第一日曜日に決りましたのよ。士郎さんと香さんのお見合い——」

夫人は夫に向っていった。

「気軽な方がいいから、うちへ来ていただくことにしたの」

するとー夫はソファの中から無愛想にいった。

「そうか」

「あなたも出て下さるわね？」

「俺は遠慮するよ」

「まあ、どうして！」

大仰に夫人は眼を瞠《みは》った。

「それは困るわ。どうしてそんなことおっしゃるの」

「お前が勝手に決めたことだろう？　俺には一言の相談もなかったじゃないか。俺にだって都合があるさ」

「でもあなたは日曜日はいつも暇じゃないの」

「暇があってもいやなものはいやというさ。俺はいやなんだよ」

そうはいうが、結局、一夫は見合いの席に連なることになるだろう。夫人はたかをくくっていた。一夫はうるさいことが嫌いである。絶え間なくせっつけば、そのうるささに耐えかねて、夫人のいうままになる男なのだ。

夫人は見合いの日の献立を考えたり、花を買ってきたりするので忙しかった。美容院へ行き、美顔術とマニキュアをした。そのあたりから夫人は数日前のあのいやな事件をすっかり忘れたのである。

見合いの日は秋晴れの上天気だった。天気がよいと夫人はいやが上にも浮き立つ性格である。彼女は気に入りの紫の中国服を着て耳から紫水晶をぶら下げた。彼女が穿いている黄色い繻子《しゅす》の靴は、この日のためにわざわざ横浜まで行って買ってきたものである。

「奥さま、及川さまがお見えになりました」

さっちゃんの声に夫人は耳の紫水晶をゆらゆらさせ、おもむろに手をさしのべながら階段を下りてきた。

「ようこそ、いらっしゃい」

夫人は浮き立っていた。

「あらまあ、すてきなネクタイ！　おしゃれして来たのね？　士郎さん」

「はっ」

と士郎は直立してお辞儀をした。手をさしのべながら階段を下りてきた夫人としては早速にその手を取って小腰をかがめ、その指先にキスをするか、そうでなければせめて握手をするくらいのしゃれたやり方をしてほしいところである。しかし士郎は兵隊のように直立して、

「色々、ご配慮いただきまして有難うございます。母からくれぐれもよろしくと申しており

ました」

と四角四面の挨拶をして眩《まば》ゆげに夫人から眼を逸《そ》らし、それからテレビの前のソファの中に埋もれている一夫にはじめて気がついて、びっくり仰天してまた直立した。

「あッ！　失礼しました！　ここにいらっしゃるとは存じませんでしたので、ご挨拶も申し上げず、大へん失礼申し上げました」

「やあ」

一夫はソファの中に埋もれたままいった。一夫は昔から士郎を虫の好かぬ少年だと思っていた。彼の母は彼の成績がいいことを自慢にしていたが、一夫にはそれが気に喰わぬのだった。第二に気に喰わぬのは、彼がいつも兵隊のようにしゃちこばっていることで、話しかけると、「はっ」とか「そうであります」としか答えない。少年時代から顔に合わぬ大きな黒い縁のメガネをかけていたが、三十歳になった今も同じようなメガネをかけ、厚いレンズの下の眼を、少年時代そのままに時々、クシャクシャと瞬《まばた》きさせる。それも一夫の気に入らぬことなのであった。

しかしもとより一夫はそういうことを人に洩《も》らしたことはない。例えば小心な小役人か女に欺《だま》される男の役を演じるときは、この士郎をモデルの基本にしよう、そう思っているだけである。

「あのねえ、士郎さん。香さんがいらっしゃる前に、いっておきたいことがあるのよ」

夫人がいった。

「はっ、何でしょうか?」

と眼をパチパチさせる。

「まあ、お坐りになって、こちらへどうぞ」

夫人は一夫の右のソファをすすめ、自分はその向い側に腰を下ろしながら、

「この間お渡しした香さんのお写真ね、あれは近頃のものじゃないのよ。大分、前のものなの……」

「はッ……」

「それでね、あの写真と今の香さんは、つまり……そっくりじゃないのよ」

「はッ」

「そのこと、おわかりになってね? 今の香さんは、あの写真より、大分肥ってるの」

大きなメガネの下から士郎はもの問いたげに夫人を見つめた。

「士郎さん、肥った女の人、嫌い?」

「いえ、べつに……肥ってるとか、痩《や》せてるとか、そんなことはぼくはかまいません。要は人柄の問題です」

「そう! 立派なことをおっしゃるわねえ。今どき珍しい青年だわ、ねえ?」

と夫人は一夫の同意を促した。

「うん」

「悪妻は百年の不作だといいますから」

士郎はいった。

「容姿よりも人柄に重きを置きたいと思っています」

「結構だわ」

夫人はにこやかにいった。

「士郎さんて、ホントにしっかりしているのねえ。頼もしいわ……」

6

夕食会は始まった。

いつもはホールの東寄りの一隅に寄せられている折りたたみ式のテーブルは長く開かれて、イタリア製のナプキンが並び、テーブルの中央には紅バラが飾られていた。

その紅バラを挟んで士郎と香が向き合い、士郎の隣に夫人が、香の隣に一夫が、そうして、たまたま来合わせた佐久間夫人が長方形のそのテーブルの短い方の一辺に坐っていた。

「香さんはねえ、士郎さん、とても優しい方なのよ。エンゼルのような方よ。香さんのお母さまもいってらしたわ。香が怒ったのをまだ一度も見たことがありません、って……」

「はッ、そうですか」

士郎は生真面目な顔を香に向けた。

「怒らないというのは、腹が立たないということなんですか。それとも腹が立っていても、相手を許すということですか」

「怒らないなんて……そんな……そうかしら私……よくわかりません」

香は小象のような身体に衿《えり》ぐりの大きなピンクのドレスを着て、パールの三連ネックレスを垂らしている。セットをしたばかりの髪がテラテラと光って小さなかつらをかぶっているように見えるのは、顔があまりにも大きく、肥っているためである。

「まあ、素晴しいパールですこと！」

夫人は小さく叫んだ。

「上品な光ねえ。静かで……控え目で、落ち着いていて……何ともいえず美しいわ……」

「ほんとう！　さすが大山さんのお嬢さまねえ。さっきから私、感心して見ていましたのよ。これだけの粒を揃《そろ》えるのは、たいへんなことでしょうねえ」

佐久間夫人がいった。

「豊かな胸によくお似合いよ」

夫人はいった。

「女王の貫禄ねえ。ホントに眼の保養をさせていただきました。ねえ？　士郎さん」

「はッ……同感です」

士郎は人さし指を上げてメガネをつき上げた。士郎の鼻はあまり高くないので、メガネはその重みで少しずつずり下ってくるのである。

「士郎さん、香さんは何でもお出来になるのよ。お料理はお上手だし、手芸、洋裁、お習字、お茶、お花、今はろうけつ染の勉強をしていらっしゃるんですって」

「はッ、そうですか」

「香さん、士郎さんはごらんの通り真面目一方の方。今のお返事みてもわかるでしょう?」

夫人は声を立てて笑った。

「今どきには珍しい青年よ。とっても親孝行なの。あたくし、十年ほど前にお隣同士だったでしょう。丁度、士郎さんのお母さまがご病気でとても高い熱が出たのよ。お父さまはご出張でお留守だったのね。すると士郎さんはお姉さんや妹さんもいらっしゃるのに、毎日、あたくしの家へ氷を貰いにいらしてねえ。冷蔵庫の氷だけでは間に合わないくらい高い熱だったのよ。夜中の二時、三時に、おずおずとベルを鳴らして、すみませんせん、氷をいただけませんか、って……その時、士郎さんは……幾つだった?」

夫人は士郎を覗《のぞ》き込んだ。

「十七? 十八?」

「十八です。高校三年の夏でした」

「えらいことねえ。高校生で夜通しお母さまの看病よ」

「いや、あの時は受験勉強中で、毎晩、夜通し起きていたんです」

夫人の足は繻子の靴を脱いで、いきなりテーブルの下の士郎の足を踏んだ。

「別に看病するために起きてたんじゃなくて……」

「正直ねえ、士郎さんは……」

夫人の足は慌てて引きかけた士郎の足を追いかけて、その甲の上に重なった。

「そんなことおっしゃる必要ないのよ。せっかく孝行息子として売り込んでさしあげてるんだから……」

士郎はずり落ちてきたメガネを人さし指で神経質に押し上げた。彼の足の上の夫人の足はビクとも動かない。引こうとするとぐっと力が入ってくる。右へ開くとぴたりと吸いついたままついてきた。

士郎の額に汗が滲《にじ》んだ。彼は肉の皿の上にうつむいて、必死でナイフとフォークをあやつった。

「それでも、たいしたものだわ。お偉いわ」

佐久間夫人が口を出した。

「士郎さんの奥さんになる方はお倖せねえ……」

「うちの主人なんか、あたくしが熱を出してウンウン唸《うな》っていても、しらん顔でテレビを見てるんですからねえ……あなた、聞いていらっしゃるの」

「聞いているよ」

一夫は退屈そうにいった。

「この肉は柔らかすぎてうまくないね」

「あら、おいしくないんですって！　このお肉が！」

夫人は呆れた、という風に一同を見廻した。

「松坂肉の最高ですよ！」

「最高だか何だかしらんが、牛肉の味がしないよ。こいつはニセ牛だ」

「ニセ牛ですって？　ひどいことおっしゃるのね、お客さまの前で」

「歯ごたえのない牛肉ってのはニセ牛だよ」

「人聞きの悪い！」

夫人は本気で憤然とした。その拍子に力が抜けて士郎の足がスルリと逃げたので、慌てて追いながらいった。

「あなたはそんな安肉をどこで食べてらっしゃるの」

一夫は答えず自分で自分のグラスにワインを注《つ》いで飲んだ。

「香さん、お気を悪くなさらないでね」

夫人はいった。

「ごらんの通りのがさつな人なんです。悪気はございませんのよ」

士郎はハンケチを出して額の汗を拭いた。夫人の足の先が、今度は士郎の足首を引っかけている。

「はっ？　はっ？　はっ？」

突然、士郎は上官に叱られた兵卒のように慌てた。香が士郎に何か問いかけたのだ。しかし士郎の耳にその問いかけが入らなかった。士郎はあの十八の夏のことを思い出していたのだった。母の氷枕に入れる氷を貰うために酒巻家の庭へ入っていった。今度からは玄関から来ずにテラスから来てちょうだい、と夫人がいったからだった。夫人は立ち上って彼を上へ上げた。夫人は一人でブランデーを飲んでいた……。

「士郎さんの趣味は何ですかって聞いていらっしゃるのよ、香さんは」

夫人がいった。

「趣味といっても……別に……」

士郎はしどろもどろに答えた。

「親爺《おやじ》の残した盆栽の手入れをするくらいのもので……」

「とにかくマジメ青年ですわ」

夫人は上機嫌でいった。

「私も色んな青年を知ってますけど、士郎さんほどのマジメ青年は見たことありません」

――そのマジメ青年は……、その時は十八歳のマジメ少年だったが……慄えながら夫人に抱かれていた。彼のメガネはずり下り、唇は乾いてヒビ割れていた。彼がマジメ少年であった証拠は、

「そんなことしたら、ぼく……叱られます。叱られる……」

と抵抗したことだった。

「許して下さい……お願いです！」

とも彼はいった。そうして、そういいながら彼は次第に抵抗力を失い、最後にヤケクソのようになって夫人に向って突進した。一瞬にして彼は終った。そうして彼は、

「ああ、おばさん！」

といって夫人に抱きついて泣いたのだった。

7

士郎と香の見合いは成功だった。香は士郎が気に入った。

「とてもウブな方なんですってねえ。汗ばかり拭いてあがってらしたんですって？　香がいいますのよ。純真な方らしいから倖せになれそうな気がするって……」

と大山夫人は電話をかけてきた。

「本当にいい方を紹介していただいて、感謝しております」

士郎の母からもよろしく話を進めて下さいという電話があった。士郎は香が気に入ったというよりは、大山産業の社長令嬢であることに乗気になったのにちがいない。大山家では新夫婦のために田園調布の高台に家を建てる用意があるといっている。

「よかったわ！　ホントによかったわ！」

夫人はいった。

「これであたしもお世話のし甲斐《がい》がありました。さあ、これから忙しくなるわ」

するとソファの中から一夫がいった。

「で、どうするんだい、お前は？」

「どうするって？　何をです？」

夫人は怪訝《けげん》そうな顔を夫に向けた。

「いつ出て行くのかと聞いているんだよ」

夫人は唖然《あぜん》として夫を見つめた。

「一か月待ってくれという話だったな。もう半分過ぎたよ」

一夫はいった。

「何をびっくりしているんだね」

縞のパジャマを着たお人よしの大アザラシが、今日は世界を股にかけた陰謀家のように冷徹な男になっていた。

「忘れたのか？」

一夫はいった。

「一か月待とう。その間によく考えてみなさいといった筈だが」

「あなた！」

夫人は訴えるように叫んだ。

「ああ！　あなた！」

一瞬、彼女はこの後、どういう態度に出るべきか、頭を廻《めぐ》らせた。と一夫は、その機先を制するようにいった。

「引き取る親がいないんだから、札幌の男に引き取ってもらうよりしようがないね。コーヒー園のさ」

「あ、あーっ！」

夫人は呻《うめ》き、この後、泣きわめくか、卒倒か、どっちにしようかと迷った。

「お願い！　あたしを殺さないで！……」

夫人は絶叫した。そうして泣こうとしたが、涙が出ない。こんなことははじめてだった。涙が出ないのは、彼女は絶壁に立っている自分にはじめて気づいたからである。

「殺す？　大袈裟《おおげさ》だな」

一夫は表情も変えずにいった。

「あなたに捨てられたら、私、死んでしまいます！」

「死んでしまう？　自殺するのかい？」

「自殺しなくても、絶望で息が絶えるわ。機能が全部止ってしまうのよ！」

一夫は暫《しばら》く黙っていた。それから大儀そうに立ち上って階段を上りかけた。

「あなた！　待って！」

夫人は絨緞《じゅうたん》の上にまさに倒れんとしていた態勢を慌てて立て直して、階段の下まで夫を追いかけた。

「あなた！　愛してるわ！」

一夫と結婚して以来、一度も口にしたことのない言葉を、夫人は口にした。

「どんなことでもしますから、おそばに置いて下さい！　子供のことを考えて……！」

階段の途中に足を止めて一夫はふり返った。

「あなたのお仕事のことも考えて……」

「俺にそういう前に、お前が考えるべきだったな。そのことを」

そういって一夫はゆっくりと上っていく。

「あなた！」

夫人は叫ぶなりバッタリと倒れてみせたが一夫はそのまま上ってしまったので、仕方なく夫人はむくむくと起き上った。

夫人は崩れるようにソファに腰を下ろした。階段に足音がしたので、彼女は急いで両手を顔に当てて泣いている真似《まね》をした。下りてきたのは長男で、私立大学の二年である。

「母さん、お金――」

長男は無愛想にいった。

「二千五百円――トレパン買うんだ」

「あとで」

夫人は両手を顔から離した。

「今、くれよ、これから買いに行くんだ」

夫人はしぶしぶ立ち上ってハンドバッグから金を出して渡した。

「賢一」

と夫人はいった。

「あなた、お母さんがいなくなったらどうする？」

「いなくなるの？　お母さん？　なぜさ？」

長男はいった。

「お父さんと、うまく行かないのよ」

「なら仕方ないじゃないか」

長男はテーブルの上のボンボン入れからチョコレートをつまんで口の中にほうり込み、すたすたとホールを横切って行ってしまった。

秋に入ると一夫は急に忙しくなった。一夫は新しく結成した劇団太陽に参加することになったのだ。一夫の外出は多くなった。泊ってくることも珍しくなくなった。忙しくなってくると一夫は家のことを忘れる。芝居のこと以外はどうでもよくなるのである。一夫はテレビの前のソファにはもう坐らなかった。帰ってくると真直《まつすぐ》に書斎に入って本を読んだり書きものをしたりしている。彼は書斎に籐《とう》の長椅子を入れて、そこで寝起きするようになった。

「俺はもうずっとここで寝るからな」

と彼は夫人に向っていった。

「お前が出て行くまではベッドには寝ないことにした」

夫人は夜半近くなると書斎の一夫のところへコーヒーを持っていった。

「あなた、おコーヒーを」

「そこへ置いといてくれ」

一夫は本に眼を落したまま答える。

「あなた……」

夫人は夫の背中に向っていった。

「お願いですから、こっちを向いて下さいな」

「何だね？　用件をいいなさい」

「こっち向いてちょうだい。お願いよ！」

コーヒーのお盆を持ったまま、夫人は懇願した。

「一度でいいから、こっち向いてちょうだい」

しかし一夫はふり向かなかった。夫人は寝室に戻った。暫く考えてから彼女は仏間に入った。彼女は蠟燭《ろうそく》に火をつけ線香を立てた。

「お父さん、お母さん！」

そういって鉦《かね》を鳴らした。

「千賀子はひとりぼっちなんです。ああ、どうしたらいいでしょう！」

声に出していうと、涙が出てきた。ここ数日、出そうと思っても出てこなかった涙である。

「お父さん、お母さん、千賀子を助けて下さい。どうしたらいいか、教えて下さい」

夫人は力弱くつけ加えた。

「千賀子はもう、改心しているのに……」

翌日、一夫がホールへ下りてくると、朝刊のそばに大学ノートが開いたまま置いてあった。何げなく眼を落すと俳句が二つ書いてあった。

死場所をさがせば入日にもずの啼《な》く
秋風や我がいのち断つ日を考える

一夫はノートを押しやって新聞を読み、読み終ると立ち上って家を出て行った。間もなく二階から夫人が下りてきていった。

「さっちゃん、旦那《だんな》さまは？」

「お出かけになりました」

「もう？」

それから夫人はいった。

「旦那さまはこのノート、見てらした？」

「はい」

「それで、何て？」

「べつに」

さち子は無表情にいった。

「ふン、とおっしゃったような気がしましたが、もしかしたら気のせいかもしれません」

8

ある日、一夫は夫人にいった。

「おい、どうしたんだ？　いつ出て行くんだ？」

一夫の新しい劇団は結成直後の雑務や第一回公演の計画などが一段落ついて、一夫は暇になったのである。いつか秋は更けて夫人は気に入りの絹の部屋着の上にカーディガンを羽織らなければならなかった。一夫は夫人と寝室を別にした時点から、家計費を極度に切り詰めて渡すようになったのだ。夫人は秋着を新調することが出来なかった。かねてから夫人は秋になったらうす茶のシフォンベルベットのマキシを作ろうと考えていたのだ。ゆるやかに弧を描いている階段をゆっくりと下りてくるにはシフォンベルベットの感触が最高である。だがそれも作ることが出来なくなった。

そんな一日、村井稲子から電話がかかってきた。

「千賀子さん、知ってるの？」

稲子は一別以来の挨拶もせずにいきなりいった。

「酒巻さんのこと……酒巻さんに恋人がいることよ！」

稲子の声は勝ち誇ったように高くなった。

「誰だと思う！」

夫人の返事を待たずに稲子はいった。

「和歌山さんよ。和歌山絹代——今度の劇団太陽にも加入してるわ。何もよりによって、あんなおばちゃんと……」

稲子の声はますます喜ばしげに高く大きくなった。

「和歌山さんは衣笠《きぬがさ》洗之介と別れたばかりでしょう。早いことやるわねえ。もしかしたら、別れてからなったんじゃなくて酒巻さんと出来たから別れたのかもしれないっていってる人もいるわ。あなた、気がついてたの？」

夫人は動転のあまりいつもの饒舌《じょうぜつ》を失った。

「まあ！」

「まあ！」

「まあ、不潔！」

とばかり夫人はくり返した。

「どういうんでしょう。酒巻は！」

最後にやっと夫人はいった。

「欺されてるんだわ。和歌山さんに……」

「あの人は男癖が悪いからねえ……」

「衣笠さんと一緒の時だって、いろいろあったんでしょう？　年中、喧嘩してたもの」

「気をつけなさい。千賀子さん。酒巻さんはあなたと別れて和歌山さんと結婚するっていってるそうよ」

夫人は電話をどうして切ったのかわからなかった。気がつくと彼女は夫がいつも埋もれていたソファに濡《ぬ》れ雑巾のように崩れていた。秋の最中《さなか》の透明な光が爽《さわ》やかに部屋に射し込んでいる。その日射しの明るさが、夫人を愕然《がくぜん》とさせた。

夫人の頭は突然、活発に動きはじめた。彼女の瞳は一点を凝視し、彼女は集中した。夫がそういうことになった今、彼女はもう現在のことよりも先のことを考えねばならぬのである。夫人はすっくと立ち上った。ホームドレスの裾をまくり上げて階段を駆け上り、寝室に入ってシャワーを浴び、化粧をした。彼女は気に入りの大島紬《おおしまつむぎ》の袷《あわせ》を着た。

竹林さんは和服が好きだといってたわ——。

夫人は思った。竹林幸太郎は銀座の洋品店「タケバヤシ」の主人である。三年前に妻を交通事故でなくしたという葉書を受け取ったことがある。死んだ竹林の妻は夫人のゴルフ仲間だった。ゴルフ場ではおしどり夫婦といわれて、二人連れで来ていることが多かったので、夫人は竹林幸太郎ともよく食事をしたりドライブをしたりした。

——あの頃、あの人は、確かに私に気があったわ……。

夫人は思った。その証拠はどこにあるかということになると確かな答に困るが、しかし夫人にはそれに対する確信がある。それは例えば男が女を見るときの目つき、女が冗談をいったときの男の笑い方、女が他の男と話している時の注意深い顔、そんなものでわかるとしかいいようのないものだが。

外出姿の夫人は久しぶりで生き生きと階段を下りてきた。

「さっちゃん、さっちゃん」

夫人は呼んだ。

「ちょっと出かけてくるわ。もしかしたら遅くなるかもしれないけど、鍵を持って行くから十時になったら休んでちょうだい」

夫人はガレージから白いオペルを出すと勢よく角を曲った。銀座に向って高速道路を飛ばした。どんな逢引の時でも今ほど気が急《せ》いたことはない。夫人は車をホテルの駐車場に置き、そこからタケバヤシまで急ぎ足で歩いた。

「こんにちは」

夫人はタケバヤシへ入って行きながら陽気な、気さくな調子でいった。

「社長さんいらっしゃる?」

顔見知りの支配人が出て来て、これはこれはお珍しい、と挨拶をするのを夫人は遮っていった。

「社長さん、お留守?」

「は、ただ今、この先までちょっと出かけましたが、すぐに戻ってまいります。まあ、ごゆっくりなさって下さい」

「え、ありがと」

夫人はハンドバッグからケントを取り出して咥《くわ》えた。支配人が早速ライターを近づけた。

夫人は煙を吐き出しながらさりげなくいった。

「奥さま、お亡くなりになって、もう三年ね」

「はあ、早いものでございます」

「どう? お元気? 社長さんは……」

「はあ、有難うございます。この頃、漸く諦《あきら》めがついたようでございまして……何しろ愛妻家でしたから……」

「気晴らしを少しなさるといいのよ」

「はあ、私どももいつもそう申していたのでございます」

「思いきって大恋愛でもなさるといいのに」

「ひとつ、奥さま、お世話願えませんでしょうか」

支配人は冗談めかしていった。夫人はいった。

「お世話って……そんな方もまだいらっしゃらないの？」

「はあ、何しろ社長はああ見えて、案外その方はダメでして」

夫人は機嫌のいい声で笑った。

「そんなことといっていてもわからないものよ。殿がたは……」

「あ、帰ってまいりました」

と支配人はいった。夫人はふり返り、そうして立ち上った。

「あらまあ、お久しぶり……」

夫人は右手をさしのべながら竹林を見つめた。

「ちょっとこの先まで来ましたの。どうしていらっしゃるかと思って……この頃、ゴルフに少しもいらっしゃいませんのね」

竹林は「はあ、どうも」といって何となく笑った。

「元気をお出しになってよ、竹林さん。少しおやつれになったようですわ」

「どうもねえ、こうなれば子供でもいてくれた方がよかったと思うんですよ。この年になって、一人ぼっちっていうのは、気楽なようで、どうもいけません」

「まあ、そんなことおっしゃって……これからですよ、竹林さん」

夫人は竹林の眼をじっと見入った。

「気晴らしにいかが？　お食事でもしません？」

「いいですね」

竹林はいった。

「是非お供したいですな」

その夜、夫人は竹林と食事をし、ホテルのバーで二時間ほど酒を飲んだ。夫人は竹林と踊った。そうして竹林の肩に頬をもたせかけて囁《ささや》いた。

「ああ、あたし……」

「何です？」

と竹林が聞き返したが、夫人は黙っていた。そうして暫く経ってから夫人は呟《つぶや》いた。

「あたしたちは淋しい者同士――」

夫人は繰り返した。

「淋しい者同士――」

そうして夫人は深い溜息《ためいき》をついた。その後二人は最後まで無言で踊りつづけた。竹林が黙っていることで彼の気分がだんだん熱っぽく昂《たか》まっていくのが、夫人にはわかった。

「この次はいつ?」

踊りが終ったとき夫人は囁いた。

「いつでも」

と竹林はかすれ声で答えた。夫人はいった。

「いつでもって。じゃ……明日でも?」

「明日——結構です」

「七時にホテルオークラのロビーにいますわ」

夫人はオペルを飛ばして帰って来た。夫人は鍵を使って寝静まった家の中に入った。高い吹きぬけの天井から流れる間接照明が誰もいないホールを照らしていた。夫人はホールを横切り、階段を上った。夫人はもう悩んではいなかった。夫人はさち子の好きなあの歌を、無意識に口ずさんだ。

「パヤパ　パヤパヤ
パヤパ　パヤパヤ」

夫人は歌った。

「雨が上って夕陽を見てたら
涙がひとつポトリと落ちた……」

一夫の書斎のドアがいきなり開いて、一夫が顔を出した。

「何だ、お前」
一夫は怪しむように夫人を見た。
「酔ってるのか？　お前。やけ酒か？」
それにかまわず夫人は歌った。
「パヤパ　パヤパヤー
パヤパ　パヤパヤー
夕焼け空はバラ色だけれど
わたしはひとり　あなたはいない……」
夫人は一夫の前を見向きもせずに通り過ぎ、そして寝室に入ってパタンと扉を閉めたのであった。

こたつの人

1

十一月の第三日曜日、大安という日の夜遅く、芦田《あしだ》一郎と百合子《ゆりこ》の夫婦が結婚式から帰って来ると、茶の間のこたつに春が入っていた。

「まあ、おばあちゃん、まだ起きてはったの」

百合子は茶の間に入って来ながら、驚いたようにいった。

「もう十一時よ、おばあちゃん、もう寝はった方がよろしいのに」

春は赤い毛糸のチャンチャンコを着て、こたつに入っている。首を前につき出し、灰色のボタンのような眼がテレビの画面を見入っている。

「おばあちゃん、ただいま」

と百合子はいった。百合子はいつも穏やかな落ちついた声でゆっくりものをいう。結婚して十八年になるが、誰も百合子が激昂《げっこう》して大声を上げたり取り乱したのを見たことがないという。いつも笑っているような細い垂れ気味の眼が特徴で、この近所では世話好きの親切な奥さんという評判で知られているのである。

「おばあちゃん、ただいま」

とまた百合子はいった。春が坐っている場所は、この家の主婦である百合子の居場所と決っている席である。家族のためにすぐに茶菓の用意が出来るように背後に茶簞笥《ちゃだんす》右手に小卓がある。小卓の上には家族の者の湯呑《ゆのみ》茶碗と急須《きゅうす》とポットが置かれ、いわばそこは一家の要《かなめ》ともいうべき場所なのである。

春はそこに坐っている。なぜか、春はそこに坐るのが好きなのである。春のためには廊下の向うの部屋に、電気ごたつと小型テレビが用意されている。茶道具と菓子もある。それなのに春は長い廊下を歩いて茶の間へやって来て、百合子のいない時は百合子の席に、百合子がいる時はその右手の一郎の席に、一郎も百合子もいるときは、左手の席に坐ってテレビのスイッチをひねり、丸い背中から亀の子のように首を突き出してテレビを見つめるのである。しかしその眼が本当にテレビを見ているのかどうか、誰にもわからないのだった。

　春はよく食べ、よく肥っている。歯は総入歯で眼はかすんでいる。孫の里子が学校から帰って来ると、いきなり、

「誰や、ドロボー！」

　といったりする。しかしそんな間違いは眼がかすんでいるためではなく、頭がぼけているためだと家の者は思っている。去年、喜《き》の字の祝いをしたが、その頃から俄《にわ》かに耳が遠くなった。

「おばあちゃん、一生懸命にテレビ見てるけど、いったい聞えてるのん？　聞えてへんの？　どっち？」

　高校一年の里子は面白がっていう。そんなとき春の顔はビクともせずにテレビの方を向いたきりである。

「光枝さん、里子、ただいま」

　百合子は春を立ち退《の》かせることは諦《あきら》めて、階段の下から声をかけた。光枝は一郎の妹で五年ほど前に夫に死に別れて以来、子供がないままにこの家で家事の手伝いをしている四十女である。二階に声をかけておいて百合子は奥座敷で着物を着替えた。間もなく階段から下りて来た光枝の大きな声が茶の間から聞えてきた。

「おばあちゃん、またそんなとこに坐ってからに……そこはねえさんの場所やないの」

光枝は百合子より六つ年上だが、百合子をねえさんと呼んでいる。

「何べんいうてもわからん人やねえ。おばあちゃんはおばあちゃんの部屋にちゃんとこたつもテレビももろてるでしょ？」

百合子が茶の間に入って行くと、春は光枝に足で尻を押されて、もそもそとこたつを出るところだった。

「おばあちゃん、そこはわたしの坐るとこやないの？」

光枝は左の席に入ろうとする春に向ってまた大声を出した。

「おばあちゃん、もうええ加減に寝なさいよ。もう十一時やないの。いつまでも起きてるとまたお腹が空いてきて何ぞ食べとうなるわ。そしたらまた」

いいかけて光枝は叫んだ。

「おばあちゃん、そこは里子が今来ますがな」

要するにこの茶の間には春のための席はないのである。光枝はこの家のその掟《おきて》を春に呑み込ませ守らせるために年中躍起になっている。

「家中で一番日当りのええ、一番上等のお座敷ですがな。おばあちゃんの部屋は」

光枝は今までに何回、その言葉を春に向っていったかしれない。

「なにもこんな狭くるしいとこへ割り込んでこんでも、のびのびと向うにいはったらええやないの……おばあちゃん、おばあちゃんはこの家で一番大事にしてもろてる人なんよ。いわば殿さんなんよ。殿さんは殿さんらしゅう上等の部屋で威張ってはったらええのんよ」

春は里子の席に坐り込んだ。そこに坐るとテレビを見るのに身体を左にねじらねばならない。

「里ちゃん、里ちゃん！」

光枝は躍起になって階段の下へ走って行き、里子を呼んだ。里子はもうとっくに寝ているのである。しかし光枝は里子を起してでも春をこたつから追い出さねばならぬという一念に燃えている。光枝は夫と死に別れて以来、すべてのものごとの正確さに厳密を期する癖が強まってきた。例えば光枝にとっては、春が犬を見るとどんな犬でも勝手にポチと呼ぶことがもう許せぬことなのである。隣の猫はキャッシーという名なのに、春はミイと呼ぶ。

「おばあちゃん、あれはミイやないのんよ。キャッシーという立派な名前がついてるのん。ちゃんと覚えてちょうだい。キャッシーよ。わかった？　キャッシー……」

と躍起になるしりから、春は涼しい顔で、

「ほんまにミイはかしこい猫や」

と呟《つぶや》く。すると光枝は怒りのあまり、胸が迫って呼吸困難を感じるのであった。

光枝は二階へ駆け上って里子をゆり起した。

「里ちゃん、起きなさい。お母ちゃんとお父ちゃんが結婚式から帰ってきはったから」

「うーん、うるさいなあ」

と里子は寝返りを打ち、

「それがどないしたん……」

「どないした、ケーキ食べへんの？　引出ものにあんたの好きなショートケーキもろてきはったんよ」

「明日、食べるから取っといて」

「そんなこといわんと、起きてきなさい。そやないと、おばあちゃんが皆、食べてしまわはるよ」

「いやや。うちの分、取っといて」

「取っといていうたかて、おばあちゃんにかかったら、どないも出来へんよ。鯨のひと呑みやからね」

「いやや、おばあちゃんに食べさせたらあかん！」

と寝ぼけ声で里子は叫んだ。

「食べたかったら起きてきなさい。叔母《おば》ちゃんは責任、よう持たんよ」

光枝は興奮して階段を下りてきた。この頃光枝はやたらに興奮しやすくなっているのである。更年期に入ったせいか、すぐにのぼせて心臓がドキドキする。光枝は息を弾ませて茶の間のこたつに入った。こたつの上にははや、引出もののケーキの箱が開かれている。百合子がナイフを持って丸いデコレーションケーキを八つに割っている。今日、一郎と百合子は芦田家に出入している若い内科医の南賢治と、一郎の遠縁に当る有馬典子との結婚の媒妁人《ばいしゃくにん》を務めてきた。この結婚は半年前に百合子が思いついて話を進めたものである。

「おねえさん、ほんまにご苦労さんでした」

と光枝は百合子に軽く頭を下げた。

「いろいろあったようやけど、ともあれ無事に式もすんでおめでとうさんでございました。有馬の絹さんも喜んでましたやろ」

有馬の絹さんというのは典子の母である。早く夫に死に別れ、生花の師匠をしながら女手ひとつで典子を育ててきた。光枝のまたイトコの末亡人に当る。

「で？　結婚式はどないでした？」

と光枝は膝《ひざ》を進めた。

「簡素やけど、それはええ結婚式やったのよ。お客さんは八十人くらいやったかしらん。若い人ばっかりやさかい形式ばらんと、皆リラックスして、賑《にぎ》やかなええ結婚式やったわ。ねえ、あんた？」

百合子は一郎の同意を促した。

「典子さんは白無垢《しろむく》で？」

「はあ、白無垢で、色直しが洋装」

「きれいやった？　典子さん？」

「はあ、きれいやったわ」

「けど、体格が大きすぎて、島田のかつらかぶったら、南さんより大きかったんとちがう？」

「そうやねえ。草履は高いし、そういえば大分、大きかったわねえ」

「大女やからねえ、典子さんは」

光枝はいった。

「それにいうたら悪いけど色が黒いでしょう？　お化粧、ようのったかしらん？　白無垢は似合わへんかったんとちがう？」

「そうやねえ、どっちかいうたら、色直しの洋装の時の方がきれいやったかしらんねえ。ピンクのフランスレースで……それ、南さんのお姉さんからのプレゼントやったの」

「ピンクねえ」

光枝は首をかしげた。

「けど、いうたら悪いけど、典子さんはピンクは似合わへんのとちがう？　色が黒いいうても、小麦色ならええのやけど、そうやない黒さやからねえ」

「けど、顔立ちはなかなかええ人やからねえ」

百合子は穏やかにとりなすようにいった。

「それにあの人は気だてがええからよろしいわ。いつもニコニコしてて、愛嬌《あいきょう》よしで朗らかな人やわ」

「けど、あの典子さんいう人、ちょっとノロいんとちがう？　いうたら悪いけど、南さんには食い足りんのとちがうかしらん」

「そんなことないと思うけど……」

百合子はケーキを皿に分けた。

「おばあちゃん、一切ずつよ。わかってるわね？　皆で一切ずつで今夜は四つ食べて、一つは里ちゃんの分。あとの三つは明日のおやつですよ。ええわね？」

光枝はいまいましげに春にいった。里子が起きてこないので、春はその席にのうのうと坐っている。

「さあさあ、これ食べたらもう寝ましょ、寝ましょ。おばあちゃんも寝るのんよ、ええわね？」

春は返事もせずにケーキの皿を引き寄せて食べはじめた。

「ほんならわたしもお二人の倖せにあやからせてもらいます」

光枝はケーキに頭を下げてフォークを取った。

「今頃、二人は飛行機の中やろか？」

「今夜は神戸のホテルに」

百合子はいってケーキを口に入れた。

「新婚旅行は宮崎でしょう？」

「宮崎へは明日の朝の飛行機で」

「ほんまに典子さんはええことしたわねえ」

光枝はいった。

「飛行機で新婚旅行に行くなんて……あんなええお婿さん探してもろてねえさんのおかげやわ。ねえさんが世話しはらんかったら、あんな子、いうたら悪いけどロクなところへ行かれへんわ。男前やし、医学博士やし、マンションに住めて、飛行機で新婚旅行やて……ねえさんに感謝せな、典子さんはバチ当るよ」

光枝はいった。

「けど、南さんはねえさんに弱いのんやねえ。何やしらん、考えてみたら無理押しつけに押しつけられたみたいやったわね」

「そんなことないわ。南さんはあれで典子さんにぞっこんなんよ。ほんまよ。ねえ？　あんた？」

百合子は一郎を見た。

「うむ、そうやな」

一郎は答えた。

「二人とも嬉しそうやったな。ニコニコして。あの二人はええ夫婦になるやろう」

百合子はふと眼を春の方に向けた。春の方からの強い視線を額のへんに感じたからである。しかし百合子が見たとき、春の顔はテレビの方に向いていて、さっきからずーっとその姿勢をつづけていたかのように、小さな鉛色の丸い眼は瞬《まばた》きもせずに、見開かれている。百合子の視線の前で不意に春の鼻に皺《しわ》が刻まれた。テレビの中では男と女が抱き合ってベッドに倒れたところである。

「また！　あんなことして！……」

春はいった。

「いやらしいな。あっち見てもこっち見ても、この頃は間男ばっかりや」

2

芦田百合子のことは人はみな、きれいな奥さんだといった。小柄だが小柄なりに均整が取れていて、パーマをかけていない黒い豊かな髪を華奢《きやしや》なうなじで重たげに束ねている。しかしよく見ると美人という顔立ちではない。美人というよりは男好きがするといういい方の方が当っているかもしれない。いつも笑っているような細い眼は、見る人によっては好色そうな印象を抱《いだ》くかもしれないが、また人によっては善良で優しい人という印象を受けるのである。

彼女は誰からも好かれていた。彼女が人の悪口をいったのを誰も聞いたことがない。いつも穏やかに笑いながら人が気づかぬうちに汚れた灰皿を取り替えたり、お客の靴の汚れが拭《ぬぐ》ってあったりする。彼女は義妹に当る年上の光枝ともうまく行っているし、喧嘩《けんか》など一度もしたことがないほど夫婦仲もよい。この家に嫁に来たときから姑の春とイザコザを起したことなど皆無である。春が今のように老耄《ろうもう》せず、しっかり者の姑であった頃は、年中文句をいわれながら、

「すんません。すんません」

と謝ってニコニコと笑い、そうしてよく考えてみれば春のいうことを少しも聞いてはいないのだった。

世間では誰も知らないが、百合子は結婚して間もなく鼻筋を通す手術をした。その手術をするまでの彼女の顔は、少しおかめに似ていたのだ。彼女は目立たぬ程度に鼻柱を高くした。それを知っているのは夫の一郎と春の二人である。そのとき春は口を極めて百合子の愚かさを罵《ののし》った。しかし百合子はただ、

「すんません」

と謝っただけである。いったん高くしたものを、もうもとへ戻すわけにはいかぬのである。

「このことは絶対に誰にもいうたらあきませんで」

そのとき春は百合子に厳命した。

「芦田の嫁はそんなアホやと人に思われたら、芦田家の恥ですよって」

「はあ、お母さんもどうぞこのことは忘れて下さい」

と百合子は謝っていった。

「わたしもこんなアホをしたこと忘れます」

お父さんもお母さんもええ鼻をしてはるのに、なんで里子さんは鼻が低いのやろ、という話題がこの家に出入する人たちの間で出ることがある。そんなとき、百合子は、

「ほんまに、なんでですやろ。この子の鼻」

と歎くのである。

「まあ、そのうちに年がいたらだんだん高《たこ》うなりますやろ」

百合子はそういって笑う。そして、

「ねえ？　あんた？」

と一郎の同意を求める。会話の間に「ねえ、あんた」と同意を促すのが百合子の癖である。

すると一郎は催眠術にでもかかったように、

「うむ、そうやな」

と答える。一郎は五十の声を聞く頃になって漸《ようや》く人事部長になった。彼の勤めているエンゼル製菓では出世の遅い方である。しかし彼には父から遺された若干の土地と貸家があって、月々そこから上ってくるもので人並以上の生活は十分に出来るので、彼は出世の遅いことなど意に介している風はないのであった。

彼は常に悠然たる風貌《ふうぼう》の男である。若い頃、彼は童顔だった。童顔のまま年を重ねて悠然たる資産家の顔になった。しかしその柔らかそうな角丸の顔は、一見悠然としながら、時に憮然《ぶぜん》たる気配を漂わせることがある。

「ねえ、あんた？」

と百合子に同意を求められるとき、

「そうやな」

と相槌《あいづち》を打ちながら、なぜか彼の顔は憮然とするのであった。

南賢治と典子が新婚旅行から帰って来たのは四日後である。間もなく二人は宮崎土産《みやげ》を持って挨拶《あいさつ》に来た。日曜日の昼前のことで、一郎は里子を相手に庭の芝生でゴルフのクラブを振っているところだった。玄関へ出た光枝は南を見るなり歓声を上げた。

「あーら、おかえりイ。どうでした、九州は。いつ帰って来なさったの？　まあまあ、お疲れでしょうに、早速に来ていただいて……ねえさん、ねえさん」

と光枝は叫んだ。

「南さんと典子さんよう、ねえさん！」

光枝は二人を応接間に案内し、それから台所にいる百合子のところへ走って行った。日曜日なので百合子は一郎の好物の焼きリンゴを作っていたところである。百合子はゆっくりエプロンを外して穏やかに微笑しながら南が一郎と挨拶を交している応接間に入って行った。

「お帰り」

百合子はゆっくりいってゆっくり二人を眺めた。

「どないでした、九州はぬくいでしょう？」

「はあ」

南は立ち上って頭を下げた。

「その節はどうも……いろいろ、有難うございました。おかげさまで楽しい旅をして来ました」

「そう、楽しかった？」

百合子は典子を見て笑いかけ、

「元気そうやわね。幸福に輝いてはる。とてもきれいやわ、典子さん。南さんも何やしらん、急に貫禄がつきなさったみたいよ。ねえ、あんた？」

「南くんは一段と男前が上ったようですな」

「うむ」

一郎はいった。

「いやあ……」

と南は首に手を当てる。

「マンションの方もどうにか落ち着いたようですから、是非一度、皆さんでいらしていただきたいと思いましてね。典子の手料理で一献さしあげたいと思っています」

百合子は昼食の支度に台所に引っ込んだ。光枝が追いかけて来ていった。

「ねえさん、おひる出すんでしょう？」

「そうやねえ。もうそろそろ十二時やからねえ」

「おすしでも取る？」

「鰻《うなぎ》の方がええかしらん」

「スーパーの裏に中華料理屋が出来たでしょう。あすこの料理は割とおいしいいうことやけど」

そのとき茶の間から春の声がいった。

「わてはスブタとハルマキ」

春はいつのまにか自分の部屋から茶の間へ来ていたのである。

「食べもののことになったらよう聞えるねえ。おばあちゃん」

光枝がいった。

「おばあちゃん、わたしらは今、お客さんに出す料理のことを相談してるんよ。おばあちゃんとは関係ないのん」

春は答えない。百合子の席に坐り、テレビの方に首をつき出している。

「前菜を少しと芝エビのてんぷらと」

百合子がいうと、春の声が茶の間からいった。

「あても芝エビのてんぷら」

百合子は春には取り合わずにいった。

「それから鴨《かも》の揚げたのなんかどうやろ」

「とにかく電話してみて、どういうものが出来るか聞いてみるわ」

光枝は電話のダイアルを廻した。と、テレビの方を向いたまま春がいった。

「あても鴨の揚げたん」

それから春はいい足した。

「南さんらが食べはるもんと、一緒のもん。みな」

「はい、はい、おばあちゃん、わかってますがな」

百合子はいった。

「お客さまに出すもんと同じもんをおばあちゃんに食べてもらいますさかい、そのかわり、おばあちゃん、ここで一人で食べてちょうだいね。向うは狭いさかいに」

「あんなとこへ、出とうおまへん」

春はいった。

「あては南はん、嫌いだす」

「おばあちゃん、わかってますがな。そんな大きな声出さはらんでも」

春はテレビの方へ向いたまま、独り言のようにブツブツといった。

「典子は可哀想な娘や。あてはそう思てるわ」

中華料理店から料理が届いて、奥座敷で食事がはじまった。春の料理は茶の間のこたつの上に並べられた。

「こんだけかいな?」

春はこたつの上を見廻していった。

「もっとほかに何ぞあったんとちがいまっか? あてに隠して、そっちでおいしいもん食べてへんやろな?」

「何をいうてはるの、おばあちゃん。全部、向うと同じですがな。運ぶ前におばあちゃんに見せましたやろ」

百合子は春の胸もとに前かけを掛けた。

「ほな、おばあちゃん、わたしは向うでお給仕してますさかい、用があったら呼んで下さいね」

百合子はビールを持って座敷へ行った。一同はビールで乾杯した。

「さあ、南さん、ぐーっとあけて下さい。あら、そんなんやなしに、もっと勢よう、やって下さいよ。日曜やもん。昼間から赧《あこ》うなってもかまへんやないの」

百合子がそういった途端に茶の間から春が叫んだ。

「百合子さん、百合子さん」

「何ですのん、おばあちゃん」

「おかわり、おくれ」

「何のおかわりですのん、おばあちゃん」

「エビのおかわり」

仕方なく百合子はエビ料理を小皿に取って茶の間へ持って行った。座敷へ戻ると間もなく、

「百合子さん、百合子さん」

「何ですの、おばあちゃん」

「おかわり、おくれ」

「おかわり？　何の？」

「肉ダンゴの」

百合子は肉ダンゴを運んだ。

「おばあちゃん、ゆっくり上ってちょうだい。そんなに急《せ》いて食べはると身体のためによないから」

百合子が座敷にもどると、

「百合子さん、おかわり、おくれ」

「ねえさん、もうほっときなさい」

　と光枝は腹を立てて顔が青くなった。

「またいつもの悪い癖がはじまってるんやわ。ほっときましょ。ほっときましょ」

「おかわり、おくれ。百合子さん、百合子さん、おかわり、おくれ」

「日に日にぼけてきましてねえ」

　光枝は南にいった。

「だんだん、始末が悪《わろ》うなりますの。この調子でどんどんぼけていかれたら、どないなるかと思うと、ぞっとします。南さん、何ぞええ薬はないもんですやろか?」

「これは病気ではありませんからねえ」

　南はいった。

「脳の老化現象ですから、治療法というものはありませんねえ」

「この間なんか、食パン二斤食べて、ケロッとしてますのよ。ようまあ、お腹をこわさんもんやと感心したんですけど」

「満腹感というものがなくなりますからね。いくら食べてもきりがないんです」

「この調子でだんだん、わからんようになっていくんですね?」

　一郎が言葉を挾んだ。

「しかし、いっそそうなってしまうと本人はラクでしょうなあ。はたは苦労するが」

南は笑っていった。

「恍惚《こうこつ》の人といいますからね」

「おかわり、おくれ。百合子さん、百合子さん」

「百合子が気に入ってましてね」

一郎はいった。

「光枝は実の娘なのに、光枝にはちっとも我儘《わがまま》をいわんです」

「ぼけても怖い人はちゃんとわかってるのよ」

「しかし、あの頭のよう廻ったうるさい人が、こんなになったかと思うと、哀れでならんのです」

と一郎はいった。

食事を終えて、一同は応接間にもどった。二人が撮ってきた南九州のスライドを映写することになったのである。百合子は座敷に残った料理を全部春のこたつに運んだ。それから百合子は応接間のドアを開けていった。

「南さん、お電話ですけど」

「はあ、すみません」

南が応接間から出て来ると、風呂場の前に百合子が立っていた。百合子は近づいて来る南を見つめていたが、ふいに身体をぶつけるようにその胸に縋《すが》った。百合子は低い声でいった。

「なんで、見せつけるようなことをするのん！　人の気も知らんで……イケズ！　残酷な人！……」

「残酷なんはどっちや」

南は囁《ささや》いた。

「無理に結婚させたんは君やないか」

「いや！　やっぱり、あんたはわたしのものや。もう誰にも渡さへん」

百合子の声はかすれた。

「今夜からもう典子さんとしたらいかん。絶対にしたらいやや。今頃、あんたが典子さんと……と思うたら、それだけで気が狂いそうになるんやわ」

百合子は南の胸に顔を伏せ、しばらくじっとしていたが、やがて顔を上げていった。

「ねえ、明後日《あさって》、来て」

「明後日？……ここへ？」

「昼間、一時か二時ごろ。光枝さんは同窓会で出かけるのよ。里子は学校やし、一郎は会社やし……」

「けど、おばあちゃんがいるやろ」

「あんな人、いてもおらんでも同じやわ。食べるものさえ、こたつに積んどいてやったらおとなしいしてる」

「…………」

「いや？」

「いやなことはないけど……」

「病院の方、サボれるでしょう?」

「それは来られへんことはないけど」

「けど、なに?」

百合子はいった。

「いや? もうわたしより、典子さんの方がようなったん? たった一週間くらいの間に……」

百合子は迫った。いつもはやや垂れ加減の優しい眼は、ま横に引いた糸のように張って、能面の奥から覗《のぞ》く眼のように、小さな黒い眼球がじっと南を見つめていた。

3

二日後の午後、南は芦田家へやって来た。南はこの近くの個人病院の内科の医者で、三年前に春が腸を患ったときに院長代理で往診に来た時から、芦田家の主治医のような形になったのである。

百合子は朝から風呂をたてて、いつもよりやや濃い目に化粧をしていた。南は必ず来ると百合子は確信しているのである。戸棚の中には南に食べさせるばってらがしまってある。ばってらは南の好物である。同じ戸棚の中にのりまきと茶巾ずしが入っている。のりまきと茶巾ずしはばってらを買ったのとは別のところで買った。ばってらの店は大阪の名代《なだい》の店がこの町に出している支店で買ったが、のりまきの方はスーパーの惣菜《そうざい》売場のものである。これは春に食べさせる。そのほか春のために安菓子の袋入りを幾つか用意した。

南が来ると百合子は彼を応接間へ通した。応接間の長椅子《ながいす》は、二年前にはじめて二人が抱き合った場所である。そのとき一郎は出張で、光枝が風邪《かぜ》をひいて高熱を出していた。南が往診に来たのは夜の十時すぎである。里子も春も寝ていた。光枝に注射をしたあと、南は応接間でウイスキーを飲んだ。百合子がウイスキーを運んで来た時から、南も百合子もすでに同じ一つのものを期待していたといえるだろう。二人は前からお互いの中に下地を感じていた。百合子はウイスキーグラスを持って南と同じ長椅子に腰を下ろした。そのときも百合子の眼は、いつもの柔らかさを失って、細く真直《まっすぐ》にやや吊り気味に張っていた。

「南センセ」

といった百合子の声はかすれていた。百合子は欲情すると声がかすれるタチである。

「好きやわ、センセ」

百合子はいった。百合子は南の手を取って自分の胸の上に当てさせた。

「心臓の調子、見てちょうだい」

百合子はいった。

「乱れてるでしょう?」

百合子はいった。

「直して。センセ」

それ以来、何度、いや、何十回、この長椅子は利用されたことだろう。百合子はいった。

「この椅子見ただけで、わたしのミミズチャンが動くのん――」

南はそういう言葉を聞いただけですぐに触発される。

百合子は何気ない顔で長椅子の紫色のビロードを指の短い小さな手で撫《な》でたりする。その手を見ただけで南は触発されて百合子に飛びかかるのである。

その午後、南と百合子の情事は痴話喧嘩からはじまった。南の結婚は二人の情事に新しい刺戟《しげき》を与える香辛料となったのである。

「ねえ、わたしと典子さんと、どっちがええ？　なにを聞いても怒らへんから、ホントのこというてよ。ねえ、ねえ、ねえ、ねえいうたらねえ……」

と百合子は南を抓《つね》りまくった。

「ねえ、典子さんは処女やった？　どの程度感じる？　声を出す？　腰を使う？　ようしなう？　一晩に何べんするの？……」

百合子は我と我が言葉に興奮し、南を掻《か》きむしり、嚙《か》みつく。

「あイッ！　タ、タ、タ……」

南は懸命に痛みを耐え、

「こら、ムチャしたらいかん。おばあちゃんに聞えるやんか。こら……こら……」

といいつつ、我を忘れていくのである。

春は茶の間のこたつで茶巾ずしを食べていた。茶巾ずしのてっぺんに青豆が三つのっている。青豆がのってる方の茶巾ずしは安もんの方で、小エビがのってるのが上等の方なのだ。それが面白くないので春は青豆を箸《はし》でつまんで畳の上にポイ、ポイ、ポイと投げ捨てた。今日は春はテレビをつけていない。しかしついていないテレビの画面に顔は向いている。いつものように背中を丸め、顎《あご》を突き出してあたかもブラウン管が映し出している映画に見入っているかのように視線を定め、耳を澄ましている。

春は黙々と食べつづけ茶巾ずしを三つとのり巻きを一本平らげた。のり巻きはかんぴょうがやたらに多いので、かんぴょうだけ引き抜いて、畳の上に投げた。突然、春はいった。

「百合子さん、百合子さん、ちょっと来ておくれんか、百合子さん」

春は口をつぐみ暫《しばら》く黙っていてからまたいった。

「百合子さん、来ておくれんかいな。百合子さん」

春の声は少しずつ大きくなり、最後に、

「百合子さーん、えらいこっちゃア……」

とわめいた。

「何ですのん、おばあちゃん、えらい声出して……」

やっと百合子が茶の間に顔を出した。いつもは着物を着ているが今日はジャージのワンピースを着ている。里子のハイソックスをはいて、豊かな髪はリボンで縛って背中に垂らしている。百合子は微《かす》かに赤味を残しているやさしいニコニコ顔でいった。

「何がえらいことですのん？　茶巾ずし、もうみな、食べはったんですか？」

「これ、見てんか」

と春はいった。

「百合子さん、ここ……これ」

「何ですのん？　なん？」

百合子は春のそばへ行って、

「まあ、おばあちゃん、おしっこしはったん！……」

とさすがに呆《あき》れたように春を見た。

「なんで、おばあちゃん、お便所へ行きはらへんの？　坐ったまま、こんなとこでおしっこするやなんて……ちゃんと動けますのやろ？」

春は幼な子のように百合子を見上げている。

「ちょっと、おばあちゃん、立って下さい」

春はもぞもぞと立った。

「おばあちゃん、ちゃんと歩けるんやないの。歩けるのんに、なんでこんなことを……」

百合子は台所へ走って行って、雑巾とバケツを持って来た。

「あら、あら、着物も座布団もビショビショや……早う着替えな風邪ひきますがな」

春は黙って小便の雫《しずく》を廊下に垂らしながら自分の部屋へ行った。

「おばあちゃん、わかってる？　箪笥の下の引き出しに、お腰が入ってます」

「わかってる」

春は部屋に入り、下着と着物を着替えた。

「おばあちゃん、大丈夫？　ひとりで出来ますか？」

「出来る」

春は濡《ぬ》れたものを抱えて茶の間へもどってきた。

「おばあちゃん、おしっこが出たい気持、わからへんかったんですか？　出たいけど我慢してるうちに間に合わんようになって出たんですか？　どっち？」

春は何もいわずに、掘炬燵《ほりごたつ》の中を拭《ふ》いている百合子を見下ろした。

「このことは誰にもいわんから、今度から気イつけてちょうだいね、おばあちゃん」

「………」

「ねえ、おばあちゃん、わかってるわね？」

「もう、呆《ぼ》けとるもんやでなあ。かんにんしてや」

するとと春はいった。

百合子は応接間へもどった。彼女は足早に長椅子に近づくと、ものもいわずに南に抱きついた。

「ああ、ソンしたわア、おばあちゃんのおかげで……もう、ちょっとのとこやったのに」

「おばあちゃん、気イつかへんかったか？」

「つくもつかんも、おしっこたれてはるのやもん……こたつの中で……いよいよ、恍惚の人やわ、うちのおばあちゃんも……」

それから百合子の声は急にかすれた。

「ねえ、このまんまはいやよ」

「わかってる……けど、何や、気勢を殺《そ》がれたなあ、こっちが一生懸命やってる時に、向うはこたつで小便してたやなんて……」

「いやよ、いやよ。ミミズチャンが怒ってる」

南は忽《たちま》ち触発されて百合子に乗りかかり、それからふと気がついたようにいった。

「おかしいな。今日はおばあちゃん、テレビをつけてへんで」

「テレビ？　そういえば……ついてなかったわ」

と百合子も動きを止めた。茶の間はしんとしている。南は百合子を見た。

「おばあちゃん、気がついとるんとちがうか？」

「まさか」

不安を打ち消すように百合子はいった。

「テレビ消して聞いとったんとちがうか？」

「そんなこと……」

百合子はいった。

「聞えるわけないわ。部屋は離れてるし、第一、耳が遠いもの」

「ちょっと、見てきた方がええのとちがうか？　何をしてるか、気になるで」

百合子はしぶしぶ立って応接間を出て行った。茶の間の縁側の雪見障子から覗くと、春はこたつに入って袋の中からかりん糖をつまみ出しては食べている。テレビは消えたままである。百合子は応接間へ引き返した。

「恍惚としてかりん糖、食べてはったわ」

百合子は南にしなだれかかりながらいった。

「大丈夫か」

「大丈夫やいうたら」

「けど、テレビをつけてへんのが気になるな」

いいながら南は百合子に重なった。

「呆けてるから……」

百合子はかすれ声でいった。

「もう何があっても気イつかへんのよ」

四時に南は帰った。四時二十分に里子が学校から帰り、六時近くなって光枝が戻ってきた。光枝は軒下に乾《ほ》した春の着物や襦袢《じゅばん》に気がついていった。

「どないしたの？　おばあちゃんの着物、なんで濡らしたん？」

「ううん、何でもないの、ちょっと水をこぼしたん」

百合子はさりげなくいって話題を変えた。光枝と里子が帰ってきたので、春は自分の部屋のこたつに入らされている。一郎が帰ってきて夕食がはじまった。里子が春の食事を春の部屋に運んで行った。

「今日はな、里ちゃん。いろんなことがあってなあ」

こたつの中から春はいった。

「カボチャはんが来てはってなあ。ばってら食べて、四時までいて帰りはったんえ」

「カボチャはん？　それなに？　おばあちゃん」

「カボチャはんや」

春はいった。

「ばってらは松の家《や》のばってらやさかい、一番高いやつやわ。スーパーで売ってるのんは二百二十円やろ、松の家のんは五百円もするんやし」

「おばあちゃん、なにいうてはんの」

「カボチャはんは五百円のばってら食べて、あては百円ののり巻きや。かんぴょうの中に、ちょんびり厚焼きとデンブが入っとるだけのや」

「おばあちゃん、夢見たんやね」

里子はいった。

「のり巻き食べたいのん？　おばあちゃん。ほんなら、うち、明日、買《こ》うてきたげる」

春はいった。

「カボチャはんとお母ちゃんは五百円のばってら食べとるのんや」

「わかった、わかった。ほんならばってら買うてきたげる。松の家の五百円のやつ」

と里子は部屋を出ながらいった。

4

春のところへ山田のじいさんがやって来た。山田のじいさんは、山田パン屋の隠居である。夏のはじめに道で転んで足を折ってから、暫く春を訪ねて来なかった。冬の声を聞いて漸く外へ出られるようになったので、久しぶりにやって来たのである。

山田パンのじいさんはアマショクとブドウパンとアンパンを持って来た。じいさんは春を訪ねて来るとき、たいていいつもパン菓子の手土産を持って来る。

「これ、一緒に食べよと思てな」

と、パンの袋をさし上げながら庭の裏木戸から入って来る。

「アマショクと、アンパンと、ブドウパンや」

とまだ上へ上らない先から袋をふって大声にいうのは、パンを持って来た時と来ない時では春の機嫌が違うからである。

「ようこそ、おいなはった」

と春は縁側にまで出迎えて笑み崩れた。

「あんさん、足、折らはったて、どないです?」

「どないもこないもえらい目にあいましたわ」

山田パンのじいさんは春の機嫌がよいので、安心したようににこにこして庭から春の部屋へと上ってきた。

「ここへも寄せてもらおと思てばっかりで、気イにかかりながら秋も過ぎてしまいましたんや。その間にこんな俳句を作りましてな」

じいさんはジャンパーの胸のポケットから折り畳んだ紙片を取り出して読み上げた。

「白菊にアンパン添えておくりたし……病中吟――」

じいさんは老眼鏡をかけ直して次を読んだ。

「折れた足の痛みこらえて百舌《もず》の声……百舌の声、聞けば思い出す人のこと……」

「それ、何だんねん」

春は勝手にパンの袋を開きながらいった。

山田パンはいった。

「百舌の声、聞けば思い出す人のこと……」

「これ、あんさんのことですがな。百舌の声聞きもって、あんさんに焼きたてのアンパン持っていってあげたいなあ、と思てましたんや」

「なんで百舌の声聞いたら、わてのこと思い出しますねん」

と春はアンパンを頬張《ほおば》った。

「なんでといわれたら困るなあ。百舌の声を聞いてたらそう思うたんですがな」

「なんで、百舌の声聞いてたらそう思たんです？　百舌の声でわてを思い出すけど、烏《からす》では思い出さんといわはるの？」

「いや、そんなことはおまへんけど、とにかくこの時はやね。百舌が啼いてましてん」

「ふーん」

突然春は納得した。

「そうだっか、百舌がねえ……」

春は暫くの間、黙ってパンを食べていたが、ふと思い出したようにいった。

「百舌、啼いてまっか、おたくのあたりで」

「へえ、啼いてまっせ」

とじいさんは少し弱々しく答えた。

「百舌、いますやろか、おたくのあたりに」

「いまっせ。その証拠に啼いとるもん」

「けど、ほんまやろか？」

春はいった。

「それあんた、昔のこととちがいますか？」

大阪市へ私鉄の急行で三十分あればこのあたりに雑木林や丘陵が残っていたのは二十年も前のことである。だが今は雑木林は姿を消し、丘は削られて学校や銀行や分譲住宅やアパートや商店街やモータープールなどが犇《ひしめ》く小都市である。

春は小馬鹿にしたように山田のじいさんを見た。

「百舌みたいなもん、今頃、いるかいな」

と突然、軽蔑《けいべつ》を丸出しにしていった。

「あんた、ちぃと呆けてきてはるのとちがいまっか」

「けど、たしかに啼いとったんやもんな」

じいさんは強情にいった。

「キィーッ、キィーッいうて……啼いてましたで。ホンマや。わしは嘘《うそ》いわへん」

「ほな、まあ、そないしといたらよろしいがな」

春は横を向いて今度はブドウパンを手に取った。

「このブドウパン、古いな」

春は眉《まゆ》をひそめた。

「昨日の売れ残りですやろ」

春は山田パンのじいさんが来ると、急に顔つきがしっかりしてくる。鉛色の眼に光が宿り、しっかり者のばあさんの顔になる。山田パンのじいさんは春が芦田家に嫁に来た頃からの知り合いだった。じいさんは死んだ春の夫と碁友達だったのである。じいさんは新妻の春に恋をしていた。浮気者の夫に春が泣かされている時、じいさんは慰めながらそれとなく春を誘ったことがある。その頃、じいさんは独身だったが、やがて近くのすし屋の娘を嫁に貰《もら》った。じいさんは新婚間もない頃から平気で、女房なんて紙屑《かみくず》みたいなもんや、などといった。彼は妻を愛していなかったが、しかし不品行というわけではなかった。彼はずーっと春を心の妻と思っているのだという歌を詠んだことがある。

「身はたとえはなればなれに住もうとも

心はひとつよ、春と信造」

という歌である。信造とは彼の名前である。

「妻死ねとねがいつつはや我が年は

七十の坂を越えてしまいぬ」

と歌いつつ彼はその妻のおかげで昨日のパンを持って春のところへ遊びに来ることが出来ているのである。

「あんな呆けたおじい、おらん方がよっぽどせいせいするわ」

と彼の妻は彼の耳に入ることも憚《はばか》らずにいう。

「あんなボケじいにウロウロされたら商売にさしつかえまっさ」

山田パン屋は信造が主《あるじ》だった頃と違って、息子の代になってからこの町一番の大きなパン屋になった。それには働き者の三人の息子の力もあるが、何よりも信造の妻の商売上手のおかげだと人々はいっている。

「あのなあ、ええ話したげまひょか」

モグモグとパンを咀嚼《そしゃく》しながら春は信造を見た。

「百合子がなあ、間男してますのんや」

春は声を落して信造の方へ首を突き出した。

「誰も知りまへんのや。知ってるのんは、わてひとり」

春は鼻の頭に皺を寄せて、声を出さずに笑った。信造はぽかんとその春の顔を眺めている。

「相手はなあ……」

春はいった。

「お医者はんや」

春は信造を見つめた。

「あんた、聞いてはるのん？」

春は咎《とが》めるようにいった。信造は微かに口を開けて、ぽかんと春を眺めているばかりである。

「あのなあ、百合子がなあ」

春は噛んで含めるようにいった。

「間男してますのんや」

春はいった。

「ま、お、と、こ……」

痩《や》せて骨ばった信造の顔は、漸く「間男」という言葉が染み込んだように動いた。

「まおとこ……あの間男かいな」

「はあ、あの間男や」

「ふーん、あの間男かいな」

信造はそういったきり、ぽかんと春を見ている。暫くして信造はいった。

「わしもいっぺんでええ、間男がしたかった」

そういって伸ばした信造の手を、いきなり春は押し退けた。信造はこたつの上のブドウパンを取ろうとしたのだ。そのブドウパンは最後の一つだったので、春は急いで口に入れた。

「金魚屋の安さんはよう間男しとったなあ」

信造はおとなしくブドウパンを諦めて呟いた。

「散髪屋のヨメはんともやっとったし、カキモチ屋のお米ともやっとった。あんた、知っとるか。巡査の大熊はん、あこのヨメはんともたしかおかしかったと思うで。それに学校の横手に岩井はんいう家があったやろ。えーと、あれはどこへ勤めてはった人やったかなあ……あんた、覚えてへんか？　そこのヨメはんでいつでも大丸マゲに結うて、襟白粉《えりおしろい》で道歩いとった四十あまりの……ほら、眉の薄い女で……えーと、何てゆうたかなあ、ほれ、祭のときに山車《だし》の上で踊り踊ってからに……」

「そんなもん、どうでもよろしがな」

春はブドウパンをち切りながら軽蔑に耐えぬという風にジロリと信造を見た。

「わてはな、今、百合子が間男してる話をしてまんのや」

「え？　百合子はんが？　それホンマかいな」

信造が今更のようにびっくりするのを春は忌々しげに見つめた。

「あんた、さっきからなに聞いてはるのん。わてはさっきから、そういうてますやないか。百合子が間男してるて。あのなあ、信造はん、百合子はなあ……」

いいかけて春は、

「もうええわ。やめまひょ。こんな話」

と邪慳《じゃけん》に横を向いて話を打ち切った。春は信造のパンをもうすっかり食べ終ったのである。

「もう帰りなはれ。あんたみたいなぼけた人、なんぼおもろい話してもしょむないわ」

信造が帰って行くと春は縁側から茶の間の気配を窺《うかが》った。百合子がハナ歌を歌いながら洗濯物にアイロンをかけている。光枝が庭から入って来ていった。手に葉書を持っている。

「ひゃあ、もうちゃんと妊娠らしいんやて」

光枝は葉書をヒラヒラさせながら縁側を上って来た。

「誰やと思う。典子さんよ」

光枝は大声でしゃべり立てた。

「早いねえ。あっという間やねえ。結婚してやっと一か月経ったとこやないの。さてはあの人ら、今はやりの、ほら、何ちゅうたかな……そうそう、婚前交渉たらいうやつをしたんやね。南さんも真面目《まじめ》そうな顔してからに、なかなかやるわねえ……」

「誰からの葉書です?」

百合子はアイロンの手を休めずに、落ち着いて聞いた。

「絹さんからやわ。百合子さんによろしくて……」

「そう」

百合子はアイロンのスイッチを調節しながらいった。

「それはおめでたいわ」

「早速、電話かけてお祝いをいうてやろう」

光枝はいった。

「典子さん、何というて返事するかしらん。恥かしいことないかしらん。けど、南さんいうたら、ギリギリまでこの結婚に気が進まんような顔しててからに、することだけはチャッカリしてたんやねえ。この頃の人はほんまにわたしらにはわからへんわ」

春は自分の部屋を出て茶の間のこたつに入った。テレビをつけ、それに見入っているようなふりをして、アイロンをかけている百合子の様子を窺った。

「おばあちゃん、聞いた？　典子さんがおめでたなんやて。もうはや妊娠しはってんて……」

光枝は春に話しかけた。光枝はこのニュースで興奮しているのである。春は何もいわずにテレビに眼をやっている。百合子はアイロンをかけ終って立ち上った。

「さて、今夜のおかずは何にしよ」

百合子はいった。

「ほんなら光枝さん、わたし、買物に行《い》てきます。おばあちゃん、なんぞ、食べたいもんおませんか」

百合子は毎日、買物に出かける時にきまって春にそう聞く。しかし、それに対して春が答えたとしても、その通りに買ってきたためしがないのである。それで春は何も答えないことにしている。

百合子は買物籠《かご》を下げて出て行った。春はチョロリと鉛色の眼を動かして光枝を見た。

「光枝、あんた、知ってるか?」

春はぽつりといった。

「知ってるか、てなにを?」

「百合子さんのこと」

「ねえさんのことてなに?」

「百合子さんは男好きやな」

春の眼はテレビを見たままである。

「この芝居の中の奥さんみたいやな」

テレビは今、よろめきドラマをやっている。

「お母さん、何いうてるの。ええ加減なこというのやめなさいよ」

「あんた知らんのかいな。百合子さんは間男してるのやで」

「またはじまった、おばあちゃん。そんなこというもんやないですよ。百合子さんにあんなにようしてもろてて からに。バチ当りまっせ、おばあちゃん」

「けど、ほんまにカボチャはんと間男しとるのやで。わてはちゃーんと知ってるのや」

「ほんなら聞くけど、カボチャはんて誰?」

春はずるい子供のような眼つきで光枝を見た。

「カボチャはん、知りたいか?」

「誰のこと？　いうてごらん」

「いうたら、何くれる？」

「またそんなことをいう。おばあちゃん。ちいとは恥かしいと思いなさい」

「いうたら何くれる？」

「何もあげへんよ。アホらしい」

「カボチャはんはレンコンはんを嫁さんにしはってなあ。そんで今度、ヤヤコが生れるんやわ」

「へえ、そんでそのヤヤコはお芋さんやろ」

光枝はプリプリして春を睨《にら》んだ。

「わたしはね、おばあちゃんのそんなタワ言の相手してるほど暇やおまへん！」

光枝はいい捨てて茶の間を出て行った。

5

芦田一郎は毎年、正月三ガ日を伊豆の修善寺《しゅぜんじ》で過す。修善寺には一郎の父が懇意にしていた旅館があり、そこで正月を過すことはこの数年来の習《ならい》になっているのである。

春はまだその旅行に一度も行ったことがなかった。というのも旅行の第一目的が春から離れることにあるからである。それは百合子や光枝に対する一郎の犒《ねぎら》いでもある。

春はそれを知っていた。知っていて知らぬふりをしていた。知らぬふりをしながら、仇討《あだう》ちをする機会を狙《ねら》っていた。一郎が旅から帰って来ると春は風邪をひいて熱を出していた。春は裸で寝ていたのである。また一郎が旅から帰って来ると、奥の座敷で子供を連れた浮浪者が寝ていた。春が八幡《はちまん》神社の裏手から連れて来たのである。

今年の正月は旅行をやめると百合子がいい出したのは、例年のように旅館に予約を取った数日後である。

「そやかて、おばあちゃんだけ、残していけませんがな」

と百合子はいった。

「去年のお正月よりか、もっと呆けてはるもん。一人でおいといたら何しはるか心配ですわ。わたしは留守居してますさかい、三人で行ってきはったらよろしいわ」

「しかし、お前を残して光枝を連れて行くわけにはいかんやろ。光枝としても行きにくいやろ」

と一郎がいう言葉を、百合子は押し返した。

「そんなこと、ちっとも遠慮おませんわ。光枝さんは子もなし、楽しいことの少ない人やから、こんな時こそ、慰労してあげるのんがよろしいのやわ」

「お前がそないにいうのなら、そうしてもええけど……」

一郎はいった。

「お前はほんまに感心なとこのある女やなあ」

そういって妻を褒めるときも、一郎に何となく憮然たる感じが漂うのである。

大晦日《おおみそか》の午後、一郎と里子と光枝が修善寺へ出かけて行くと、百合子は南に電話をかけた。

「さっき、出かけました。帰ってくるのんは三日の夜です。いつでもどうぞ」

短くいってすぐに切った。既に南と内約束が出来ていたのである。

南は二日の夜、やって来た。その日は南の勤め先の病院長の家で新年宴会がある。南はその帰りに来たのだ。

「会いたかったわア、南さん。この頃、ちっとも来てくれはらへんのやもん」

百合子は玄関の扉を開けるなり、南に飛びついていった。

「今夜は泊っていってくれるわね？　きっとやね？　嘘やないわね？」

「院長のところでマージャン大会をするのやというて来たんや」

南はいった。

「典子は今夜はお母さんとこへ泊りに行ってる筈や」

百合子は南を茶の間に通した。春は朝から腰が痛いといって自分の部屋で寝ているからだった。

「ここの方がゆっくり出来てええでしょう」

百合子は南を一郎の場所に坐らせ、小卓の上に電熱器を持ってきて、酒の燗《かん》をしながら流し眼に南を見た。

「嬉しいわ、夫婦《めおと》気分よ――」

百合子はこたつの中で南の足に足をからませた。

ている。

「おばあちゃんは？」

心配して聞く南を、

「気の小さいひと！」

と百合子は軽く睨んだ。正月なので百合子は髪を高く巻き上げて、頭のてっぺんに渦のようなものを盛り上げている。渦からいい匂いが発散し、百合子は今日は首筋にも白粉を塗っている。

百合子はこたつの中で南の手を摑《つか》んだ。そうしてその手を着物の八ツ口から自分の懐の中に導き入れ、空いている方の手で南の盃に酌をした。

「ねえ、ミミズちゃんが、昨日から暴れてるのん」

百合子の声ははやかすれてる。

「あんたとこのボンボン、おとなしいしてる？」

そのとき、いきなり縁側の雪見障子がガラリと開き、

「あーあ、よう寝た、よう寝た」

と春が入って来た。春は今日は毛糸のチャンチャンコではなく、縫紋のついた黒い羽織を着て、正月らしく白足袋《しろたび》を穿《は》いている。

「あ、おばあちゃん、どうしなはったの？」

「テレビはなんぞ、面白いもんあるかいな」

春はのそのそと入って来て光枝の場所に坐った。

「おばあちゃん、南さんが来てはりますの」

「おめでとうございます。おばあちゃん」

南は百合子の八ッ口から慌てて引き抜いた手で盃をひっくり返したのを、急いでハンケチで拭きながらいった。

「腰が痛いとか。寝ておられた方がいいんやないですか」

「なんぞ、おいしいものおますかいな」

南の言葉には取り合わずに春はいった。

「わて、お腹が空いて、お腹が空いて、寝てられへんのや」

「そんなら、お餅でも焼きましょうか」

「はあ、お餅。よろしなあ。あてはアベ川がよろしいわ」

百合子は黄粉《きなこ》と餅と小皿を盆に載せて持ってくると、

「おばあちゃん、お餅食べはったら、あっちの部屋で腰の痛いとこ南さんに診察してもろたらよろしいわ。腰の痛い時は寝てるのんが一番やないんですか。南さん」

「そら寝てるに限ります。そないして坐ってられたら、どうしても腰に力が入りますからね」

春はそ知らぬ顔でテレビに眼を向けている。百合子はアベ川を作って春の前に出した。

「南さんもお餅、食べはる?」

「いや、ぼくは結構。もうちょっと飲ましてもらいます」

南がここにいることについて、百合子は春に何の説明をする必要も感じていない。百合子はこたつの中でまた、足で南の足を探った。

「南さん、あんた、わたしに隠してることあるでしょう?」

百合子は上目遣いに南を見ながら酌をした。

「水くさいわ、南さん。仲人のわたしに一番先に報告せんならんことを、黙ってたりして……」

「何をいうてはるんですか、いきなり、何のことです」

と南は春の手前、そっと足を引きながらいった。

「典子さんのおめでたのこと」

百合子はいった。

「えらい早いやないの。絹さんから葉書もろて、光枝さんが感心してたわ。南さんはあんな顔してて、なかなかやらはるねえ、て。ギリギリまで気が進まんようなことというて、することだけは早《はよ》うしてたんやわ、て」

南はこたつの中で百合子に手を掴まれながら春の方を見た。

「黙ってはる。このひと」

百合子は春が聞いているのもかまわずにいった。

「いつから、そんなことしてたん? 夏ごろ? 里子と三人で淡路へ行ったとき? ねえ、黙っとらんと白状しなさいよ。ねえ、南さん……」

百合子の眼は引いた糸のようになり、小鼻が膨らんで小さな口は赤く濡れた。

「まあ、この人の図太いこと。平気ですましてはる」

百合子の瞼《まぶた》は腫《は》れたようになり、赤味が射してきた。

「あんた、どこでそんなことしたん？　モーテル？　温泉マーク？」

「何をいうとるんです、奥さん。典子の妊娠かてまだハッキリしたわけやないんですよ」

「でも婚前交渉してたことは事実なんでしょう？　私の前ではあの女性はどうも魅力がないとかいうて。丸太棒が洋服着てるみたいやというたんは誰？」

「お餅おくれんか」

ふいに春がいった。

「今度はサト醬油《じょうゆ》つけて、海苔《のり》で巻いてんか」

百合子は返事もせず電熱器の網の上に餅を並べながら、細い眼をじっと南の上に据えた。

「にくらしい人……」

百合子の顔は南に眼を据えたまま、だんだん汗ばんでいった。いつもより厚化粧をした小鼻の脇がじっとりと光っている。百合子はこたつの中で足袋を脱ぎ、南のズボンの裾《すそ》に、足を入れてこすった。

「嘘つき……」

百合子はいった。

「女たらし……」

「餅が焦げるがな」

テレビの方を向いたまま春がいった。

「サト醬油やで。サト忘れんといてや」

百合子はこたつの中で南の手を探していた手を仕方なく出して餅をひっくり返した。

「お茶おくれんか」

春はいった。

「ほうじ茶やで。上等の方でっせ」

百合子がお茶をいれると春はいった。

「餅おくれんか。今度はアベ川」

「おばあちゃん、今夜はもうこれでしまいにしなさいや。ケチでいうわけやないけど、年寄りがそないに食べたら身体に悪いからね。はい、これでもう終り」

百合子はさっさと残った餅を台所に片づけ、

「さあ、おばあちゃん、寝ましょ、寝ましょ、さあ、さあ」

と春の手を取ってこたつから引き出そうとする。

「いやや、ここにいる」

春ははっきりいった。春は両手を広げてこたつにしがみつき、下からきっと百合子を見上げた。

「わてはまだ寝とうないのんや」

「寝とうのうても寝なあきません」

百合子は力まかせに春の腕を揺って引っぱった。その力は我を忘れた欲情の力である。

「アイタ、タ、いたいよゥ」

春は悲鳴を上げた。

「いやや、ここにいるウ、まだ寝えへんのやよウ……」

「そう、そんならここにいなさい。なんぼでもいなさい、朝まででも……」

百合子は春から手を放して南を見た。

「南さん、二階へ行きましょう。もう寝るでしょう?」

「はあ、そうですな。少し酔っ払ったから泊めてもらいましょうか」

「光枝さんの部屋で休んでちょうだいね。二階ですのん」

百合子は南を連れて二階へ上った。春はこたつの中でじっとその気配に耳を澄ました。二人の足音が階段を上り、光枝の部屋の襖《ふすま》が開いた。光枝の部屋はこの茶の間の真上である。古い木造家屋なので、歩く気配が天井のきしみでわかる。

百合子が布団を敷いている。南が洋服を脱いでいる。百合子が帯をといている。南が布団に入った。百合子が電気を消した。百合子も布団に入った――春は機会を狙っていた。それはスタート台に上った水泳選手と同じ呼吸の整えかたといえたかもしれない。突然、春は首を上げた。春は叫んだ。

「百合子さーん、百合子さーん、えらいこっちゃあ、ちょっと来てえ……」

そこで春は口をつぐんで耳を澄まし、また叫んだ。

「百合子さーん、百合子さーん、来ておくれんかいなあ、早う来ておくれえ……」

階段に足音がして、百合子のしかめ面が現れた。慌てて着た着物の胸許が開いている。

「何ですのん、おばあちゃん、何の用?」

しかめ面のまま百合子はいう。春は黙って自分の坐っているところを指さした。春の黒紋つきの羽織の下から、微かに湯気をたてながらゆっくり流れ出てくるものを百合子は見た。

「なに? おばあちゃん、この水は……」

いいかけて百合子は気がついた。

「おばあちゃん、あんた、また……」

「出てしもたんや」

春はいった。春はわざとぼんやりした抑揚を作った。

「呼ばったんやけど、すぐに来てくれへんさかいに、出てしもたんや……」

6

三ガ日がすんで、一郎と光枝と里子が修善寺から帰って来た。三人の靴音が門からの敷石を踏む気配を知ったとたんに、春は大急ぎで自分の部屋を出て茶の間のこたつに入った。そうしてテレビのスイッチをひねり、さっきからテレビに見入っているふりをしたが、一郎が入って来ると、はじめて気がついたように灰色のボタンのような眼を息子の方へ向けた。

「お帰り。ご苦労はん」

春はいった。そういったきり、またテレビに眼を向けた。

「どないやった？　こっちは？」

一郎が百合子に聞いている。どないやったという問いかけの中には、おばあちゃんは面倒をかけなかったかという意味が含まれている。春はテレビに眼を注いだままふんという顔をした。

「はあ、おかげさんで、静かなお正月でした。会社の人が三人ほど、お年賀に来てくれはりましたけど」

「おばあちゃん、おめでとうさん」

一郎はこたつに入りながら春にいった。

「おばあちゃん、幾つにならはったんですかな？　七十八ですか、九ですか」

「さあ、なんぼやろ」

春は素気《そつけ》なくいった。一郎は春がどの程度呆けたかを験《ため》すためにそんなことをいっているのだ。

「五十八とちがうかいな」

春はわざといった。

「去年は五十七やったさかいにな」

一郎は憮然として春を眺めている。

——自分こそ年幾つや？

春は胸の中でいった。

——しっかりせんかいな。

春の中には遠い世界がある。それは今、春を包んでいる煙のような、雲のような濁ったモヤモヤを越えた向うに、ぼーっと柔らかな光に照らされている世界だ。かつて春はそこに住んでいた。そこではすべてのものの色彩は鮮明でそれぞれがハッキリした形を形作っていた。小学校の入学式、遠足、一年生の教室、川島先生の顔、その頃はじめて着せられた改良服というものの形も、春ははっきり眼に泛《うか》べることが出来る。

その世界では一郎は悧発な凛々《りり》しい少年だった。三角の先を折って赤い房をつけた幼稚園帽をかぶり、黒い木綿の靴下を膝上でアメ色の靴下ドメで止めていた。死んだ夫は一郎の成長を楽しみにしていた。日本の歴史を教え、祖先を敬うように学校の休みになると必ず奈良や京都の神社仏閣めぐりをしていた。そのときの弁当を包んだ風呂敷は、紫の鬼縮緬《おにちりめん》に芦田家の紋を白く染め抜いたものである。

「一郎のやつ、千手観音を見て、びっくりしよってからに……」

夫がいって満足そうに笑った顔もはっきり眼に泛んでくる。

「この子は賢い子やで。大仏はなんでこないに大きいかと聞きよった。これくらいの年でなんでやろと思うのは賢い証拠や。アホはなんでや？　とは思わんもんや」

しかし考えてみれば、それは何という遠い日のことだろう。遠いゆえにそれは鮮明に見えている。だから春はその日のことを語りたい。近い日のことは、あまりにぼんやりと濃い雲に包まれている。だから春は語りたくない。ときどき、稲妻が夕闇《ゆうやみ》を引き裂くように照らし出し、一瞬、鮮明に現実が見える。しかしその一瞬光景は次第に押し寄せる霞《かすみ》の中に沈んで、たとえば一枚の紅葉の葉だけが足許に残り、秋の山は朦朧《もうろう》と霞の向うにかき消えてしまうように、現実の断片が頭に残っているだけである。その断片をどういう風に語ればよいのか、春にはわからないのである。

春は背中を丸め、亀の子のようにテレビに向って頭をつき出した格好で、光枝の足が尻を押すのを感じていた。

「おばあちゃんいうたら、また、そこに坐って……そこはわたしの場所やないの！」

テレビの中で中年男と若い女が何やらしゃべっている。中年男は鼻の下に髭《ひげ》を生やし、太い眉をしている。若い女は長い髪を背中に垂らし、西洋の寝まきのようなものを着ている。春の眉はひとりでに寄った。これから何が起るか、だいたい春には見当がつくのだ。

「いやらしいなあ、また、あんなことして」

春は鼻柱を縮めた。

「あんなことして、何が面白いのんか……」

「おばあちゃんいうたらおばあちゃん」

光枝の足が春の綿入れの尻を押している。春はこたつのやぐらの足を握ったまま、光枝の足の力に負けてジリジリと右へ寄っていった。

ついに春は負けてこたつから出た。間髪を入れず光枝がいった。

「そこは今、里子が来るのんよ」

光枝の鼻の穴は膨らんでいる。三日間旅先で休養してきて、光枝にはまた新しい戦闘力が備わったようである。

「年寄りは年寄りらしゅう、引っこんでるのがえぇのん」

光枝はいった。

「おばあちゃん、楢山節考《ならやまぶしこう》のおりんばあさんをちっとは見習いなさいよ。知ってる？ その話……」

春は超然として里子の場所に坐った。楢山のおりんばあさんの話はもう、何度も聞かされて飽き飽きしている。あんまり何度も聞かされたのでばあさんがおりんという名前であることしか覚えていない。

「そのおばあさんはなあ、自分で自分の歯を欠いて山へ行《い》たんよ。えらい人や。おばあさんの鑑《かがみ》やな」

光枝はしゃべっている。そうしてしゃべれば春の頭に染み込むと思っているのだ。

――何も知らんとからに……。

春は思った。誰も何も知らない。一郎も光枝も里子も。そして百合子も知らない。春が知っていることを知らない。春にはそれがおかしくてしようがないのだ。それを思うと胸の中が何となく暖かくなり、ひとりでに笑いがこみ上げてくる。春は、

「く、く」

と笑ってみた。だが誰も春がなぜ笑っているのか知らない。それで春は口に出していった。

「何も知らんとからに……」

そういって様子を窺ったが、気に止めた者はいない。

「くっ、くっ、くっ」

春はやや大きく笑ってみた。そうしていった。

「何も知らんとからに……」

光枝はがらがら声で旅行の話をしゃべっている。何をいっているのか春にはさっぱりわからないが、光枝が何やら憤慨していることだけはわかる。

百合子はお茶をいれながら熱心に相槌を打っている。「へーえエ」とか「そら怪《け》しからんわ」とかいっている。

——何をいうてることやら。ええ年してからにペチャペチャとようしゃべる……。

春は胸に呟き、それからいった。

「何ぞないかいな。百合子さん、豆餅、焼いてんか」

そういったのは二人のおしゃべりをやめさせるためである。

「豆餅、焼いてんか。豆餅……」

春が大声を出したので二人はやっとおしゃべりをやめた。

「おばあちゃん、また食べはるの？　さっきお雑煮食べたばっかりやのに……」

百合子が優しげに眉をひそめていった。

「ケチでいうのやないけど、そんなにムチャクチャに食べはったら、身体のためにようないでしょう」

光枝が意地の悪い表情になっていった。

「おばあちゃん、お雑煮どれくらい食べたん？」

「二つずつお餅入れて四杯」

「四杯！　そんなら、お餅八つやないの！」

光枝は大仰に驚いてみせた。

「おばあちゃん、そないに食べて、よう何ともないわねえ」

春は光枝と百合子を順々に見た。

「わて、雑煮、食べたかいな？」

その覚えは春にはない。あんなことをいって百合子は春に意地悪をしているのではないかと思う。それで春は百合子に怒った。

「あんた、ええ加減なこというのんやめてんか。豆餅をわてに食べさすのが惜しいなら惜しいと、はっきりいいなはれ」

「おばあちゃん、また、そんなこといいはって……」

百合子は悲しそうな、情けなさそうな顔になった。

――ほんまに、芝居が上手やな。

春は胸の中で呟いた。

――けど、わては知ってるのやで……。

百合子は仕方なさそうに台所へ立って行って豆餅と金網を持ってきた。小卓の電熱器のスイッチを入れて大きく溜息《ためいき》をついた。

「これが困りますねんわ」

百合子は訴えるように一郎にいった。

「こないにいわれると、わたし、どうしたらええのんか……」

――ほんまに芝居が上手やな。

春は同じことを胸にくり返した。その胸に次第に憤怒《ふんぬ》が燃え上ってくる。

――わては知ってるのや。

春は思った。

――いうたろか？

――いわんとこか？

――いうたろか？

春は悪戯《いたずら》を隠している子供のように、一郎と光枝と百合子を盗み見た。憤怒がゆるやかに流れ去って、まるで幸福のような暖かいものが代りに湧《わ》き上ってきた。

「このこたつの中に、なんぞおるのんとちがうやろか？」

突然、春はいった。

「ポチが入ってるのんとちがうやろか?」

皆がしゃべるのをやめて春を注目した。

「あのなあ、このこたつの中でポチがゴソゴソしよってなあ……ポチだけかと思たらミイもいよってからに、ポチとミイがゴソゴソゴソゴソするねんわ」

「何の話? それ?」

光枝がいった。

「ミイがポチとなあ……」

春は皆の注視に満足して、怪談でもする時のように声を低めた。

「さかってるのや……」

「アホらしい!」

光枝が叫んだ。

「何をいい出すのかと思うたら。愚にもつかんタワ言いうて……おばあちゃん、それはおばあちゃんの初夢?」

「夢やない」

春は真面目な顔を作った。

「ほんま。このこたつの中で、イチャついてるのや」

「ポチとミイが?」

光枝はからかうようにいって、大口を開けて笑った。

「ポチとミイがさかったら、どんな子が出来るやろか？　おばあちゃん」

「これ、ほんまのことでっせ。わてはこの目で見ましたんや」

春は大真面目にいい、丁度、焼き上った豆餅の皿を満足そうに引き寄せた。

「大丈夫かいな？」

留守中に来ていた年賀状を調べていた一郎が、心配そうに賀状から顔を上げた。

「いっぺん、南さんにようみてもろた方がええのとちがうか？」

「おばあちゃんを？」

光枝はいった。

「こんなん、みてもろても同じやわ。年寄りが呆けるのんは病気やないんやからね」

「けど、だんだん酷《ひど》うなる。秋ごろはこんなやなかったで」

「けど、しっかりしてはるところは、なかなかですのんよ」

百合子がいった。

「呆けてはる時と、しっかりしてはるときと、波がありますのんね。でも、いっぺん、南さんにみてもろた方がええかもしらんわね」

「明日でもいっぺん、来てもろたらどうや？　病院はまだ休みやろ？」

「はあ、明日あたりから始まるのですやろけど、晩にでも遊びがてら来てもらいましょ」

春は豆餅を食べながら、無表情に百合子のその声を聞いていた。

「おばあちゃん、豆餅おいしいか?」一郎は春に話しかけた。もう長い間、一郎は春に話しかけたことなど滅多になかったのだ。今、一郎の顔には、心配そうな表情が現れている。春はそれを見た。いつのことだったか、はっきり思い出すことは出来ないが、一度だけ一郎が今と同じ顔をしていたことがあった。それは多分、春が軽い脳出血で倒れたときのことだったろう。

「おばあちゃん、今、餅を幾つ食べた? 覚えてたらいうてごらん」

春は豆餅を咀嚼しながら黙って一郎を見ていた。一郎の鼻の脇に深い皺が刻まれているのが、死んだ夫によく似ている。一郎は心配しているのだ。春は思った。

──この子はわてのこと心配してるのや……。

「おばあちゃん、いえるか? 今、その餅を幾つ食べた? 今、食べてるのは幾つ目?」

一郎は身体を春の方に向けている。ねじ向けたその格好に熱心さが溢《あふ》れている。春はぼんやりした声を作った。

「知らん──」

春はいった。

「知らんて? おばあちゃん、たった今食べた餅の数を知らんのか!」

「知らん」

春はいった。春はわざとそういったのである。

7

松の内を過ぎて間もないある日、買物に出かけた光枝が買物籠を下げて走って帰ってきた。

「おばあちゃん、おばあちゃん、あんた、ほんまに困った人やねえ。いうにこと欠いて、ムチャクチャなことをいうたんやねえ。いくら呆けてても、いうてええことと悪いことがありますよ、おばあちゃん！」

春はこたつでブドウパンを食べていた。昼間に山田パンの信造が持って来たパンを光枝が取り上げて戸棚に隠した。それを百合子にねだって出してもらったのである。

「まあ、暢気《のんき》にそんなもん食べて……ホンマにおばあちゃん、あんたという人は……」

そういってから光枝は気がつき、

「また、ひとの場所に大きな顔して坐ってる！　そこはねえさんの坐らはるとこ！」

と春の肩を小突いた。その日は百合子は里子の学校のPTAの集りに出て留守である。光枝は百合子がまだ帰っていないことを確かめてから、春に向って声を改めた。

「おばあちゃん、あんた、ねえさんが間男してるなんて、なんでそんなアホなことを山田のおじいさんにいうたの？」

春は黙ってブドウパンのブドウをほじった。

「山田のおじいさんも呆けてはるさかい、おばあちゃんがほんまにいうたことかどうかはっきりわからんけど、とにかく、一応、お知らせしときますて、山田のおばあちゃんにいわれたんよ」

光枝はいきなり春の手からブドウパンを取り上げた。

「さあ、いいなさい、おばあちゃん、ほんまにそんなこというたんかどうか。いうたらこのパン、返したげる」

「いわへんがな、そんなこと」

春は光枝が高く上げた片手の中のブドウパンを恨めしそうに見ながらいった。

「いわへん？　ほんま？　ほんまやね？」

「いわへんがな」

春はブドウパンを取ろうと手を出した。

「おくなはれ。はよ」

「そんなら、おばあちゃんは何もいわへんのに、山田のおじいさんが勝手にいうたんやね？　きっとそうやね？」

「わてはなにもいわへんがな」

春は無表情にくり返した。

「おくなはれ。パン」

「そんなら、山田のおじいさん連れて来て謝らせてもよろしいね？　おじいさんと対決する自信あるね？」

「あの人は呆けとるさかいになあ」

春はいった。

「若い時分はしっかりした人やったけど。うちのおじいさんと碁、打ったかて、いつもおじいさんは負けてはったからねえ。山田パンには太刀《たち》うちならんて、よういうてはった。パンはまずいけど、碁はうまい……」

「そんなことはどうでもええの！」

光枝は皺の寄った靴下を引き上げると、急いで家を出て行った。光枝は芦田家の名誉にかけて、山田パンと戦うつもりなのである。

暫くすると、光枝は信造の手を引っぱって帰って来た。春はこたつの前から、茶の間に入って来た信造をぼんやりと見上げた。

「おいでやす」

春はいった。それから信造がパンの袋を持っているかどうかを調べるようにじろじろと信造を見、信造が何も持っていないのを見て、プイと横を向いた。

「さあ、おじいさん、ここへ坐ってちょうだい。そして、わたしの聞くことに正直に答えてほしいのんよ。よろしい？」

光枝はいった。

「おじいさん、あんた、こんなことといわはったそうやけど、ほんまですか？　うちのねえさんが間男してるて……」

信造は不精髭の生えた細長い顎を突き出すようにして、ぽかんと光枝を見ている。

「おじいさん、答えて下さいよ。うちのねえさんが間男してるて、うちのおばあちゃんがいうてたと、あんたいわはったってほんまですの?」

信造は漸く光枝のいうことがわかったように肯《うなず》いた。

「ふん、いうたがな」

「いうた?」

光枝は脳天が突き抜けるような声を出した。

「いうたがな。お春はんが」

「おばあちゃんが?」

光枝は春を見据えた。

「おばあちゃん、山田のおじいさんはあないにいうてるけど……」

「いわへんがな。そんなこと」

春はゆっくり信造を見た。

「この人、呆けてはるんや。わてはそんなことといわへん」

「山田のおじいさん、おばあちゃんはこないにいうてますけど」

光枝は今度は信造を見据えた。信造はぽかんと春を見ている。

「あんた、いうたがな」

暫くしてから信造はいった。

「百合子はんが、呉服屋はんと間男してるて」

「呉服屋！」

光枝は叫んだ。

「呉服屋？　あの、富田屋かいな。あのチャビンはんと……ようもまあ、そんなアホらしいことを……」

「わて、そんなこといわへん」

——呉服屋やなんて、いわへん。

と春は思った。

——そやからこの人は呆けてるというのや……。

「あんた、いわはったで……」

信造は恨めしそうに、ラムネ玉のような眼を春に向けた。

「百合子はんが間男してるていうたで」

「いわへんがな」

春はいった。

「わてはいわへん……」

「ま、よろしいわ、もう……」

光枝は呆れたようにいった。

「富田屋と間男してるなんて、誰が聞いてもあのおっさんを知ってる人なら信じへんわ。おおきに、おじいさん、もうわかりました。わざわざ来てもろて、すんまへんでした」

「けど、いわはったで、この人」

信造は割り切れない顔で立ち去りかねている。

「まあまあ、もうよろしがな」

光枝は信造の手を引いて立ち上らせた。

「けど、いわはったんや、この人」

茶の間を出がけに信造はもう一度いった。その恨めしそうな視線から春はプイと顔を背けた。

――パンも持って来んとからに……。

春はいった。

「――アホとちがうか。あの人……」

その夜の食卓は光枝の独壇場だった。光枝の声は、いくら押えようとしても、大きながら声になってしまうのである。興奮が光枝の肺と心臓を活動的にしているのだ。光枝は山田パンのじいさんのことをボロクソに罵倒《ばとう》した。山田パンの呆けようにくらべたら、春はまだまだしっかりしてる方だ、といった。もう山田のじいさんはこの家に出入りさせない方がいい。いくら呆けたじいさんだとわかっていても、他人《ひと》というものは面白半分に噂《うわさ》を広めるものである――。

光枝の饒舌《じょうぜつ》を一郎は黙って聞いていた。その顔は例によって憮然たる顔である。百合子は困ったように笑っていた。

「富田屋のおっさんが私の相手ですて？」

面白そうに百合子はいった。

「いったい、どこからそんなことが出ましたんやろ？」

百合子はいった。

「よりにもよって、富田屋やなんて……同じ噂するんなら、もうちょっとそれらしい人があるやないの。例えば南さんとか……」

百合子は笑った。

「同じデマ飛ばされるんなら、せめてそれくらいの人をいうてほしいわ」

その夜の食卓はいつもよりも賑やかだった。春は自分の部屋のこたつで、賑やかな笑い声やおしゃべりの声を聞きながら、ひとり黙然と食事をしていた。

——何を笑《わろ》うとるのや？

春は思った。茶の間が笑い声で沸いていると春はいつも面白くない気分に襲われる。その面白くない気分は、やがて衝動的な欲望に変化する。それは大きな音を立ててガラスを割りたいという欲望であったり、裸になって走り廻ってやりたいという欲求だったりする。

「——知っとるのやで、わては……」

春は茶の間の笑い声に向って、声に出していってみた。そういえば少し気持が治まるような気がした。

「知っとるんやけど、いうてやらんのや」

春はいった。それから春は少し迷った。

——いうたろか？

そう思ったのは、茶の間の笑い声がひときわ高くなったからである。

——やっぱり、やめとこ……。

笑い声が静まったので春は思い直した。これをいってしまえば、楽しみは何もなくなってしまう。あの笑い声に対抗する仕込杖《しこみづえ》を失ってしまう。みんなは春には食べさせぬおいしいものを食べているにちがいない。そう思うときに、春の孤独の支えとなるものがなくなってしまっては困るのである。

「百合子さん、おかわり、おくれんか」

春は笑い声の中に、矢を射込むような気持で叫んだ。

「おかわり、おくれ。おかわり、おくれ」

春はわめいた。

「百合子さん、百合子さん、おかわり、おくれ……」

そう叫ぶと茶の間の笑い声がぴたりと止まる。話し声も急にやむ。そうして足音がして春の部屋の唐紙が開く。

「おばあちゃん、ケチでいうのやないけれど、そないに食べはってよろしいの」

それが百合子のきまり言葉だ。百合子の眼は細く優しげに垂れ、声は穏やかでそよ風のようだ。

「百合子さん、わては知っとるのやで」

ふいに春はいった。いって、ニタリとした。

「知ってるて、何をですのん？　おばあちゃん」

百合子は柔らかな手で春の頬を撫でるようないい方をする。

「聞きたいか？」

春はいった。

「いうたげよか？」

「はあ、いうてちょうだい」

「いうたら何くれる？」

「何がほしいのん？　おばあちゃん」

「かりん糖」

春はいった。

「かりん糖？　お安いご用やわ。あげますから教えてちょうだい」

「あのなあ……」

春は百合子を見た。

「あんたのなあ、間男の相手なあ」

百合子は春を見つめた。

「富田屋なんて嘘や」

百合子はいった。

「ほな、誰ですのん?」

「いうたげよか?」

「はあ、いうてちょうだい」

その百合子の眼は笑ってこわばっている。

「いうたら何くれる」

「そやから、かりん糖あげるいうてますがな」

「ほな、いうたげる」

春は指先で百合子を招いた。百合子の顔が春の眼の前まで近づいた。

「あのなあ」

春の眼はこすっ辛そうに光った。

「カボチャはんや……」

「カボチャはん!」

百合子は笑い出した。

「それがわたしの間男の相手?」

「そうや、カボチャはんや」

春はいった。春はニタニタと笑った。春のすぐ眼の前に、内緒話を聞くようにさし寄せた百合子の顔がある。その顔はむきたてのピーナッツのようで、眼は仏さまのように細くて鼻筋が通っている。その鼻は結婚して間もなく、大金を投じて整形したものだ。春はそのことも覚えている。

春は近々と百合子を眺めた。百合子も近々と春を眺め、二人はどちらが先に笑い出したともなく、クックックッと笑った。

自讃の弁

芥川《あくたがわ》賞候補二回、直木賞候補一回。その都度おっこちるという哀しきキャリアによって小説雑誌からぼつぼつと注文が来はじめたのは昭和四十三年あたりからである。文壇とはいわぬが（だいたい文壇とはどういうものなのか、いまだに私にはよくわからない）商業ジャーナリズムに人さし指をかけてぶら下っているという体《てい》の「三文」がつく小説家であった。「オニ教頭の春」はその頃に書いたもので、だから認められなかった時代に溜《たま》りに溜って発散出来なかった情熱が籠《こも》っていると私には思われる。この熱気はそれから約二十五年経った今はないものだ。この頃はなんてエネルギッシュだったんだろうと思う。読者のことなど考えないでエネルギーに委《まか》せて、書くことが楽しくて書いていた。だいたい読者のウケなど考えず、自分ひとりでウケつつ書いているのは今でもそうだが、しかしそうかといって、書きつつひとりで笑ったりしているわけではない。眉間《みけん》に縦皺《たてじわ》を刻み、唇をへの字に曲げた渋面で（と家族の者はいう）ひそかにウケているのだ。

　昭和四十二年の暮に夫が事業に失敗して、私は身代り借金の火だるまと化した。その返済のために注文がくればしゃにむに書かなければならなかったのだが、「オニ教頭の春」は四十四年の三月号の「小説エース」に掲載しているから、その書きまくり乱作時代の前哨《ぜんしょうせん》戦といった作である。

　四十四年の七月に第六十一回直木賞を受賞して本格的な書きまくり乱作戦に入った。

「かなしきヘルプ」は直木賞第一作と銘うたれて「小説セブン」十月号に掲載されたものだが、これはたまたま週刊誌の社会探訪で取材に行ったホストクラブで、なんだか不動産会社の現地案内人みたいにまだらに日焼していておよそホストらしくないヘルプがついた。二枚目のホストが、

「あの人、変ってるんですよ。奥さんの手造り弁当を持ってくるんです」

　といったのがヒントになったのである。

　その頃は原稿用紙に向ってペンを構えると、恰《あたか》も淀《よど》んだ古池の底からメタンガスのアブクが立ちのぼってくるように、プクプク、ポッカリとヒントが浮かんできたものだ。

「忙しいダンディ」も「受賞第一作」として「小説現代」十月号に出したものだが、倒産した我が夫と「ひとつ穴のムジナ」だと私がよく怒っていたNという男の、いつもおしゃれでスマートな姿がプクプク、ポッカリと浮かび上ってきて出来たものである。このプクプクがくるとしめたものだった。あとは一気呵成《いっきかせい》だった。登場人物は勝手に動いてくれる。

「忙しいダンディ」のNは、この小説を読んで「うまい！　このオレが実によく書けている！」と感心したという。殊に小説のラストで、彼が女金貸しに金を出させるためにホテルへ連れ出そうと決心するくだり、

「しかし彼は行かねばならない。彼のポケットには柿内のところまで行くバスの回数券があるだけだ」

という一行にNはたいそう感心し、まったくこの通りだ、実際回数券しかなかったことは度々ある。それがどうして愛子さんにはわかるんだろう！　と褒めそやしたということである。

何年か後、渋谷のとあるビルでエレベーターを待っていたら、開いたエレベーターからNがひょっこり出てきた。

「やあ、お元気ですか。そのうち伺いますよ」

「どうぞどうぞ、待ってるわ」

と愛想よく答えたのは、またプクプクの素が取れそうだと思ったからで、小説家というものは詐欺師を上廻る悪い人間であると我ながら思うのである。

「ぼた餅のあと」は私の気に入りの小説である。四十六年七月号の「オール讀物」に掲載されているから、書いたのは四月末か五月のはじめだろう。その頃、たまたま丸亀市へ講演に行ったところ、「ヤアチャン」という幼稚園の頃からの友達が会いに来てくれて、その夜は丸亀の旅館で枕を並べて四方山話《よもやまばなし》をした。ヤアチャンは戦争中、瀬戸内海の小さな島に疎開

していうちに、そこのよろず屋の息子と結婚して、すっかり「島の人」になりきったのである。

ヤアチャンは子供の時から出ッ歯で、それをかまわず大口を開けてよく笑ったが、四十を越しても子供の時のまんまなのが懐かしく嬉しかった。

「オール讀物」の原稿を書こうとした時、その出ッ歯がプク、プク、ポッカリと浮かんできて、以前に聞いたことがある美貌《びぼう》の有名夫人の浮気話と結びついた。

このプクプクの下には必ずさまざまな見聞、経験、人間模様の沈澱《ちんでん》がある。その沈澱はただのドロドロの堆積《たいせき》なのだが、必要が生じるとプク、プク、と人の顔やキャラクターの片鱗《へんりん》が立ちのぼり、小説の形を作っていく。このプクプクがなければ、単なる事件や浮気話だけでは私の場合小説にはならないのである。

もしかしたらそれは借金火だるまになっている私を憐《あわ》れんでの、守護霊の助けだったかもしれない。

四十六年九月号「小説宝石」に「奮戦、夜這い範士」を書いた。四十四、五年と韋駄天《いだてん》の如《ごと》く小説を書き散らしてきた私も、さすがに息切れしてプクプクの素も涸《か》れかけてきていた。そんな時、「小説宝石」の担当編集者だった白石功さんは私を東北に誘って、東北特有の素朴でエロチックでへんに真面目《まじめ》でおかしな話探しに協力してくれた。白石さんは青森の人で、そのせいか弘前人の血が流れている私と妙にウマが合った。白石さんなかりせば生れなかった東北モノが幾つかある。どれにも愛着があるのだが、私の愛着のわりには東北モノを集めた単行本は売れない。だが私はこの作品が気に入っている。ブスの愛娘みたいなものだ。

同じ年の「小説現代」十二月号に書いた「アメリカ座に雨が降る」も、「小説現代」の編集長だった大村彦次郎さんから勧められてストリップの世界を取材して書いた。

ストリップ劇場へ取材に行ったのは、冷たい小雨の降る日だった。特ダシの舞台に女の観客がいては、ストリッパーがやりにくいだろうと思って、黒いオーバーに黒い帽子を目深にかぶって行ったが、総立ちになって揺れる客席ではそんな配慮など全く無用だった。しかし今から思うと、当時の「特出し」なんて実に可愛らしいものだった。そういう意味でこの小説は我が国ストリップ史の文献となり得るのではあるまいか。

「忙しい奥さん」はさる美貌を誇る浮気妻の噂《うわさ》から想像をふくらませた。忙しい奥さんが白昼、ベッドで男を腹の上に乗せたまま、友人からの電話口に出る。「ええ？　ええ……ええ……」頷《うなず》きながら夫人は微妙に腰を動かし、「ええ、いいわ、村井さんが会うというのなら会いますよ。……勿論《もちろん》よ。……わかってます」といいつつ、離れようとする男の腰を開いた両脚で押え込む。

さる男性読者はこのくだりは経験から出たものでしょうな、とアタマから決め込んで、そう思うとなんだかぼく、ムラムラときましたよ、とヘンな目つきになった。小説を読んで勝手な思いこみをして、ヘンな目つきになられるのは困る。小説家は経験しないことは書けないと思っている読者に申したい。経験しなければ書けないような小説家はまことの小説家とはいえないのである。

有吉佐和子さんの「恍惚《こうこつ》の人」が評判になった頃、私は「こたつの人」を書いていた。前からあたためていた題材だったから、有吉さんに一歩先んじられた、という無念があった。有吉さんの作品からヒントを得たと思われては困ると思っていたが、後に、有吉さんがこの小説を面白がって、わざわざ私の家に電話をくれたということを聞いて嬉しかった。だがそれは私が徹夜仕事をして眠っている間の電話だったらしく、そのことをずっと後になって人伝《ひとづて》に聞いたのだった。

今回私はこれらの小説を二十数年ぶりに読み返して選んだ。選び終えて自讃するのは、当時の私に漲《みなぎ》っていたエネルギーである。まことに真剣、一心不乱、息を抜くことなく書いている。

そのための小説のしつこさ、固さはあるとしても、肩いからせてユーモア小説を書くというのは、蓋《けだ》し佐藤愛子をおいて他に類を見ぬであろう。私はそれを自讃する。

解説

大村彦次郎

〈シェフのお薦めする料理〉というのがありますね。本書もこの類で、傍題の「佐藤愛子自讃ユーモア短篇集」とは、言ってみれば〈愛子のお薦めする小説〉ということです。しかも巻末には、著者のこれまた〈自讃の弁〉という作品解説まで付いているので、もうこれ以上、他人のムダな言挙げなど、何をか言わんや、であります。まあ、そういう次第で、これから以下の文章は、かつて著者とも関わりのあった一編集者が、往年の著者の有様や文壇の交友関係などに思いを馳せ、その一端を語るものですから、適当にお読み捨て頂ければ結構と思います。とにかく、それでよろしいですね。

佐藤さんの作品が文芸誌以外の一般商業誌にはじめて登場したのは、昭和三十八年の「文藝春秋」九月号に、芥川賞の候補作になった「ソクラテスの妻」が再録されたときです。この作品は彼女のご主人だった田畑麦彦さんが主宰する同人誌「半世界」にまず発表され、それが文芸評論家の小松伸六さんの目にとまり、その推薦で「文學界」の〈今月の同人雑誌推薦作〉に転載されたところから、この年上半期の第四十九回芥川賞候補になったいきさつがあります。

だが、このときの受賞作は後藤紀一さんの「少年の橋」と河野多恵子さんの「蟹」の二作で、「ソクラテスの妻」は落選しました。それにも拘らず、選外になったこの作品が受賞作と並んで、「文藝春秋」本誌に掲載されたのは、こちらのほうが読者にとっては受賞作二篇よりはずっと読み易く、面白かったからです。無類の好人物である文学志望者の夫をシッカリ者の妻の目から眺めたパロディ風の小説で、彼女の作風はもうこのとき確立されておりました。目鼻立ち、つまり主題がハッキリしていて、晦渋な箇所がないのが、その初期からの一貫した特色の一つです。

このあと佐藤さんはその年の「文學界」十月号に書いた「二人の女」が連続して芥川賞の候補になり、翌年「文學界」八月号の「加納大尉夫人」が直木賞に回って、第五十二回の候補作に上がりました。いずれもわずかな差で受賞を逸しましたが、それぞれのときの受賞者が、河野多恵子、田辺聖子、永井路子、安西篤子さんと、みんな女流であったのはふしぎなめぐり合わせです。これらの人たちとは年齢、同人誌歴においても先輩格であったし、その力倆においても遜色がなかったので、佐藤さんのこのとき外された口惜しさは、さぞ大きかった、と思います。「加納大尉夫人」は夫の戦死公報を受け取った若い人妻がショックの余り自失しますが、やがて生まれてきた乳飲み子への愛から立ち直る話で、克明な細部描写など、すでにプロ作家として通用する文体を持っていました。私はこれを読んで感動し、今期の直木賞はもうきまった、と思い込み、予想が外れて、ガッカリした覚えがあります。これはのち、「安ベェの海」と改題され、TBSの連続テレビドラマになりました。

文学賞の選考では、作家の才能、力倆とは別に、候補に上がった作品のそのときの主題や作柄の大小によって、受賞の成否が分れることがあります。佐藤さんの場合、練達といってもよい明快で、達者な筆力がかえって小説のツボにはまり過ぎている、という印象を選者に与えて、見送られたのにちがいありません。この段階で彼女はもう新人の域を越えていた、と言えます。

私が佐藤さんにはじめてお会いしたのはその頃でした。紹介してくれたのはまだ中間小説誌に売り出す前の川上宗薫さんでした。川上さんはどう考えても、ふしぎな面白い人でしたが、当時は純文学を志して、世に容れられないウッボッとした表情を時折見せることがありました。同人誌仲間の佐藤さんと川上さんは漫才のツッコミとボケのようにウマが合い、彼女は早くから川上さんをネタに原稿を書き、川上さんもまた彼女のプライバシーをあからさまに文章にして、平然としていました。癇癖のつよい佐藤さんが川上さんにはおよそ寛容でした。

その川上さんが小説「作家の喧嘩」を「新潮」誌上に発表したのは、昭和三十六年の夏でした。ちょうど水上勉さんが「雁の寺」で直木賞を受賞し、たちまち流行作家の座に駆け登ったときで、タイミングがよくありませんでした。作品のモデルにされた水上さんが激怒し、川上さんはジャーナリズムから閉め出されるやらで、ノイローゼ気味になりました。偶々、佐藤さんはそのとき父紅緑の取材で郷里弘前へ出かけることになっていたので、腑抜けになった川上さんを慰めるために、夫婦で旅行先に同伴しました。ところが、自殺もしかねない答の川上さんが、泊まった旅館の女中を口説いて、怒り心頭に発した女中から追い出された、という話は、のちに佐藤さんから何度も聞かされましたが、そのたびに可笑しくて、私は声を上げて笑いました。川上さんの精神構造も面白いが、それよりも佐藤さんの話の造型力に感心したのです。佐藤さんは物事の本質を抽出し、その部分をアメ細工のように拡大したり、デフォルメしたりする能力が抜群で、おのずから滑稽感が生み出されます。

佐藤さんが父上の紅緑に関する書き下ろしを上梓したのは、昭和四十二年の暮のことでした。題名は「花はくれない――小説佐藤紅緑」で、これは近年のライフワーク「血脈」につながる作者のライト・モチーフです。紅緑と関係の深かった講談社から刊行されたのですが、私は出版部の松本道子さんと語らって、これで直木賞を貰おう、という算段でした。ところが、このときはなぜか候補にすら上がらず、不問にされました。この間に、立原正秋、五木寛之、野坂昭如さんらが直木賞を受賞して華々しくデビューし、川上さんまでがポルノを書いて、一躍流行作家になりました。佐藤さんは実力がありながら認められず、辛い時期だったかもしれません。

「別冊小説現代」に書かれた「戦いすんで日が暮れて」が四十四年度上半期の直木賞候補になったときは、「加納大尉夫人」以来四年半ぶりのことでしたので、もうこれを逃したらあとはない、と担当編集者だった私まで、切っ羽詰まったような気分になりました。この作品は、佐藤さん得意の〈猛妻物語〉です。主人公の〈私〉はもの書きで、亭主は文学青年上がりの底抜けの善人です。「社長学」などという社員教育の教材を売りながら、商才もなく、たちまち二億三千万円の借金をこしらえて、倒産してしまいます。作者の体験した苛烈な日常をカリカチュアしたものですが、倒産小説なのに、じめじめしたところがなく、凄絶といってもいいユーモア小説です。これは選考委員にも充分認められ、めでたく直木賞を受賞しました。

このとき佐藤さんは大正十二年生まれですから、四十五歳になっていました。

受賞作にも見られるように、夫の会社が倒産して、妻の佐藤さんがその借財を支払うために、夫とは協議離婚し、それこそ形相を変えて、必死に売文稼業に精を出すようになったのは、この受賞の二年ほど前からでした。本書の〈自讃の弁〉では、「身代り借金の火だるまと化した」と表現されていますが、今回の文庫収録作品のことごとくは、この災難の身にふりかかる時期に書かれたものです。ホストクラブやら人妻の浮気やら東北艶笑譚やら、当るをさいわい薙ぎ倒さんばかりの豪腕ぶりで描かれています。

その頃、紅緑の孫弟子で、孤高の有名詩人である吉田一穂《いっすい》さんが、これまた紅緑の弘前の後輩で、「壁の花」の直木賞作家今《こん》官一さんに、「愛ちゃん、近ごろ崩れては居らんかのう」と、訊かれたそうです。一穂老は引退したお国家老よろしく、愛子姫の後見役を買って出ておりましたが、詩人の直感から心配になったようです。それに対し、今さんは「ヴァライティーがあって、いいんではないの」と、答えました。そのときの今さんの説明で、一穂老は「やはり作家はいろいろな面があってもいいし、いろんな作風があってもいい、ヴァライティーだな」と、納得したそうです。一穂老はそれからまもなく亡くなりましたが、彼女の周囲には紅緑令嬢を見守ろうとする人たちの目がいかに注がれていたか、ということで、これは〈ちょっといい話〉ではありませんか。

当時の中間小説誌界は拡散膨脹期で、その乱戦の渦中に巻き込まれた私も、佐藤さんに負けず劣らずの、ハチャメチャな雑誌作りに狂奔し、世間のヒンシュクを買っておりました。時代は七〇年安保を前に物情騒然とし、巷にはヒッピーやらサイケデリックな風俗が氾濫し、誰もがエネルギーに充ち溢れているように見えました。

本篇中の「アメリカ座に雨が降る」について、作者は「小説現代」の編集長をしていた私から勧められて、ストリップの世界を取材した、と顧みておりますが、そのときは田中小実昌さんがストリップの業界に通暁し、場末の小屋の舞台にも出ていたので、たしか田中さんの手引きで案内されたものと思います。またその一連の取材で、他に駒田信二さんのストリップの女王〈一条さゆり〉シリーズや三浦哲郎さんの踊り子〈夕雨子〉物語が誕生しました。佐藤さんの作品もいま読み返すと、即席の取材にも拘らず、この業界の〈芸〉の変遷、つまりバタフライのストリップ・ティーズから〈特出し〉という体当り芸への移り変りが、踊り子たちの哀愁とともによく描かれ、さすが作家の目が光っています。佐藤さんは男女媾合のあぶな絵を描いても、カラッとした哄笑と辛い批評が伴うので、じめついたワイセツさがありません。

かねてから、佐藤さんびいきだった良識派の小松伸六さんも、彼女の当時の獅子奮迅ぶりに接してハラハラしておりましたが、その折、一条さゆりで〈性の探求者〉として令名を馳せた同僚の駒田信二さんが、「小松は、いつまでも道学者風で、困るなァ」と、逆に慨嘆されたのが可笑しく、ついこの間のように懐かしく思い出されます。

初出誌・文庫
オニ教頭の春
「小説エース」一九六九年三月号　角川文庫「忙しいダンディ」所収
かなしきヘルプ
「小説セブン」一九六九年一〇月号　角川文庫「忙しいダンディ」所収
忙しいダンディ
「小説現代」一九六九年一〇月号　角川文庫「忙しいダンディ」所収
ぼた餅のあと
「オール讀物」一九七一年七月号　角川文庫「ぼた餅のあと」所収
奮戦、夜這い範士
「小説宝石」一九七一年九月号　集英社文庫「赤鼻のキリスト」所収
アメリカ座に雨が降る
「小説現代」一九七一年一二月号　角川文庫「アメリカ座に雨が降る」所収
忙しい奥さん
「オール讀物」一九七二年一〇月号　角川文庫「忙しい奥さん」所収
こたつの人
「オール讀物」一九七三年三月号　角川文庫「或るつばくろの話」所収

日本音楽著作権協会（出）許諾番号〇〇一二二九三—〇〇一号

この作品は一九九三年一〇月、集英社から『自讃ユーモア短篇集(上)』
として刊行されました。

集英社文庫　目録（日本文学）

佐々木譲　北辰群盗録
佐々木譲　総督と呼ばれた男(上)(下)
佐々木徹　船木誠勝物語　ストレイト
佐々木久子　酒――はる　なつ　あき　ふゆ
佐々木久子　酒と旅と人生と
笹倉明　海を越えた者たち
笹倉明　アムステルダム娼館街
笹倉明　昭和のチャンプ
笹倉明　東京難民事件
笹沢左保　破壊の季節
笹沢左保　白昼の囚人
笹沢左保　孤独なる追跡
笹沢左保　絶望という道連れ
笹沢左保　結婚関係
笹沢左保　愛人ヨーコの遺書
笹沢左保　日暮妖之介　流れ星　破れ笠編

笹沢左保　大江戸火事秘録
笹沢左保　明日はわが身
笹沢左保　裸の家
笹沢左保　地下水脈
笹沢左保　眠れ、わが愛よ
笹沢左保　漂流島
笹沢左保　野望将軍(上)(下)
笹沢左保　崩壊の家
佐高信　スーツの下で牙《きば》を研《と》げ！
さだまさし　長江・夢紀行(上)
さだまさし　長江・夢紀行(下)
佐藤愛子　鎮魂歌
佐藤愛子　赤鼻のキリスト
佐藤愛子　天気晴朗なれど
佐藤愛子　娘と私の部屋
佐藤愛子　女優万里子

佐藤愛子　女の学校
佐藤愛子　娘と私の時間
佐藤愛子　男の学校
佐藤愛子　坊主の花かんざし(一)
佐藤愛子　坊主の花かんざし(二)
佐藤愛子　坊主の花かんざし(三)
佐藤愛子　坊主の花かんざし(四)
佐藤愛子　愛子の日めくり総まくり
佐藤愛子　父母の教え給いし歌
佐藤愛子　丸裸のおはなし
佐藤愛子　娘と私のアホ旅行
佐藤愛子　あなない盛衰記
佐藤愛子　幸福の絵
佐藤愛子　愛子の獅子奮迅
佐藤愛子　女はおんな
佐藤愛子　娘と私の天中殺旅行

集英社文庫　目録（日本文学）

佐藤愛子　男たちの肖像
佐藤愛子　男友だちの部屋
佐藤愛子　男はたいへん
佐藤愛子　花は六十
佐藤愛子　古川柳ひとりよがり
佐藤愛子　バラの木にバラの花咲く
佐藤愛子　幸福という名の武器
佐藤愛子　娘と私のただ今のご意見
佐藤愛子　ひとりぽっちの鳩ポッポ
佐藤愛子　今どきの娘ども
佐藤愛子　女の怒り方
佐藤愛子　凪の光景(上)(下)
佐藤愛子　メッタ斬りの歌
佐藤愛子　淑女失格
佐藤愛子　男と女のしあわせ関係
佐藤愛子　憤怒のぬかるみ

佐藤愛子　人生って何なんだ！
佐藤愛子　死ぬための生き方
佐藤愛子　娘と私と娘のムスメ
佐藤愛子　戦いやまず日は西に
佐藤愛子　結構なファミリー
佐藤愛子　風の行方(上)(下)
佐藤愛子　こたつの人　自讃ユーモア短篇集一
佐藤英一　医者も人の子　生と死をみつめて
佐藤英一　医者の心　患者の心
佐藤賢一　ジャガーになった男
佐藤賢一　傭兵ピエール(上)(下)
佐藤正午　永遠の½
佐藤正午　王様の結婚
佐藤正午　リボルバー
佐藤正午　私の犬まで愛してほしい
佐藤正午　童貞物語

佐藤正午　夏の情婦
佐藤正午　人参倶楽部
佐藤正午　彼女について知ることのすべて
佐藤正午　バニシングポイント
佐藤雅美　歴史に学ぶ「執念」の財政改革
佐藤嘉尚　ぼくのペンション繁昌記
佐野洋　片翼飛行
佐野洋　未亡記事
佐野洋　秘密パーティ
佐野洋　人面の猿
佐野洋　かわいい目撃者
佐野洋　優雅な悪事
佐野洋　盗まれた影
佐野洋　実験性教育
佐野洋　蹄の殺意
佐野洋　重い札束

集英社文庫　目録（日本文学）

佐野洋　旅をする影
佐野洋　貞操試験
佐野洋　再婚旅行
佐野洋　第4の関係
佐野洋　宝石とその殺意
佐野洋　銀色の爪
佐野洋　緊急役員会
佐野洋　夢の破局
佐野洋　おとなの匂い
佐野洋　消えた男
佐野洋　歩きだした人形
佐野洋　白く重い血
佐野洋　鏡の言葉
佐野洋　殺人書簡集
佐野洋　七人の味方
佐野洋子　私の猫たち許してほしい

澤田ふじ子　蜜柑庄屋・金十郎
澤田ふじ子　修羅の器
澤野久雄　生きていた
椎名篤子・編　凍りついた瞳《め》が見つめるもの
椎名篤子　家族「外」家族
椎名篤子　親になるほど難しいことはない
椎名誠　地球どこでも不思議旅
椎名誠　インドでわしも考えた
椎名誠　全日本食えばわかる図鑑
椎名誠　岳物語
椎名誠　続・岳物語
椎名誠　菜の花物語
椎名誠　シベリア追跡
椎名誠　ハーケンと夏みかん
椎名誠　零下59度の旅
椎名誠　さよなら、海の女たち

椎名誠　白い手
椎名誠　かつをぶしの時代なのだ
椎名誠　パタゴニア
椎名誠　草の海
椎名誠　フィルム旅芸人の記録
椎名誠　喰寝呑泄　くうねるのむだす
椎名誠　地下生活者／遠灘鮫腹海岸
椎名誠　アド・バード
椎名誠　はるさきのへび
椎名誠・編著　蚊學ノ書
椎名誠　馬追い旅日記
椎名誠　麦の道
椎名誠　麦酒《ビール》主義の構造とその応用胃学
ジェームス三木　逢えるかも知れない
島崎恭子　芸人女房伝
塩田丸男　上司のホンネ部下のタテマエ

集英社文庫　目録（日本文学）

集英社文庫 目録（日本文学）

柴田錬三郎 江戸っ子侍(上)(下)
柴田錬三郎 遊太郎巷談
柴田錬三郎 生きざま
柴田錬三郎 おらんだ左近
柴田錬三郎 うろつき夜太(上)(下)
柴田錬三郎 花の十郎太
柴田錬三郎 毒婦伝奇
柴田錬三郎 日本男子物語
柴田錬三郎 若くて、悪くて、凄いこいつら(一)(二)(三)
柴田錬三郎 われら旗本愚連隊(上)(下)
柴田錬三郎 忍者からす
柴田錬三郎 南国群狼伝／私説大岡政談
柴田錬三郎 清河八郎
柴田錬三郎 チャンスは三度ある(上)(下)
柴田錬三郎 幽霊紳士
柴田錬三郎 夜叉街道

柴田錬三郎 牢獄
柴田錬三郎 生命ぎりぎり物語
柴田錬三郎 源氏九郎颯爽記 火焔剣・水煙剣の巻
柴田錬三郎 源氏九郎颯爽記 秘剣揚羽蝶の巻
柴田錬三郎 地べたから物申す
柴田錬三郎 柴錬忠臣蔵 復讎《ふくしゅう》四十七士(上)(下)
柴田錬三郎 デカダン作家行状記
柴田錬三郎 おれは侍だ
柴田錬三郎 宮本武蔵 決闘者1〜3
柴山哲也 ヘミングウェイはなぜ死んだか
島尾敏雄 われ深きふちより
島尾敏雄 島の果て
島尾敏雄 夢の中での日常
嶋岡晨 ゲンパツがやってくる
島崎藤村 初恋―島崎藤村詩集
島田明宏 「武豊」の瞬間

島田荘司 嘘でもいいから殺人事件
島田荘司 漱石と倫敦ミイラ殺人事件
島田荘司 サテンのマーメイド
島田荘司 切り裂きジャック 百年の孤独
島田荘司 嘘でもいいから誘拐事件
島田荘司 都市のトパーズ
島田雅彦 ロココ町
島田雅彦 ヒコクミン入門
清水一行 虚業集団
清水一行 首都圏銀行
清水一行 重役室
清水一行 投機地帯
清水一行 小説兜(しま)町
清水一行 同族企業
清水一行 動脈列島
清水一行 神は裁かない

集英社文庫　目録（日本文学）

清水一行　相場師
清水一行　動機
清水一行　合併人事
清水一行　背信重役
清水一行　敵意の環
清水一行　砂の紋
清水一行　覆面工場
清水一行　密室商社
清水一行　買占め
清水一行　副社長
清水一行　女教師
清水一行　私刑《リンチ》七人心中
清水一行　支店長の遺書
清水一行　最高機密
清水一行　死の谷殺人事件
清水一行　冷血集団

清水一行　汚名
清水一行　密閉集団
清水一行　偶像本部
清水一行　兜町物語
清水一行　悪名集団
清水一行　機密文書
清水一行　小説財界
清水一行　愛・軽井沢
清水一行　湿地帯
清水一行　副社長自殺
清水一行　醜聞
清水一行　苦い札束
清水一行　血の河
清水一行　暴落〈がら〉
清水一行　世襲企業
清水一行　巨頭の男

清水一行　不良融資
清水一行　逃亡者
清水一行　頭取室
清水一行　虚構大学
清水一行　単身赴任
清水一行　擬制資本
清水一行　燃え盡《つ》きる
清水一行　系列
清水一行　時効成立
清水一行　女患者
清水一行　砂防会館3F《スリーエフ》
清水一行　女相場師
清水一行　指名解雇
清水一行　極秘指令
清水一行　重要参考人
清水一行　別名は〝蝶《バタフライ》〟

集英社文庫

こたつの人《ひと》　自讃《じさん》ユーモア短篇集《たんぺんしゅう》　一

2000年10月25日　第1刷

定価はカバーに表示してあります。

著　者　佐《さ》　藤《とう》　愛《あい》　子《こ》

発行者　谷　山　尚　義

発行所　株式会社　集　英　社

東京都千代田区一ツ橋2—5—10
〒101-8050

電話　03（3230）6095（編集）
　　　03（3230）6393（販売）
　　　03（3230）6080（制作）

印　刷　中央精版印刷株式会社　株式会社美松堂

製　本　中央精版印刷株式会社

造本には十分注意しておりますが、乱丁・落丁（本のページ順序の間違いや抜け落ち）の場合はお取り替え致します。購入された書店名を明記して小社制作部宛にお送り下さい。送料は小社負担でお取り替え致します。但し、古書店で購入したものについてはお取り替え出来ません。

Printed in Japan

ISBN4-08-747251-5 C0193